子弹的轨迹

封雷/著
FENGLEI
ZHU

中国出版集团
现代出版社

图书在版编目（CIP）数据

子弹的轨迹 / 封雷著. -- 北京 ： 现代出版社，
2016.9

ISBN 978-7-5143-5426-3

Ⅰ．①子… Ⅱ．①封… Ⅲ．①长篇小说－中国－当代

Ⅳ．①I247.5

中国版本图书馆CIP数据核字(2016)第241456号

子弹的轨迹

作　　者	封　雷
责任编辑	李　鹏
出版发行	现代出版社
地　　址	北京市安定门外安华里504号
邮政编码	100011
电　　话	010-64267325　010-64245264（兼传真）
网　　址	www.1980xd.com
电子邮箱	xiandai@vip.sina.com
印　　刷	北京一鑫印务有限责任公司
开　　本	787×1092　1/16
印　　张	16
版　　次	2016年9月第1版　2022年7月第2次印刷
书　　号	ISBN 978-7-5143-5426-3
定　　价	49.80元

青春、文学以及其他（序）

前段时间拿到了这本书的样刊，读了这个故事，故事并不是很长，情节也不太复杂，但是很有感染力，我知道这种感染力有一个怎么样的来由：青春。故事，我想留给大家自己去品味，而我在此将谈些别的东西，关于青春、文学以及其他。

作者封雷，他曾是武警警官学院文学社社长，同时也是第十一届新概念作文大赛一等奖、第十二届新概念作文大赛二等奖的获得者。说起新概念作文大赛，一些行业外的读者可能不是很熟悉，但是提到韩寒、郭敬明等青年作家，应该就没有谁会感到陌生了——这两人，也同为新概念作文大赛的获奖者，并且可以说是自此出道的。

在两人成名之后，曾出现过这样一个断层，即后来的一些新概念得奖者再也没有在市场方面获得如此或是接近这两人的成绩；同时，在文学方面，当"80后"的作家逐步登上舞台并取得一定成就时，"90后"并没有紧随其后。我想，出现这种现象的原因，既有主观的，又有客观的。客观方面，在于文学消费市场的变化——网络化、快餐化、作品数量增长爆炸化等，这些对于对待作品习惯精雕细琢的那些作者是不利的；主观方面，则是作者自身心态的变化，在这个价值观多元化的时代，像以前那样仅仅因为喜欢就全身心投入文学的人已经大大减少了。

当然，这些问题是一个时期的问题，并不是某个人凭一己之力可以解决的。但我敢这样说，封雷以及他所写的这部小说的出现，至少是对解决问题有正面影响的——现在一名新概念奖的得主又回到我们的视野，用他的作品告诉我们，"90后"的文学爱好者们并没有全线退却，他们在积蓄力量，等待有一天惊艳读者的眼球。

并且他是一名军校学员，是一名军人。

军旅文学需要年轻的血液，和我们这一代人并肩作战，这是我很早以前就有的想法。现在，这样的人出现了。他们虽然文笔还很稚嫩，少了一些春秋笔法，也缺了一些对世故的了解，但是他们有自身的优势，那就是青春和对文学的热爱——这两者令他们能够产生满腔的热情，去以笔为刀，去奋斗，而这种热情是比一切技巧都更重要的。

是为序。

张世海

2016年8月23日

目　录

楔子　命运之触

"快跑，到楼后面去装子弹！"穿红衣服的男孩儿指着身后大声喊。

石良玉点点头，向男孩儿指着的方向飞快跑去，他手中抱着的仿真枪没有多少子弹了，火力断线的话，对手很快就会压过来的。塑料制成的黄色圆形子弹打在他的背后，气弹枪射速并不快，但还是令他感到被打得很疼。石良玉拼命加速，恨不得能变成一只猎豹。

要飞快地跑起来。到了，好，现在，转弯……

"嘭！"

他撞到了什么，摔倒在地。

石良玉用右手压着太阳穴，脑子的晕眩才止住，睁开眼，面前的景象从摇晃逐渐静止下来。

但他看清眼前的这一幕时，立刻被吓呆了。

石良玉五岁，一个和他大约同龄的男孩子倒在地上，流着血，闭着眼睛。

血，这个字眼在石良玉脑海里回荡。

他死啦？

石良玉慌忙地站起身，也顾不上捡起那把心爱的气弹枪，就慌张地跑开。这一次，没有人催促他，但他跑得比以往任何时候都快。他没有想过要逃跑，实际上，他的脑海一片空白。作为一个孩子，他只是本能地在回避直觉上让他感到危险和害怕的东西。

不知过了多久，他的脚步再也迈不开了。他停下来，大口地喘气。那个流着血的男孩子倒在地上的画面，始终盘踞在他的脑海里。

此时的他不会料到，在今后漫长的岁月里，他的噩梦经常会插入这个画面。当然，那是后话了。

现在石良玉脑子里只有一个念头——"我杀人啦！"

怎么了，这种感觉？

身体沉浸在一片黑暗之中，意识也模糊不清。想伸手去抓住什么可以依靠的东西，却抬不起手来。眼睛也不想睁开，但是能感到右手的伤口在缓缓地流着血。会死吗？就这样死了吗？死是怎么一回事呢？

在感受到死亡压迫而来的时候，他感到的不是恐惧，却是困惑。

"喂，你怎么啦？"

有个声音在耳边响起。

"在流血呢！很疼吧？没事的，我很快就帮你包扎。你能听见我，对吧？有力气回答我么？"

他在问我疼不疼，桀功卿心想，对的，我感到很疼。可自己刚才怎么没有意识到呢？不，这不重要，重要的是，有人在救我。不会死了，桀功卿对自己说，我不会死了。

真想哭啊，但为什么呢，是因为疼吗？

在困惑中，桀功卿感到一种温暖包裹起自己，那个哥哥的声音，不断地在向他问话。桀功卿没有回答，但是意识却因为这声音而保持着清醒。这样持续了一段时间，他感到自身的意识确乎紧紧地被包在大脑里而不会四处消散，这才放任疲倦袭来，睡去了。在梦中，他感到流血被止住了，感到有人把他搬到了床上，他感到脖子上被人套上了什么东西，坠子落在他的胸前，按说本该是冰冷的，但他感觉异样的温暖。

也不知过了多久，一个女孩儿的声音在耳边响起。

"你醒过来啦？"

"嗯。"桀功卿轻微地点头并回答道。同时他心生困惑，面前的怎么是个女孩儿？那个哥哥去哪里了？

"我叫莫默。"女孩儿说，然后往身后一指，"这是我哥哥。"

桀功卿顺着女孩儿手指方向看去，一个比他年长几岁的男孩儿带着关切的表情站在那里。

"父母出去了，他们过一会儿就回来。你先躺着休息会儿吧。"男孩儿说。

桀功卿点点头，没说话。就是他了，桀功卿心想。

"我杀人啦！"

石良玉再也跑不动了，站在原地，回想看过的警匪剧，又暗自庆幸了一番，还好没留下指纹……不对，气弹枪还遗落在现场！

该如何是好？石良玉想过回头去把枪找来，但一来，他不敢；二来，他发现自己迷路了。和枪一起不见的，还有佩戴在脖子上的玉佩。那个翠绿的玉佩周身通透，内里有极细的血丝一般的红色脉络，妈妈说那是祖传的珍贵的鸡血石。现在这个也不见了。

石良玉觉得天要塌下来了。

怎么办？对了，逃！逃到没有父母的地方！逃到没有警察的地方！离家出走！

天渐渐暗下来，还飘起了细细的雨。石良玉漫无目的地走着。有那么一瞬，他觉得自己简直就要融进雨里，然后流到江海中去。很晚了，到了该吃晚饭的时候了，石良玉摸摸肚子，感到一阵空虚。雨雾笼罩了他的世界，他拨不开，走不出，逃不掉。

他很累，而且饿，这种本能的需求告诉他该回家了。但是恐惧不让他迈出寻找家的脚步。

看到一个孩子就这么站在雨里，周围的人渐渐围过来。石良玉猜他们是来抓自己的便衣警察。但他迈不出脚步，他既恐惧，又饥饿。

阳光熹微的时候，桀功卿就醒了过来。莫默的父母问了他家中的电话。早饭已经准备好了。喝粥的时候桀功卿心想，多温暖啊。他体味着家的感觉。很快父母就来接他了，桀功卿依依不舍地和莫默一家人告别。走到门口的时候，桀功卿回头看，脚步停驻。

"以后也可以多来玩！"哥哥仿佛看穿了桀功卿的心思。

"嗯！"桀功卿点点头，笑了。

桀功卿的母亲一面致歉一面把孩子拉了出去。

昨夜下了一夜的雨，今早天气晴好，在这样的阳光中，桀功卿感到一种沉醉。他未曾体悟这般的情感。

"你脖子上挂了什么？"一踏入家门，父亲就注意到了桀功卿脖子上的绳子。

桀功卿顺着绳子把挂饰扯了出来。

母亲拿过玉饰来仔细地瞧着，她把它举起来看，通透的玉身浸在阳光中，绿得沁人心扉。在玉身内部，细小的红色脉络仿佛隐隐闪烁。

"是块很好的玉。"母亲不懂这叫鸡血石，便转头向父亲这么说。

父亲突然就暴怒起来，在桀功卿大腿上用力打了一下："谁叫你拿别人东西？"

母亲伸手要把父亲拉开，却被父亲推开了，父亲的眼睛瞪得很圆，很大，仿佛是被怒气撑开的。桀功卿的父亲是名军人，脾气大，力气也大，母亲劝不动，也拉不住他。

桀功卿的眼睛也睁开了，他明知这么做会使父亲的愤怒再度扩张，却还是直勾勾地和父亲对视。他的眼神没有怒，却也没有喜，没有悲，没有任何情感。他对父亲说："这是小莫哥哥送给我的。"用的是陈述句，但语气里充满诧异。他不明白眼前这个男人为何生气。他用平静的眼神看他，用诧异的语气问他，他决心把他当作陌生人一样对待。

那个像狮子一般暴怒的父亲吼起来："你怎么可以拿别人这么贵重的东西？"

桀功卿没有回答。

"我们把东西送回去，现在。"父亲用手指着门口。

仍旧没有回答。

看到儿子没有回应，父亲的愤怒达到了顶点，他开始揍人了。桀功卿感觉很痛，但他没有哭。他看着仍旧挂在自己脖子上的玉佩，心生一种安全感。这是哥哥送给我的，他心想。没人察觉到他的嘴角上扬了起来。

石良玉也在别人家中住了一夜后被接回了家里，一到家，他妈妈就紧紧抱住了他。关于撞到人的事，石良玉下定决心隐瞒，但另一件事情非说不可。因为即便不说也会很快被发现。石良玉咽了咽口水，鼓起勇气嚅嗫地说："妈妈，我把气弹枪弄丢了……"

"没事儿，宝贝。"妈妈并不在意。

"我把玉佩也弄丢了……"石良玉又说。

妈妈和爸爸对视了一眼，爸爸的眼神中有些遗憾，但还是温柔地抚着石良玉的肩膀说："儿子，没事的，你没事就好。"

而妈妈的眼里早就噙满泪水。

爸爸张开宽大的臂膀，将两人一起搂住，这个男人的眼里也流出了泪水。

石良玉不明白爸妈为什么哭泣，而不是生气，他不知道昨夜爸妈担心了整整一晚。虽然他不懂，但爸妈的情绪还是感染了他。突然地，石良玉的眼泪也落了下来。

在这个五岁的孩子在爸妈怀中落泪的时候，他不知道城市的另一端，一个同龄的孩子在一边被父母打一边窃笑。

第一章　雨的颜色

雨默默地。

教室里只剩下他们两人，只剩下风扇扇叶转动的声音。外面下着小雨，这里的空气却愈发闷热起来。石良玉抬头看了一眼挂在黑板上的石英钟，很快又低下头去，面对他并不很能做出来的数学卷子。百无聊赖之际他开始转起笔来。

林雨霏站起身来，就在这时，石良玉手中的笔掉到地上，发出清脆的"啪嗒"声。

"石良玉，你不走吗？"

石良玉摇摇头。

"时间不早了，早点回去吧。"林雨霏一边收拾东西一边说，"要讲求效率才好，打时间战效果不会太好的。"

石良玉点点头，还是没有说话。

林雨霏抓起桌子旁挂着的雨伞，头也不回地走了。直到这时候石良玉才想起来自己没有带伞。如果用这个理由来要求和林雨霏共路，也是挺合适的，何况他们本来住得也近。可是这样做也毫无意义，一起走和在一起是完全不同的两个概念，而后者这件事情是绝对不可能发生的。

没有用的，怎么也看不进去，不会做就是不会做。就像林雨霏的座右铭——不要用行为上的勤奋掩盖思想上的懒惰——没有效率的时间战，的确意义不大。

而且他本来留下来的原因也不在于此，他无非是想多看看她。

石良玉熟知林雨霏的一切，他知道她穿衣服喜欢中性风格，校服里面是格子衬衫；他也知道她内心温柔，穿着中性是因为性格太要强；他知道她和别的女生不一样，理科很好；他也知道她的偶像是居里夫人，她曾说过自己说不定哪一天就成为一名女科学家了。

不关切那么久，是没办法知道那么多的。

石良玉摇摇头，挎起了书包，向外走去。乌云的覆盖使得夜色愈发地黑了起来。

雨开始下大，石良玉踩着单车飞快地前行。溅起的水混杂着泥一起，经由山地车的后轮洒到了他的仿牛仔校服上。他顾不上这些，只想快点回家去，那里的夜色没那么浓稠。

石良玉忽略了一点，那就是他和林雨霏家住得不远。在他骑车飞驰的时候，林雨霏正撑着伞，小心翼翼地绕开水走。没多久，林雨霏进入了石良玉的视野。

猛地压下刹车。

"嗨。"石良玉笨拙地打招呼。

林雨霏停住了脚步，没有回头。

"林雨霏？"

没有回应。

"林雨霏……"石良玉放缓了语速，压低了音量。

画面中的声音泯灭，两个人的动作都静止，而雨一直下，仿佛默片里的场景。石良玉的脑子一片空白，不知道为什么场面变得这么尴尬。林雨霏背对着石良玉，他看不到她的表情。

"你为什么不说你没带伞？"良久，林雨霏转过身来面对石良玉说。

石良玉一愣。

林雨霏走过来，伞遮住了石良玉。山地车没有后座，林雨霏灵活地跳上了车的横杠。

"开车。"她声音欢快，伸出手指向前方。

他们前进在雨的路上，载着太多复杂的情感。在他们青春刚萌芽的时候，生机和稚嫩缠绕在一起，既脆弱又充满能量。这力量不足以将黑夜改换成天明，但至少使天空不那么黯淡。

因为昨晚那场雨的缘故，此刻天空竟然变得分外的明亮与清爽，略带湿气的风吹来，很让人忘了现在是炎热的盛夏。

体育课的时候，篮球场上晃动着男生们的身影，周边有三三两两的女生边玩手机边不时抬头看看。高三的体育课很奢侈，偶尔有一节，是出来透气放松的好时机，虽然大部分人选择继续在教室自习。

石良玉的面前是一套理综卷，在他奋笔疾书的时候，两声用手指叩击桌面的"咚咚"声传来。

石良玉抬头看，是林雨霏。

"下去活动一下。"

"不去，我要做题。"石良玉低下头，继续在草稿纸上演算。

"不要用行为上的勤奋掩盖思想上的懒惰，没有效益的努力是转换不成成果的。"

"我在努力啊。思想和行为一起的那种。"

林雨霏沉默了，石良玉就继续做题，良久，林雨霏指着草稿纸上的某处说："这里还要考虑动量守恒。"说完便头也不回地走了。

石良玉偷偷地笑了一下。

周围偷偷在看着的人们也笑了一下，却是不同的意味。石良玉和林雨霏都没有察觉他们。

石良玉从来都不觉得自己是学习的料，如果把他放在篮球场上，倒能当一个不错的前锋。他觉得试卷上那些题目很讨厌，但这一次他想竭尽全力。

高考就快来了。

"来来来，我给大家讲故事了。"许健往课桌上一坐，手中的练习册一卷，往空中挥动着。

"什么故事？"

旁边三两个男生凑过去。

"今天啊，我就来讲讲癞蛤蟆想吃天鹅肉的故事！"

"切……"

那几个男生显然对这个老掉牙的童话不感兴趣，一挥手就要走。

"哎等等等等……"许健说，"我要说的这个可是新版的，就发生在我们班。"

"噢？"那几个男生又凑了回来。旁边的其他人也竖起了耳朵。

"这个故事的男主角啊，是个学渣，除了篮球打得好点，一无所长，你们说，这是不是只癞蛤蟆？偏偏他喜欢上的这个人，学习又好，人又漂亮。不过，这个天鹅也真有意思，是只瞎眼天鹅，看着癞蛤蟆还觉得挺……"

"你给我闭嘴！"石良玉忽然蹿进人堆里，猛地把正在小声传八卦的许健推下桌子。许健一个没站稳，摔倒在地。

"你干嘛推我！"

"你刚才在说谁？"石良玉瞪着他。

"我……我又没说是你，我说癞蛤蟆，想吃天鹅肉……"

"你再说一句试试？"

许健战战兢兢地住嘴了，他看见石良玉的眼睛里要冒出火来。

7

议论声瞬间止住。

石良玉扭头去找寻林雨霏，林雨霏对这一切仿佛视而不见，继续埋头写她的定语从句专项练习。而后石良玉回到位置上，在众人的注视中坐下来。

他没有注意到许健的眼里泛起了凶光。

放学后，石良玉像往常一样踩着他的山地车回家，当他在有个路口转弯后，就进入了那条巷子。走小巷子的好处是可以节省不少时间，坏处是比较危险，但这个坏处石良玉一直没有体会过。

今天行在这条小巷中时，石良玉忽然心生一种异样的感觉，但他也说不清这感觉的来由。他继续前进，直至巷子的最深处。

"你今天让我很丢脸啊。"

是许健的声音。

石良玉按下刹车，环视周遭，连同许健在内，一共四个人。许健拦在石良玉的正前方，很显然他是来报复的。石良玉跳下车，又把车稳稳地停在一旁，才向许健走去。

"是你先乱说话的，你说我也就算了，你还说林雨霏，你不觉得这样对一个女孩子很过分吗？"

"你们敢在教室里面秀恩爱，还怕人说么？"许健上前挑衅地推了石良玉一下。

石良玉一点也不忍耐，也完全不顾虑对方人多，猛地推了许健一把："你他妈还乱说！"另外三个人见状马上围上来，抓住石良玉的手脚，许健上前冲着石良玉的小腹就是一拳。

石良玉忍着痛没有叫出来，用恶狠狠的眼神死死盯着许健。许健有些害怕，下意识地往后退了一步。他为了掩盖这种心虚，旋即又装出了嚣张的表情，再添上一拳。

"向我道歉，我就放过你。"

"但我不会放过你。"石良玉丝毫不害怕。

"我再说一遍，不想再挨揍，就向我道歉。"

石良玉不说话，许健一拳又打在石良玉小腹上。石良玉像野兽一样咆哮了一声。

这种局面反而让许健害怕起来，他感到尴尬，本来他就只是想吓唬吓唬石良玉的，这样下去就无法收场了。许健在考虑要不要让带来的这几个人住手，但此间石良玉一直用那种凶恶的眼神注视他，未曾偏移。许健感到自己的寒毛都要竖起来了。

在害怕之下，许健瞥见地上有一块砖，他捡起砖头，想着这样就能把石良玉吓住了："我再问你一次……"

"呸！"

石良玉一口唾沫吐到许健脸上。

许健的手有些发抖，他不是愤怒，相反，却是恐惧。他看到石良玉的眼睛里冒着火光。按着石良玉的三人脸上也冒出了汗滴，似乎是石良玉的力气越来越大了。石良玉一边盯着许健，一边用力挣扎着，像一只快挣脱束缚的恶犬。

许健不自禁地举起了手上的砖头……

此刻，林雨霏刚回到家中，把她下午做完的英语卷子拿出来对了答案。错了挺多题，不太符合她平时的水准，大概是做题的时候有些心不在焉了。她又想起了石良玉下午发怒的样子，毛毛躁躁的，但是又好像还有那么一丝勇敢的意味在里面。

他说不定什么时候就要因为这份不成熟的勇敢而吃亏的，林雨霏心想，可是要没了这份勇敢，他也就不像他。林雨霏记得石良玉在篮球场上的样子，他是学校最好的几名前锋中的一个，灵活、勇猛、精力充沛。林雨霏看不懂篮球，但是她看得到石良玉，一旦上了篮球场，他就像上了战场，变成了冲锋陷阵的勇士。

可一下了球场，进了课堂，这个勇士的士气顿时就没了。石良玉不是不聪明，却不够用功。林雨霏想，他要是能拿出打篮球一半的力气来对付学习，那么成绩会比现在好得多。想到这儿，林雨霏又很有那么些恨铁不成钢的意思。可她突然反应过来——替他想这些干什么呢？

"霏霏，吃晚饭啦！"

听到妈妈的喊声，林雨霏断了脑中的思绪，放下手中的卷子，走出了房间。

啪嗒！

砖头碎裂的声音。

许健把手中砖头丢在地上，砖头碎成了两半。到底是同班同学，不至于因为这点矛盾弄得你死我活。许健摇摇头："把他放开吧。"

三人一松手，石良玉马上像猛兽般跃起，给许健肚子上重重来了一拳。三人中的一人见状立刻用手肘向石良玉击去，石良玉闪过了。许健却摆摆手，示意那三人不要有更多的动作。石良玉的气来得快去得也快，打了许健一拳后就没再动手，只是看着他。

"我输给你了，我们和解。"许健无奈地说。

"你去同林雨霏道歉。"

"我同林雨霏道歉。"许健点点头。

"刚才这里的事情，你别往外说，说出来我们都尴尬。你要说了，我也是不会承认的。"

说完，石良玉跨上车飞快地骑走了。

"就这样让他走了吗？"三个人中的一人问许健。

"耍横不是靠人数。"许健摇摇头说，"就算我们打得过他，也横不过他的，我可不想惹急了疯子。"

高考越来越接近。

石良玉像变了个人般地拼命学习，累的时候间或去打打篮球放松，因为他记得林雨霏的那句话，"不要用行为上的勤奋掩盖思想上的懒惰"。石良玉并不像其他人那样有明确要上的大学和想读的专业，他只是简单想着要尽量考好些。他知道这种努力来得有点晚，但他还是不肯放弃，他不想留下遗憾。

其实这种感觉挺好的。

没有想象的那么糟糕。

虽然仍旧觉得学习是无趣的事情，但是向着最终决战发起冲刺的那种感觉，其实还蛮好的。每一天都被各种各样的复习资料和试卷塞满，其实这样也感觉蛮充实的。偶尔会和身边的人谈起未来，虽然自己的台词经常是"不知道"，但是想想新的生活就在眼前了，这种感觉，其实挺不错的。

只是心中未来的形状太过模糊，色彩太过朦胧，无可捕捉，无可触碰。

但是只要还有一点点的希望，就有机会，为这模糊的未来赋予色彩和形状……

蝴蝶破碎的羽翼
悬停了的风
寂静的雷鸣
敲响幻想的晨钟

时间指针上的我
步伐匆匆

用笔尖游弋过晨曦
又走过黄昏

倒计时，丧钟
谁是朋友、敌人
还有多少障碍
等我翻山越岭

梦想的象牙塔
多么干净纯白
还有多少厮杀
我才能够抵达

流星纷飞的夜空
谁许下心愿
不能实现
除非用青春祭献

十字路口前的我
不假思索
随着大军的步伐
奔赴黄沙

竞技场，喋血
时空交错，茫然
突破一道阻碍
实现一种渴望

不想破坏约定
风雨兼程赶往
作茧自缚的艰难
只为埋下希望
高考来临的那一天，石良玉和林雨霏都穿了鲜艳的大红色，很多人笑他们穿情侣装，但其实穿大红色来鼓励自己的人多得是。石良玉问林雨霏你成绩这么好怎么还穿红的，林雨霏笑笑说成绩好还想考更好，我是很贪心的，石良玉也陪她笑。

其实在那个时候，石良玉还有过期待。

他还在幻想，自己在高考时能爆发，也考上重点大学——和林雨霏一样的学校。那样的话他就去表白。

他看着身边的林雨霏，想，只愿时光停在此刻。

停留在还不用说分离，还可以有期待的这一刻。

拿到成绩的那一刻，石良玉深深地叹了口气，他曾有过太美好的期待。分数离一本线只差几分，其实对于一个学期前的石良玉来说，这样的成绩已经好得不可想象，但这成绩离林雨霏相去甚远。虽然这样的结果本在意料之中。

散伙饭的时候，石良玉喝得大醉，趁着醉意，他鼓起勇气把林雨霏约到饭局外面的走廊上。

"我喜欢你。我知道你不可能答应，我不可能和你考去一样的大学……但是我不想留遗憾，我必须说出来。我不知道为什么事情不能像我想的那样进展，我这学期很努力了。"

"你努力得太晚了，学习不是一朝一夕的事情。"林雨霏摇摇头，"肯定不少人跟你说过要好好学习这样的话，但你不听。你要为你自己的一切行为负责任。"

石良玉似懂非懂地点点头。

"你去报军校吧。"林雨霏答非所问。

林雨霏忽然笑了，笑得淡淡的。石良玉仿佛在她嘴角看到了月牙。

酒醉的红透的脸，共那些示爱的语言，在夜色里成为让青春都沉醉的画面。

石良玉一愣。

"以你的成绩，说实话，上重点大学选热门专业是不可能的。我去了解了一下相关信息，今年武警部队的军校扩招，去报这个还是很有希望的。而且你运动细胞又好，性子也直，念军校会有前途的。"林雨霏说。

"我们，真就，不可以噢？"石良玉又说。他并没有把林雨霏的建议听进去。他现在脑子装着的都是分离。什么军校？不知道。石良玉现在只知道两种大学，一种是有林雨霏的，一种是没有林雨霏的。有林雨霏的大学，他去不了；没有林雨霏的大学，他不乐意去。

林雨霏没有回答。

"因为我的成绩不好嘛，我知道。所以我不能同你一起走向未来。你的未来里，会有比我优秀百倍的人存在。啊，我自顾自地拿自己和他们比较什么啊，有什么比较的意义啊，根本不在同一个范畴里面嘛。如果我们在一起过，那我和你以后相伴的人，才多少有了共同点。既然我们从没有在一起，那我现在是自说自话什么啊。"

"你醉了。"林雨霏低下头说。

"你干嘛把头低下去，你是怕我看见你的表情吗？那是什么样一种表情呢？难道是在嘲笑我吗？是啊，嘲笑我吧，嘲笑我这个既不优秀，又不知道要早点开始努力，还整天沉溺在白日梦里的傻瓜吧。"

"我没有嘲笑你的意思。"林雨霏抬头看着石良玉。

"那你……"

"如果我答应和你在一起了，然后呢？"

石良玉又愣住了。

"如果我们在一起了，你要怎么维系我们的感情？我们应该会上不同的大学，在不同的城市。我们相隔很远很远，那时候，你能不能做到在我需要你的时候出现在我身边？你能不能确定自己不会喜欢上别的女生，而是一直思念着我？"

"我能！"

"真的？那你要怎么做？假如我们的城市相隔上千公里，我生病了，需要人在身边照顾，你要怎么尽快出现在我身边？"

"我……"

"你轻易做出承诺，却没有事先想过践行的难度。到了该践行的时候，你就无法为自己曾作出的承诺负责。你很好，也很差。好不只是因为你篮球打得好，而是你阳光勇敢；你差不是差在你成绩不如我，而是你还没学会为自己的一言一行负责任。我多么遗憾，我多么……"

忽然，林雨霏的声音有些呜咽。

"你的眼睛……进沙子了？"石良玉发现林雨霏的眼睛有细细的泪光在闪烁。他不太敢承认自己把喜欢的女生弄哭了。

"嗯，我的眼睛进沙子了。"林雨霏笑。

石良玉把头扭向一边，很小声地说："对不起，我像个笨蛋一样。"

他不知道这句话林雨霏是否听见，大概没有吧，大概这句话一被说完，就消失在风中了吧。停顿了几秒，石良玉鼓起了勇气，笑容又挂回脸上，但这是很礼貌的笑容，他挂着这样的笑容说："抱歉。"

"为什么道歉？"林雨霏也很礼貌地微笑。

"是我不好，说了些不着边际的话。"

"不，谢谢你。谢谢你说了出来。"

时间仿佛忽然凝固。

林雨霏的眼角有泪珠顺着脸颊滑下，滑到她很优雅地微笑着的嘴角边，那笑里不知是甜蜜还是苦涩。她说，谢谢，为什么这么说？

她为什么这么说？

石良玉的眼眶，也有泪珠不争气地滑下来。

她说，谢谢？

仿佛是要确认石良玉心中疑问一般，林雨霏开口了："你能在最后时刻说出来，真好。"

最后时刻吗？

她是满怀感激的……

林雨霏擦干泪水，走进门去，留下石良玉站在走廊上。

她的背影渐渐变小，但远去的身影处传来一句话："我们也不是不可能，如果……你成为一名军人的话……"

石良玉一愣，他眼眶含满泪水，但嘴角不自禁地扬了起来。

石良玉真就报考了军校，分数线过了，政治审核通过了，在家百无聊赖地等待了几日，终于接到了要求参加军检的电话。像是这样的体格检查，一般会有人提前就自行前往医院进行，按照到时候要进行的套路预先检查一遍，算是让心里有底，知道大概会有哪些问题和注意事项。但是这种事情石良玉没做，他喜欢运动，对自己的身体指标挺有自信；在这种时候，报考了军校的人不少会上网查阅各种各样的资料，了解军校和其他大学不一样的地方，但是这种事情石良玉也全然没做。

他只是在等，他只想快点通过体检，然后打电话告诉林雨霏，自己上军校了。

等到了电话上通知的时间，石良玉来到了规定的地点进行军检。其实他来的时候这里已经挤满了人了。虽然爸妈执意要请假陪同，但是石良玉拒绝了。石良玉记得之前林雨霏说他没学会负责任，他想这次要独自面对一切。

终于等到了体检的那一天，石良玉早早赶往指定的医院，却没想这时候人们已经排起了长队。

石良玉看到许健也在队伍里。

"呵，没想到你竟然也过了分数线。"一看到石良玉，许健就忍不住用嘲讽的语气说到。

"我不仅过了分数线，我还通过了政审，再完成今天的体检，我就是一名军校生了。你之前说我什么来着？癞蛤蟆想吃天鹅肉？对，我是喜欢林雨霏，她是像高高在上的天鹅。但我不是癞蛤蟆，我会穿上军装，拿起枪，成为一个更好的人。"

一边说着，石良玉一边向许健走去，两人的目光交锋着。

"喂，前面那个，排队！"

石良玉一愣。

"对，就是说你呢。别一边假装和人吵架一边插到队伍前边去！"

排队的人议论纷纷，许健和石良玉都感到尴尬。两人没再争吵，石良玉往队尾走去。

"哼，看谁今天能通过。"

石良玉听到背后许健恶狠狠地甩出这句话。

排队许久，他被人喊了过去，和别人组成了十人小组，由一个解放军的战士带着进行体格检查。

体格检查的部分很繁琐严格。无论是心率检查还是身高体重的测量等等，每一项都是在被很认真地执行着。今天是规定军检的日子，医院来来回回都是十人一组的学生小队，由一个战士带着检查。石良玉跟着领队的解放军，一项一项地进行，偶有看到有人叹着气从某个房间里出来，他猜这些人是某个项目没通过。看来体检比想象的更严格，石良玉想，好在身体素质不错，政审和分数都通过了，应该也不会在体检这关被刷下来。

解放军、武警、警察，这三者的军检都是在这里进行的。解放军和警察的区别明显，但武警又是怎么回事呢？事到如今，其实石良玉连这个问题都还没有搞清楚。他模糊地认为，大概武警是介于另外二者之间的什么罢了。这个问题，他在以后的日子中得到了答案。

就这样，每一项检查都顺利通过，到最后一项外科检查的时候，他三两下扒了衣服，露出浑身的腱子肉。他的身材比同组的其他人都好。满身匀称的肌肉散发着青春的气息，似乎在对医生说，这军校我非去不可。

体检完了之后是面试，石良玉心想，这大概就是走个过场了，就像试卷上的送分题一样。等拿完这道送分题的分，就可以给林雨霏打电话报喜讯啦！石良玉仿佛看见了林雨霏的笑容出现在眼前。

开始面试之后，面试的军官先是问了石良玉的基本情况，就读过的学校、家庭成员之类的，石良玉照实回答了。期间面试官一直低着头看表格，似乎是在核对石良玉所说的话。忽然，面试官问了个表格上没有的问题："你为什么要报考军校？"

石良玉这时候脑子里还满是林雨霏的笑脸，听到这个问题，他脱口而出："为了爱情。"

"什么？"面试官觉得自己大概听错了，抬起头来看着石良玉。

石良玉看着面试官，愣了一下。他发现面试官的脸上是先是惊愕和诧异，慢慢地又有些发青。

不妙。

石良玉的脑子里开始浮现好几套说辞，比如说，因为从小就怀有军旅梦想啦，因为想来部队锤炼自己啦之类的，可他已经张口了。

"为了……报效国家！"

"你刚才不是这么说的。"

现在，石良玉脑子里林雨霏的笑容消散了，取而代之的是许健恶狠狠地对他说："哼，看谁今天能通过！"

面试官放下了手中的表格，看着石良玉，手中拿着笔。现在石良玉不觉得面试是道送分题了，他觉得这就是一道陷阱题，而自己已经大意踩了进去。面试官微微提起手中的笔，正准备往石良玉的表格上写些什么，石良玉知道那支笔能对自己做出宣判……

第二章　初入军校

不行，在这里就止步了，别说不能给林雨霏报喜，还得被许健那小子嘲笑。一定要想个办法！石良玉的脑子开始飞速运转起来……

"为了爱！"

石良玉忽然对着面试官大声说。

面试官停下了手上的笔："什么叫为了爱？"

"为了爱，为了我对祖国的热爱！"

石良玉梗着脖子红着脸说完了这句话。他的脑子里嗡嗡地响着，似乎因为大脑的CPU运转速度过快，额头上也发热冒汗了。

面试官笑了，又低下头去看表格："当兵会很苦的，你能承受吗？"

"没问题！"石良玉说。

"好的，你可以出去了。"那人一边说一边在体检单上写了什么递给石良玉。就两个问题便结束了面试。石良玉把心悬在嗓子眼，接过表格一看，心又落了回去。上面写着"面试通过"。

石良玉正要走，又听到后面面试官的声音传来："小伙子，你脑子还挺机灵，不过也别把别人当傻瓜。以为自己是蒙混过关了？别着急，等进了军校，你会渐渐明白身穿军装是为了什么。"

石良玉心里"咯噔"了一下。

走出了面试间的门，却看许健垂头丧气地坐在旁边的椅子上，也没跟着他们小组的人。

"怎么了？"石良玉走过去问，看到许健这副样子，他也顾不上再嘲讽，而是很关切地问。

"被刷下来了。"许健摇摇头，全然没有刚才的神气。

石良玉安慰了几句，就走出医院，他迫不及待地给林雨霏去了电话，电话那头却在没有恶意地笑他："还早呢，连军装都没穿上，算哪门子军人？"

那也就是早晚的事。石良玉心想。

等到他穿起军装，那就是一个月以后的事情了。那时候，他站在军校门口，看着校门口威风凛凛的持枪哨兵，竟有那么一瞬把林雨霏忘在了脑后，脑子里只装满着羡慕和崇敬。

大门并没有过分浮夸的装潢，却显得很有气势，最扎眼的是门口一左一右两个哨兵，每人手上都持着枪。不用问，这肯定是真枪啊！黝黑的颜色，和以前玩过的玩具仿真枪并无二致，但本质却全然不同，这是真真正正的武器。看到这样的场景，石良玉不禁停下脚步，目光被死死抓住，血液开始升温，这是男孩子看到武器时的天性般的兴奋。

"喂，你看，这是真枪啊！"石良玉转头就向一个男生说。那个男生正拿着行李往校门口来，路过石良玉身边的时候突然被叫住，略微被吓了一跳。

他停住了步子，看着石良玉，略有些羞涩似的，但还是点了点头。

"你也是考来这个学校的吧？"

"是的，来报到。你也是吧？"

"我叫石良玉。"石良玉笑着露出两颗虎牙，"你呢？"

"我叫严嚣。进去看看吧，别在大门口站着了。"

石良玉点点头："里面让人感叹的东西一定更多。"

正式报名的这几天，学校门口不断有人进进出出，只是进去的总比出来的多——学员一旦进入学校，就不允许离校了，只允许家长离开。

在军校，老师不叫老师，叫教员，学生也不叫学生，叫学员。石良玉睁大着眼睛看，往来的人群里除了和自己一样身穿便装的新学员以外，还有一些人，就是自己印象中的士兵的样子，却背着行李，似乎也是来报到的。后来他才知道，要考来军校有两个途径，像自己这样的学生，通过高考考来军校的，叫地方生，也叫青年生，而在部队当兵一年以上，通过部队统一考核来到军校的，叫部队生，也叫士兵生。

到了报到的地方，石良玉和严嚣一起排队。排队的都是地方学员和家长，部队生似乎另有安排。石良玉和严嚣的家长都没来送他们。石良玉的家人本来是想跟来的，被石良玉拒绝了，按照石良玉的说法就是，自己都要扛枪了，不能再让家人宠着溺着了。

"您好，我来报到的。"石良玉终于排到了前面。

"姓名和准考证号？"负责人问。

石良玉摸出准考证，递了过去。

"交押金。"

石良玉把押金交了，然后问："不用交学费吗？"

"学费？不用。从现在开始，你就是国家的人了！"

在当时的那一刻，石良玉满心激动，满以为当了国家的人，就能好好享受国家帮忙支付教育费用、伙食费，还能领取津贴的日子了。日后他才知道，要得到这一切，得付出多少泪水和汗水，甚至是自由和鲜血去换取。

不过，他未曾后悔过。

报到结束，石良玉被分到了六大队，严嚣去了四大队。两人互相留了电话号码。记录电话的时候，石良玉手里握着手机的时候，又想，等下我领了军装换上，一定要自拍照片，给林雨霏发过去，然后告诉她我穿上军装，是个真正的军人了。

到了班上，石良玉把东西放好，就有人向他招手。石良玉走过去，那人用食指在他头上扣了一下，石良玉有些发懵。

"什么名字？"那人问。

"石良玉。你呢？"

旁边立刻来了个人，紧张兮兮地用手肘捅他："叫班长。"

"班长。"石良玉说完又补了一句，"班长你叫什么名字？"

班长笑了笑："你这小子有点愣啊，不过我喜欢。我是你班长，也是这学校大四的学员，来带你们一段时间。"

石良玉笑笑："那班长你叫什么啊？"

"我叫孙杰。去吧，和班上其他人都打打招呼。"

"是，班长。"石良玉点点头，然后转过身去，就看着刚才用手肘碰他的那个家伙。

那人手挠挠头，说："你好，我叫何庆峰。"

"你好，我叫石良玉。"

"我知道，你刚说完嘛。自己来报到的，家长没跟来？"

"没跟来。我也不是小孩子了，没必要。"

"对这里感觉怎么样？"

"新鲜。"石良玉笑着说。

"特新鲜！"何庆峰也笑，笑得有些憨厚，"感觉像来到了另一个世界。过一会儿就发东西了，我们换上军装，就是这个世界的人了。"

换上了军装，石良玉拿出手机正准备自拍，忽然后脑上被人敲了一下。

"谁啊？"石良玉不耐烦地转过头去，却看到班长笑嘻嘻地瞄着自己。

"手机不错啊。"班长顺手把石良玉手里的手机拿了过来，"多少钱买的？"

"两千，家里买的。"

"噢，挺贵，那可得保存好了。"说着班长把手机往旁边一递，"何庆峰，把这小心翼翼地装盒子里，等会儿一起上交。"

"班长，别闹，我赶着给我的准女朋友发照片呢。"

"没跟你闹，部队不让用手机，更不让随便发军装照。"

石良玉急了："那林雨霏……我就用一下，班长，我就用一下成么？"

"我才不管你什么淋雨还是雷劈呢。"班长笑嘻嘻地说，"石头，你要明白，你现在是在部队，部队里不能谈条件！"

几分钟后，石良玉才明白，他的手机要和班上其他人的一起装在一个小盒子里面，上交到队领导处统一进行保管。此前，石良玉并没有想象过在当今社会下离开手机该靠什么通信。后来，班长教了他们一句顺口溜——在部队，交通基本靠走，通信基本靠吼，看门只能用狗，娱乐根本没有！

晚上开班务会，班长说："大家拿着小凳，坐两列。噢对了，以后在部队里，横着的一行就叫一列，竖着的一行就叫一路，记清楚了。来，大家坐在小凳子上，把腰挺起来，两手放在膝盖上，双眼目视前方，不准乱动。谁要是乱动，那就把凳子抽了，蹲着！今晚班务会的主题是自我介绍，大家逐个发言。"

"我先来说说……"何庆峰张开嘴就开始说。

"停下。"班长瞟了他一眼，对着大家又问，"部队生？"

"报告，我发言！"一个人"噌"地一下就站起来。

"嗯，不愧是当过兵的，懂规矩。"班长点点头，"大家看好了，以后开会就按照这个流程，发言前先打报告。"

"我叫黄云云，是名部队生，两年前入伍，现考入我们学校……"

"报告，我发言！我叫何庆峰……"何庆峰等黄云云发言完毕后，也学着他的步骤来。

"这次就对了。"班长赞许地点点头。

石良玉本来就是好动的人，前几分钟还坐得好好的，后来会一长了，他就受不了了，心想，蹲着就蹲着吧，我是不能再这么坐着了，就把身子弓了起来。班长两眼一瞪，嘴角还是笑着的，站起来"啪"地一脚就踢掉了石良玉的凳子，空气仿佛瞬间凝固了。

"干嘛呢？"班长问。

"班长。我坐着太难受了，我还是蹲下吧。"

"说话的时候立正站好，别东倒西歪的。"班长在自己的凳子上坐了下来，斜着眼睛看他，"行，给你舒服你不要。坐不住是吧？把凳子摆旁边，蹲着！"

石良玉把凳子捡起来放到一边，垂着头，在原来的位置上蹲了起来。

"抬起头来！军人要有军人的样子，就算是蹲着也不能垂头丧气的。"

部队讲究统一，不只是坐着，连蹲着的姿势也是统一的，石良玉只好按照班长说的，右脚后撤，两手放在膝盖上，挺着腰，两眼目视前方。可毕竟是动了几下，他感觉身体舒服多了。班务会继续开下去，他本以为趁着刚才这么一动，能多坚持一会儿的，没想到蹲着比坐着要累多了。不一会儿，脚就全麻了。班上的人也不敢再看着他，都咬紧牙关保持着坐姿，双眼目视前方。

"报告，我发言！"终于轮到石良玉了，他等这个时候等了好久，现在，他算是找到个理由动一动，站起来了。

"好，你发言，蹲着说。"班长笑着对他讲。

石良玉没办法，只能又蹲下做自我介绍。

等班务会开完了，石良玉一站起来，才发现右脚麻得没有知觉了。他想走动走动，一时间竟迈不出步子，只好左脚一跳一跳地回到自己的床位。

新生入校，大队政委给部队做指示。班长在班上笑嘻嘻地说，大领导有大讲话，你们得做好准备。大家都不明白这个"大讲话"是什么意思，问班长，班长就笑着摇摇头，说等会儿你们就知道了。虽然相处的时间不长，但是班上的人都有点怕班长，私下里说没见过他凶神恶煞，却看着总像笑里藏刀。

"大家保持好坐姿，我的讲话不长，就三点……"大队政委拿着麦克风说。

"喂，石良玉？"身后的人小声地发问。

"嗯。"石良玉没敢回头，只是把身子尽量地往后仰着，"何庆峰？"

"嗯。"

"他说要讲三点哦，我怎么听来听去还是第一点？"石良玉开始吐槽领导。

"耐心点吧。昨天班务会对坐姿要求那么严格我们不是也挺过来了嘛。"

"好，同志们。"政委清了清嗓子继续说，"我们来说第二点。"

"第二点了。"身后的何庆峰说。

"啊，一半都还没到啊。"

"坚持住，坚持就是胜利。"

原来这句名言是用在这里的，石良玉心想。

两人没再说话。石良玉集中精力听了一会儿，发觉精力不自觉地又涣散开了，实在是听不进去。他又发了会儿呆，也不知道在想些什么，视线在空气中飘移了一会儿，又收了回来。又过了会儿，他再去听，想着，现在应该快讲完了吧？

"现在我要说第二大点第二小点……"政委拿着麦克风说。

"还没完？那么久了还没结束？还有，那个第二小点又是怎么回事？小点一共有多少个？"石良玉小声抱怨，幸好他及时忍住了压低音量，他心里其实是在破口大骂，"他的持久力那么强，一定安了聚能环吧？不，恐怕是太阳能电池，能量源源不断。"

　　两人开始小声聊着，石良玉想着这样能让时间过得快些。当然，他很警惕地注意着周围，确定自己和何庆峰没弄出太大的动静。他心想，自己昨天才刚刚在班务会上被罚了蹲着，要是再犯什么事情被抓到了，那肯定会被往死里整的。

　　聊了一段时间，政委说了一句让石良玉特别振奋的话："第三点……"

　　但是石良玉还没高兴多久，下一句话又让他叹气了。

　　"第三点我们分为三个小点……"

　　"先是第一点，然后第二点分两个小点，第三点分三个小点，这根本就是六点嘛，什么只讲三点啊！"

　　"耐心点。"

　　身体开始有种强烈的不舒服感，这种不舒服感带给石良玉的就是脑子里的想动一动的欲望。不过毕竟是大型集会，班长坐在前面看不到自己，所以不用像班务会那样坐得那么死板。这么想着，石良玉开始绷紧身上的肌肉，然后又松开，微微弓着身子，又把这个套路重复了两三次，这才感觉身子舒服了一些。

　　靠着这个方法，石良玉终于撑到了领导说出那句振奋人心的话："第三点我们就讲完了。"

　　"得救了……"石良玉微笑着感叹。

　　"咳咳。"政委清了清嗓子，"需要补充的是……"

　　"救命啊！"石良玉在心中呐喊……

　　"石良玉，起床啦。"何庆峰捅捅身边这个睡得很死的家伙。

　　石良玉睁开蒙眬的双眼。

　　"啊，困。"

　　这是他今早说的第一句话。

　　起床号还没有吹响，他们就在地上叠起了被子。豆腐块的叠法班长示范了一次，之后黄老兵手把手地教他们。现在，石良玉他们已经不是第一次叠了，但还远未达到熟练的程度。况且方方正正的豆腐块，光用手是叠不出来的，要用尺子量好两边的长度，再用中性笔在要叠出角来的地方做上别人无法察觉、只有自己能找到的记号，还要用饭卡把棱角卡紧……总之，诸多的步骤，让人感觉这并不是用来盖在身上的东西，而是某件工艺品。

　　被子刚抱上床，起床号就吹响了，石良玉立刻套上了迷彩短袖短裤，然后一边往外蹦一边套上迷彩胶鞋。虽说起床号吹响之后再过三分钟集合号才会响，但石良玉可不想等到那时候再往外跑，迟迟地出现在队列前。是的，他已经开始了解这里的规律，凡事都要有提前意识，宁愿早早地跑到前边等着别人，也不能做落后的那一个。

从早上睁眼的那一刻起，就要投入到和生活紧张的斗争中了。班长告诉他们，部队有句话叫作"两眼一睁忙到熄灯，两眼一闭提高警惕"。这句话的后半句石良玉还不太明白，但是前半句他现在显然已经深有体会了。

早操内容是绕着操场跑圈，边跑还要大声喊呼号，一二三四的喊声在操场环绕着，刺破了黎明。其后的洗漱和早餐更是如同打仗一般。还没有开始训练，不少人就已经疲惫得不行了。

"加油啊！"石良玉冲着何庆峰大喊。

早上跑百米的时候，石良玉一马当先冲在前头。他一点都不觉得辛苦，或许是因为新鲜感，或许是因为对军校的热情，或许是因为本来就是浑身都充满精力的那一种人，反正石良玉除了刚起床时感觉到困以外，整个早上都很有精神。

何庆峰看着眼前那个家伙和自己拉开了距离，又加了把劲，却还是没能追上去……

"我开动了！"石良玉拿着两根筷子相互摩擦。

军校里采取的是社会化保障，意思就是吃饭的时候带上饭卡上食堂就行了，食堂是承包给外面的公司的。这种方式就挺便捷，不然像这个学校这么多人数，得招多少炊事班，得多少人帮厨洗盘子啊？当然，那么多张嘴巴要吃饭，就算是刷饭卡，那也得拼上脑筋费了体力才能吃到好饭好菜。

为了打赢"饭的战争"，同学们开发出了不少战术流派，比如"多线程同时加载流"，就是一起吃饭的几个人到不同窗口排队，谁先排到了就谁打菜；比如"分头行动流"，布置不同任务，说好谁打菜谁打饭谁打汤，打好以后再汇合；再比如"百米冲刺流"，队伍在食堂门口解散，跑得最快的就能先到打菜窗口。

在后来的日子里，石良玉和何庆峰也开发出了属于自己的战术流派，叫作"有好吃的多吃不好吃的将就吃流"。倒不是他们嫌弃，而是食堂的饭菜真没太大诱惑力，反正是不如何庆峰做的好吃，据称——也就是他自夸的——他家在农村，农村的孩子都得会干活，在家里饭菜都是他负责，煎烹蒸煮，炸烤炒炖，样样精通。何庆峰做给班上的人吃过，被美食征服的室友们纷纷表示要将厨艺作为以后讨老婆的第一标准。

说起食堂，这有时候还真是个让人挺困惑的地方。每份菜的定价是不尽相同的，为了避免浪费，打菜的时候允许打半份，价格统一三元，于是就会出现这样的情况——炒白菜，全份两元，半份，三元！还有盖浇饭，要是自己打了饭再买份菜倒上去，也就四五元吧，点份盖浇饭，厨子盛起一盘子饭，盖上一份菜，浇上一勺菜汤，六元！这些都是后来大厨何庆峰分析给石良玉听的。

开饭要统一带队到食堂来，队伍带过来的时候途中还要唱歌。石良玉他们刚到军校里不久，别的歌还不会，就唱《团结就是力量》，那是在高中军训时就学会了的。好不容易终于坐到餐桌旁，面对饭菜，石良玉却感觉没太多食欲，虽然肚子已经挺饿了。

"看到这样的饭菜还能充满热情么？"石良玉拿筷子拨弄着面前这盘青椒炒肉，似乎是在计算肉的比例，看看是否达到百分之十。

"熟的。"何庆峰吃了一口说，然后又试了另外一个菜，"嗯，这个也不错，熟的。"

"熟的？"石良玉无奈地看着何庆峰，"你对伙食就这么点要求啊？"

"不。"何庆峰很认真地摇摇头，"其实我对伙食的要求是……只要够吃就行了！熟没熟也无所谓啦！"

石良玉摆出一副"败给你了"的表情，然后开始动筷。他从何庆峰身上学到了"知足"。

后来，石良玉就很少抱怨食堂了。他心中并非就没产生过抱怨，显然他也知道口中的食物的确不美味，但是他更清楚地知道，自己如果把精力专注在这种事情上，对外物要求太多而对自己要求太少，那么来到这里也全无意义了。起初他把来这里看成是顺应林雨霏的意思，但是现在他开始觉得这是他自己的事情。他开始享受这种感觉，他开始想打拼，他要让足下的每一片橄榄绿的土地，都因为他的青春而变得更鲜艳。

但是这种微妙的感觉是何庆峰不能察觉的，和石良玉不同，来军校并非是任何人的建议或要求，而纯粹是他自己的意思。他来军校，是想脱下草鞋穿上皮鞋，走出村庄改写轨迹，并非石良玉那种因为考后没有方向才追寻喜欢的女生的建议那种原因。

最初的原因已经不重要了，来自何处更是无所谓，这支部队，正在用紧张的训练和铁一般的纪律来将每个学员打造成同样的造型——那就是钢铁一般的士兵。

"加油，坚持着！"石良玉对着身边的何庆峰说。除了开会和听领导讲话难以坚持之外，搞训练的时候石良玉还是相当能坚持的。

"还有几圈？"何庆峰上气不接下气地问。

"跑晕了你？"石良玉咧开嘴笑，"这是最后一圈了。"

"那就好。"何庆峰松了口气。

"我说，你给我振奋起来啊！开始加速，不然让人超过咯！"

"好，加速。"何庆峰说，"不过我在家种地都没那么累。"

说完这句话，何庆峰就闭口不言了，这么形容也不太准确，实际上，他的嘴巴正大大张着在喘着气，三公里就要到达终点了，而他的体力也已经到达极限。后面陆续有人加速追赶上来，石良玉怕第一的位置被超越，也加了速，冲刺起来。何庆峰都看着，看着石良玉满身是汗，喘着气，却还是浑身充满力量一般，霎时冲了起来。怪胎，何庆峰心想。

与此同时在石良玉脑子里的却是另一个词：胜利。

三公里是什么概念？也就是三千米。以前上高中的时候体育课也有达标要求，女生要跑八百米，男生要跑一千米。一个学年也就要求跑那么一到两次，跑完之后，大家都是一副累得半死的样子。一千米都让人崩溃了，三千米，那可是整整三个一千米啊！

"喝！"石良玉大吼一声，冲过了终点线。

"十一分整！"区队长大声报出成绩。

石良玉停下来后，一边大口地喘着气，一边往回看，又陆续跑来几个人，大都是部队生，然后才是何庆峰的身影。

等何庆峰跑回来的时候，石良玉已经缓过来了，他脱下身上的体能服，一拧，汗哗啦啦地流下来。何庆峰双手按在膝盖上，弯着身子，脸上的汗也一滴滴地往地上落。

"多可惜啊，最后一圈还被人反超了。"石良玉替何庆峰叹息。

"没事儿，我有这样的成绩就够了。"何庆峰嘿嘿地笑着说。

"这可不行，能争第一，怎么能甘心当第二呢？"石良玉说。

"没有第二哪来的第一？"何庆峰罕有地来了个机锋。

"第二让别人当去，我们要争着把第一攥在手里嘛！"石良玉说，"我喜欢这种感觉。"

何庆峰不知道石良玉说喜欢的感觉是当第一的感觉还是和他人竞争的感觉，不过无论哪一种，何庆峰体会得都不是太深刻。他不像石良玉那样浑身都充满力量，时刻都富有精力，他不能事事都想着争先，也不能每次都争取创造更好的成绩。尽力做好就行了，他总是这么对自己说的。

"你知道么，这种感觉真好。"石良玉又说了一次，这一次他似乎是说给自己听的，又似乎是说给心中的那个人听的。

何庆峰曾问过石良玉到这里来的缘由，石良玉据实向他说了，何庆峰就感叹石良玉运气好，遇上了个好妹子。这时候石良玉就有些伤感，说自己还没给她报喜说穿上军装成为军人了呢。

"先别。"何庆峰说，"她说你还没学会负责任，那你就学会负责任了，再去联系她。"

"我哪儿不会负责任？我现在……"

"你现在读的大学，还是别人帮你选的。你还是没学会为自己的人生负责。"何庆峰说。

石良玉愣了愣，垂下了头。

的确，石良玉本没有明确的人生方向，也不曾考虑过还有这样一条路可以走，是因为林雨霏的意见才来到这里的。这不能算是做出选择，只能说是误打误撞。可正是这样的误打误撞，却让他来到了对于自己而言十分理想的地方。军校，能让他挥洒满身的汗水和能量，散发他的光和热。

石良玉又想起那个夜晚里林雨霏像月牙一样的笑容，他多么渴望再近距离看一次。什么责任，什么使命，现在的石良玉还不懂，他只想着，就算是为了心爱的人，也要在军校里好好干，把自己百炼成钢。每一位公主都值得拥有为她身披铠甲的骑士。

"而且，我们现在还不能算上真正的军人。"何庆峰说，"还没授衔呢。"

石良玉点点头："等授衔以后……授衔以后我再告诉她，告诉她我是一名真正的军人了。"

这时候，迎面走来一个人打断了石良玉的思绪："喂，你很强嘛！"

石良玉看着这个人，他是刚才三公里中第二个跑回来的。

"你也很厉害啊。"石良玉笑着回答。

"棋逢敌手，英雄、英雄，互相认识一下吧。我叫林森。"那人嘿嘿地说。他的"嘿嘿"和何庆峰的不同，何庆峰笑得憨厚，他笑得自命不凡。

"林森。"石良玉微笑着重复一遍这个名字，然后说，"我叫石良玉。"

"你的大名我早就知道啦！"林森笑着说，然后他又把目光转向何庆峰。

"我叫何庆峰。"何庆峰没想到还有自己什么事，慌忙地回答。

石良玉穿上衣服，这件橄榄绿和草绿相交的迷彩体能服上有了些许的汗渍，同时散发着淡淡的咸味。因为是夏天，所以平时训练的时候都统一穿着体能服，也即是迷彩的短袖短裤。脚上则是穿胶鞋，或者又叫迷彩鞋，解放鞋。关于胶鞋，石良玉的班长还告诉了他们那么两句话——我穿胶鞋我最牛，走遍天下不费油；我穿胶鞋我骄傲，我为国家省塑料！

　　最后一个人跑回来了。

　　"今天上午的训练就到这里，收操！"区队长喊道。

　　收操是众人最期待的两个字。

　　"你就不会感觉疲惫吗？"何庆峰问石良玉。

　　"会啊。"石良玉笑笑，"但是我恢复力惊人！"

　　"少来。"何庆峰也笑，用手肘捅了一下石良玉。

　　"其实我也会累啊。"石良玉说，"但是我喜欢那种感觉。你知道么，我高中，不，整个中学阶段，甚至再往前回溯些也行，都从来没有像这样有价值感过。拼学习，我永远拼不过那些尖子，我不算富二代，也不是校草班草，我从来没有哪一点能让我骄傲地站在所有人的前面，再回过头来自信地看他们。但在这里我找到了这种感觉，只要稍加努力，胜利唾手可得，我感觉得到众人的目光聚焦在自己身上，感觉得到价值感和存在感，想想看，我终于获得了这些，真好。"

　　"嗯，所以你愈加努力地争取。"何庆峰说。

　　"是啊。"石良玉点点头，"为了这些，累点也值得。"

　　"嗨，石良玉！"林森拿着盘子也走了过来。

　　"林森。"石良玉笑着和他打招呼。

　　何庆峰也微笑。林森这时候才看到何庆峰，礼貌性地向他点点头，过了几秒钟，才叫出何庆峰的名字。何庆峰笑了笑，挠挠头。

　　"这里的菜还习惯吗？"林森问石良玉。

　　"还好吧，我不太喜欢花椒，你呢？"石良玉反问。

　　"这问题对我来说不存在，我是本地人。"林森笑笑。

　　"本地人？那假日回家挺方便咯。"

　　"这破学校也没给我们安排什么假日。"林森想到这儿就来气，"我家那么近都不能回去。我就搞不懂了，平时训练搞猛点儿，我认了，当兵就是为打仗嘛！不练，怎么打得赢？可节假日还不让我们随便出去，算怎么回事儿？有必要吗？"

"可能过了新兵连这段就会好了吧。"何庆峰小心翼翼地猜测。

"听你口音你是北方人吧？"林森问何庆峰。

"嗯。不过看我这个子看不出来吧？其实北方人也不全是高大壮实的。"

林森轻轻点点头，又问石良玉："良玉你是哪里人？"

"南边来的。"石良玉一边嚼着饭一边说。

"到时候我去那边玩你得好好接待我噢。"林森对石良玉说。

"嗯。"石良玉仍旧一边嚼着饭，"到时请你饮早茶。"

"你来我们这边的话，我也当导游。"何庆峰微笑说。

"哈哈。"林森笑，"那在这个地方，我可得好好当个东道主了。"

来到这个学校最开始的那几天，石良玉没去过澡堂，洗澡都是拿着水桶躲在厕所里接凉水。就这么带着热汗冲了几天凉水，终于打起了喷嚏，何庆峰和林森看不过，都劝他去澡堂里洗。

"澡堂那种地方是地狱吧？"石良玉用疑问的口吻说，"学校为什么不替南方人考虑一下，在宿舍卫生间里面修浴室呢？"

"你妹的，别挑起地域斗争啊！"林森拍了下他的头。

"今晚你去澡堂洗吧。"何庆峰对石良玉说，"不是地狱啦，花洒还是有的。"

"这个嘛。"石良玉摆出一副认真思考的样子，"有花洒的话……"

林森用力按着石良玉的头："必须去！你要是感冒再不好还传染给我，我就把你反锁在宿舍卫生间里面，叫你不去澡堂洗澡！"

"你妹的！"石良玉一把拍掉林森的手，"去就去啦。"

到了澡堂，水蒸气扑面而来，就像石良玉以前在包子铺看到的那样。真糟糕啊，在这样的地方会不会无法呼吸呢？他一边思考着这样的问题，一边和林森、何庆峰一起走进去。里面都是在换衣服的人，有的家伙赤身裸体就走来走去。罢了罢了，预料中的事情，石良玉也麻利地脱掉衣服，然后打开柜子放东西。

"诶，不错噢。"林森坏笑着看着石良玉身子说。

"乱看的话会长鸡眼的。"石良玉瞥了林森一眼。

何庆峰笑了笑，眼神也往石良玉身上飘去了，好奇心嘛好奇心嘛，毕竟相处那么久的室友，还没见过他……光着身的样子。

看了几眼，的确，穿着衣服帅，脱了还是帅。

"走吧。"林森在前面说，"再慢就抢不到花洒了。"

雾气，很浓的雾，笼罩着这里。在这雾气里面，石良玉感到难以呼吸。

"只有两个空的花洒了，谁叫你们不快点啊。"林森说，"这样吧，我洗一个，你和何庆峰一起洗一个。"

"遵命。"石良玉一边嘴上乖乖地答应，一边朝林森做了个鬼脸。

"惯坏他了。"石良玉转头对何庆峰说。

"没有隔间，花洒的数量也不够多，而且竟然连个排风扇都没有啊！"洗着洗着，石良玉又开始抱怨，"这里和地狱其实也差不多嘛。"

"那地狱是什么样子的。"何庆峰问。

"没有隔间，没有排风扇，而且没有花洒。"石良玉认真地回答。

林森做了个浑身发抖的样子："又是冷笑话。"

他们有一搭没一搭地胡扯，这时候，水雾里有个人影靠近，石良玉转过头去。

"嗨，你们也在啊。"

石良玉一看，是班长。

"哟，石头，身材不错嘛。精干而匀称的身躯，纹理清晰的腱子肉，古铜色的皮肤，虎虎的眼神，笑起来还会露出两颗虎牙，脸颊则出现浅浅的旋涡。石良玉啊石良玉，石头一样坚硬的名字，配上你这人，根本就是天然的用来铸就精兵的材料啊。"班长笑着看着石良玉，也不知是认真的还是开玩笑，来了一顿猛夸。

石良玉脸一红，像是经不起这样夸奖，其实心里很受用。班长平时虽然总摆出一副笑脸，但其实是一只笑面虎，骂人的时候多，夸人的时候少，特别是像石良玉这样静不下来的，更是经常成为班长炮火攻击的靶子，成为班长在班上"杀鸡给猴看"的那只鸡。班长这么一夸奖，石良玉恨不得找个没人的地方把牙笑掉。

快洗完了，石良玉不知怎么突然冒出一句话："下次我们再来澡堂洗吧。"

"嗯？"何庆峰对他态度的转变疑惑不解。

"不太方便也没关系啦。"石良玉笑笑，"有水洗就不错了。"

"没水的话难不成还让我们干洗么？"何庆峰摇摇头，他可做不到像石良玉那么好的心态。

"干洗你能把这身汗臭洗干净吗？"石良玉说着在何庆峰背上重重拍了一下。

"混蛋，还是先让我把你的臭汗冲干净吧！"何庆峰说着把一脸盆的水从石良玉的头上浇下去。

"啊啊啊……"石良玉甩着头发，其实他那短短的小圆头发型上根本沾不了多少水的。

也许是被石良玉和何庆峰感染了，水房里的其他人也开始嬉笑打闹。说说笑笑闹闹的很是开心，似乎一天训练积累下来的疲惫和压力已经由此减去了大半。

洗完就早点睡吧，一觉醒来，又是忙碌紧张的一天在等着呢。

一阵尖锐的哨音划过夜空。

"醒来！"班长一把掀掉了石良玉的被子。

石良玉翻了个身，感觉有些冷，又把身子缩成了一团，就是没有要醒来的迹象。班长没再理他，下楼去了。

"快醒来！"何庆峰用力地推着石良玉。

"怎么了？"石良玉一边揉眼睛一边问。

"紧急集合！"何庆峰大声说。他一点也没想明白，刚才哨子吹得这么大声，班长又掀了他的被子，石良玉怎么一点都没感觉到。

"哈？"石良玉一听到这四个字，立马下了床。

"穿迷彩服，戴帽子扎腰带，要快！"何庆峰边说边穿鞋，"我可不等你了。"

石良玉也顾不上回答，手忙脚乱地穿着衣服。

跑到楼下，何庆峰才开始喘气，还一边焦急地看着大队门口。

"呼呼。"石良玉喘着气跑到了他身边。

"动作还不算慢。"何庆峰这时候才松了一口气，"担心死我了。"

"何庆峰，告诉你个秘密。"

"什么？"何庆峰问。

"我没穿袜子……"石良玉小声说。

"不要紧吧，应该不会被发现的……啊，你的外腰带？"何庆峰惊讶地说。

"我的外腰带怎……啊，糟糕！"石良玉下意识地低头看去，然后小声惊呼。

武警的着装中有种佩饰叫做外腰带，又叫武装带，也就是除了系在裤子上的内腰带外，还有一条是系在衣服外面的外腰带，并且根据所穿着制服的不同，配套的外腰带也是不一样的。迷彩服配套的外腰带是编织带，可是石良玉此时系着的，是和常服配套的皮腰带。

"躲不过了……"石良玉叹了口气。

"来部队几天了，连衣服都不会穿？"石良玉他们队的队长站在队列前面训斥着，"穿错衣服的人统统出列！我给你们三分钟时间，把衣服整理好了再下来！"

石良玉一溜烟地跑了出去……

通过那次事件，石良玉才算明白部队里所说的"两眼一闭提高警惕"是什么意思，可不是到了夜间就能睡安稳的。而且，拉紧急集合也算是一门学问，石良玉认真向班长和老兵请教过，后来再打集合时，他再也没有出过差错。当然，那就是后话了。

第三章　红蓝交锋

学校举办了转型扩招之后的首届校运会。军校的校运会当然不同别处，除了一般的田径等项目外，还有射击和武装越野等听起来十分拉风的内容。林森选择了他一贯擅长的短跑，他去问石良玉报不报名，石良玉笑嘻嘻地告诉他自己选了个最酷的项目。其实，石良玉报的是虽然听起来酷，但同时也是最让人摸不着头脑的一项，红蓝方模拟对抗。

"石头，这个东西听起来很酷，但是比起来可不容易啊。"班长摸着石良玉圆圆的脑袋说，"你的军事素质不错，在地方生当中可以算是出类拔萃的了，听我的，去报个单杠或者双杠，肯定能拿名次。"

"班长，我想试试看这个。"石良玉说。

"行，你要试试看，我不阻止你，不过你要是输得光屁股回来了，那可就别进这个班了。"班长笑嘻嘻地说，语气却十分认真，让人搞不清楚他是不是在开玩笑。

石良玉却一脸既认真又坚决的表情："班长，你就相信我吧！"

石良玉拉着班上的人组成了小组一起参赛。按照比赛规则，一个小组四个人，一名射击手，配备八一式自动步枪，内含三颗染色弹，中弹者即出局；一名警棍盾牌手，警棍盾牌可是最具武警部队特点的装备了；一名应急棍手，应急棍一米多长，虽然不像警棍盾牌那样攻守兼备，却有更长的攻击距离，适合发起近程突击；一名地雷手，地雷是仿制的，一个饼型的器具，里面装着的也是染色剂，当然，像这样短时间的对抗中地雷的实用性有限。比赛的胜利方式有两种，一种是全灭对方阵营的队员，另一种是将目标旗帜夺回己方大本营。

初赛的时候，大家都还不是很能利用规则和手中的武器，比赛基本成了体力上的拼搏。能起到最大作用的三颗子弹一来就被射击一空，却很少击中对方成员。这是当然的，虽然之前大家都参加过射击课和实弹试射训练，但那是通常所说的射击练习，也就是对一百米处的不动目标环靶的射击，在红蓝对抗中，一旦目标运动起来，那么射击手轻易开枪的话命中率就要大大下降了。

好在石良玉他们这组体力上并不输给别人，石良玉更是拥有足以制胜的速度和力量。他们的团队并没有费太多力气就初战告捷，顺利进入复赛。

"李云翔，你去引开对方火力！"石良玉压低声音说。

李云翔点点头，然后像箭一般飞奔出去。

枪声响起，这表明对方的火力立刻追了过来。李云翔绕着"S"形向前奔跑，与此同时，石良玉也离开掩体，开始向着相反的方向跑动。

对方的射击手思量了一下，一个是逐渐跑近的李云翔，一个是射击距离较远的石良玉，在两人分开跑的情况下，当然是优先攻击命中率更高的对手。对方的射击手深吸口气，再次向李云翔发出攻击……

命中！

彩弹在李云翔身上爆开，红色的颜料像鲜血一般流淌着，李云翔停止了跑动，他已经从游戏中出局了，不过，这并不代表他输了，相反，他胜利的机会还很大。

这是团队作战。

石良玉已经趁机跑进了攀登楼。

"对方的射击手射击了两次，也就是说，他只剩下一颗子弹了。"何庆峰说，"而我们的弹药还是三颗全满。"

"在这个距离进行射击的话，你有多大的把握？"陈炎问何庆峰。

"全无把握，不等敌人跑出来是不行的。"何庆峰说。

"石良玉已经上楼了，为了防止他拿到目标旗，他们的射击手一定会把枪口对准旗子的旁边。"陈炎说，"而我们这边，李云翔已经出局，只剩下你我……你是射击手，那么冲锋的任务就让我来吧。"

何庆峰点点头，没有说话，此时已无须多言，仅以沉默即可表达"交给你了"的信任之意。

陈炎丢下盾牌，仅拿着警棍就冲了出去，对方的射击手一瞬间便把枪口指向了他，但旋即又重新把枪口对准了楼顶。没错，这个判断是正确的。

对方的射击手旁边，同样的警棍盾牌手出来了，但是比起为了冲刺而放弃盾牌的陈炎而言，同时持有警棍和盾牌的对方在近身战中显然更具优势。

对方的另外二人已经在石良玉冲进攀登楼的那一刻便追过去了。如此一来，何庆峰便大摇大摆地往这边接近，以此来压缩射击距离。相比何庆峰而言，首先消耗了二枚弹药才命中一人的对方射击手显得太失策了。

追着石良玉的那两个人中的其中一人带着应急棍，这样的武器石良玉本来也有一把，但他和陈炎一样，为了速度而选择丢弃装备。这样的好处是跑动时更方便，坏处是在近身战中容易吃亏。按照规则，只要他被对方的应急棍击中，就要被视作出局。这样严苛的规则显示出了警械在这场对战中的重要性。

但是在石良玉眼中，他看到了比起警械而言，更为重要的速度。

是的，闪电战，这是他们小组的作战方针。

初赛过后，他们一起讨论了一番，认为不能再像初赛那样像没头苍蝇一样乱打乱撞，而要采取些策略了。天下武功，无坚不破，唯快不破，这就是石良玉他们小组讨论的结果。

陈炎因为放弃了盾牌，所以被警棍直接打到，出局。这并不是失败，而只是计划的一部分，陈炎所要做的，只是牵制住对手，为何庆峰的接近拖延时间而已。而何庆峰也的确进入了便于射击的区域，据枪，瞄准，射击，只用一颗子弹便让对方的警棍盾牌手出局。现在何庆峰还有两颗子弹，他走近了对方的射击手。

对方的射击手突然往后跳了一步，据枪，何庆峰看到对方的反应，也放弃继续缩小距离，直接端枪瞄准。可是对方射击手似乎根本不打算对正准星缺口，而是在大略的瞄准之后，直接射击！

这根本就是赌博！

如果命中的话，本来还有两颗子弹的何庆峰将被判出局，剩下的弹药也就没有任何意义。而对方的射击手失去弹药之后，仍旧可以活动，而且只要他愿意，他还可以捡起己方的警棍盾牌，成为警棍盾牌手继续作战，这样便能赢来足够逆转战局的优势；但与此同时，如果没有命中，那么徒手的他根本就是拥有两颗子弹的何庆峰的猎物了。

这场赌博的结果如何？

答案是……

命中！

红色的颜料在何庆峰身上绽开，宛若红莲。这是赐予我方胜利的红莲——那名射击手不禁微笑。但是，他的笑容瞬间冷却了！

眼前的这个家伙，何庆峰，同样在微笑。

那种笑容是……被幸运女神眷顾者所特有的，享受胜利的微笑。

为什么要笑呢，对方明明处于劣势啊？

射击手完全不能理解。

的确，最后一颗弹药已经用掉了，但是我们这边还有三个人哦？对方只剩下一名地雷手跑上攀登楼去，那是毫无意义的吧？因为我们这边有一名地雷手一名应急棍手同时追过去了啊，在跑动过程中，根本没有时间布置地雷吧？就算对方摘掉了目标旗，但是也无法顺利地把旗子带下来的吧？

好，既然二对一还是不保险，那么，还有我呢。射击手想着，接过了已经出局的同伴的警棍盾牌，向攀登楼底走去。

持有武器对徒手，三对一，好，这是百分之百的胜率。射击手心想。

能打破百分之九十，那叫幸运，能打破百分之百的，那就该叫奇迹了吧？

但是这一次，奇迹出现了！

石良玉从攀登楼的窗口出来了！石良玉从这个方向出来，是因为他察觉到一开始有两个人在追他，但是后来只剩下那个应急棍手，所以他推测那个地雷手应该在底层布防。实际上他的推断是正确的，正是这样的预判让他选择了从窗口攀登离开，绕过了地雷手。射击手只是一愣神，但马上一鼓作气地向石良玉跑去，优势仍然存在！只要阻止眼前这个没有武器的家伙把旗帜带回他们的营地就行了！

但是石良玉根本没有给他作战的机会，石良玉发起了这局战斗中的最后一次冲刺……把胜利带回了大本营！

"赢了！"陈炎他们发出欢呼，石良玉则大口地喘气，一面大口地呼气吸气，一面又忍不住要笑，搞得嘴巴好像忙不过来了。

"石良玉，明天就是决赛了。"陈炎说，"到时候继续加油啊。"

石良玉点点头："到时候一口气把最终的胜利拿下就行了。"

"不过，牺牲近战能力，甚至是牺牲队友的数量来换取速度，这种冒险的打法还真是刺激啊！"何庆峰似乎仍旧沉浸在比赛的兴奋中。

"是啊，如果石良玉被那个应急棍手追上可就遭了。"李云翔说。

"最危险的地方不在于担心是否会被追上，而是夺旗之后的返回途中能不能顺利避开对方的攻击。"陈炎说，"不过石良玉你做到了呢。"

石良玉说："是啊，总算是做到了。要是被应急棍上的染料稍微沾到，我也就出局了。"

"为胜利干杯吧，以可乐代酒！"何庆峰举起了杯子。

"干杯！"四人的杯子碰撞到一起，发出了清脆的响声。

石良玉在心中暗暗地想，校运会结束之后不久就是授衔仪式，等自己戴上了军衔，就成为一名真正的军人了。如果红蓝对抗能拿到冠军，就马上打电话给林雨霏，告诉她自己不仅已经成为一名军人，还一定要用谦虚的语气说：还取得了那么点儿成绩！

校运会，四人小组战术演习比赛，决赛。

"怎么样，在这里发起冲锋合适么？"李云翔问。

"再利用掩体接近些吧，到比昨天的位置更靠近攀登楼的地方。"石良玉说。

李云翔点点头。

的确，这是决赛，对方的态度也一定非常谨慎，不可掉以轻心。

"好，到这个地方就可以了。"石良玉做了个"停下"的手势，然后和李云翔对视了一下。

"冲刺！"

随着石良玉二字出口，李云翔发起冲刺，石良玉在心中默数，等过了五秒之后，自己和李云翔拉开足够距离，就能向攀登楼跑去了。

"一。"

一阵风吹过。

"二。"

风吹动树枝。

"三。"

树枝上的树叶晃动起来。

"四。"

树叶发出沙沙的响声。

"五！"

石良玉目视攀登楼，向前冲去。

"砰！"

枪声响起。没想到对方那么快就开枪了，石良玉心想，真是沉不住气的家伙，现在李云翔应该还没有跑得离对方太近吧。不过，就算对方在这么远的距离内射中李云翔也不要紧，反正他的任务本来就是引开火力，让对手没有时间瞄准自己。脑子里闪过这些想法的时候，石良玉仍旧目视攀登楼，双腿用尽全力地跑着。

"石良玉，后撤！"

是何庆峰的声音。

石良玉心头一惊，立刻趴下。

"砰！"

又是一声枪响，石良玉回头看去，身后的地板上一摊绽开的染料，如果再晚一秒钟卧倒，那么这朵鲜红的色彩就要绽放在自己身上了。

果决，迅速，精准，毫不留情的射击手。

石良玉没有直接站起来，因为他知道这样等于重新把自己当个靶子在对方射击手的眼前立起。他先是往右滚了一圈，然后再单腿跳起，变成右腿屈膝的箭步，再猛然加速，绕了个"U"字形后撤。

"怎么办……"石良玉一边喘气一边问。

"对方的射击手是个高手……不，虽然用的是步枪，但是简直就像狙击手一样。"何庆峰心有余悸地说。

"对的。"石良玉点点头，"如果不是你及时提醒，如果不是我反应够快，我也已经像李云翔那样出局了。"

"李云翔出局是我们作战计划的一部分。"陈炎说，"但是如果你也出局，我们的战术就失效了。"

"现在我们损失了一名队友，对方使用了两枚子弹，按形势来看，双方各有优劣。那么，我们的计划核心不变，仍旧是由石良玉负责夺旗，这样的话，只要我们再派出一人去吸引对方的火力就行了。"何庆峰说。

"我去吧。"陈炎说。

陈炎再次丢弃了盾牌，如果傻乎乎地带着盾牌走出去，那么对方肯定能立刻识破他是放出来吸引火力的诱饵，所以陈炎只带了警棍，飞快地向攀登楼跑去。

但是对方的射击手并没有开枪。对方也有一人向攀登楼发起了冲刺，没有带警棍盾牌，而是背着背包。

是地雷手，陈炎迅速做出判断，看来对方识破了自己是诱饵这点，留下了最后一颗弹药没有开枪。但是，即便如此，派出地雷手来阻碍自己，那么己方仍旧可以凭借手持警棍这一优势，采取近战的方法来让对方出局。在这之后，就能达到人数持平，弹药多于对方两枚，并且我方还有一人在攀登楼内这样的巨大优势。可以说，对方派出来负责拦截的角色竟然是地雷手，这点真是太失策了。

与此同时，石良玉和何庆峰仍然躲在掩体之后，等待对方露出破绽。对方不知道采取什么样的战术，竟然没有对冲进攀登楼的陈炎进行射击，以对方那名射击手的枪法来说的话，明明是很有可能命中的。

双方谁都没有再发起冒进，石良玉一方忌讳对方的神射手，而对方应该在忌惮这边的三发子弹。的确，先露出破绽者，很有可能就是输家。

"那两个人毫无动静。"何庆峰脸上一滴汗珠顺着脸颊滑落，"攀登楼里我方和对方各进入了一个人，现在不知道里面怎么样了。"

"这么会这样，就算是肉搏战，也应该分出胜负了。"石良玉说。

"这样等下去是不行的，我们出去迎战吧。"何庆峰说。

石良玉点点头："我也是这么想的。"

两人开始移动，但他们深知冒进是十分愚蠢的，所以利用树木和草丛做掩护，以攀登楼为中心，绕着一个圈子来向对方接近。

但是令他们没有想到的是，对方似乎也采取了同样的战略。

"嘿，真巧啊。"对方冲石良玉笑笑。

"哈哈。"石良玉也回应地笑。

"那么，在这里就要分出胜负了噢？"对方挑衅似的说。

"你好像没有搞清楚现在的情况吧？"石良玉一边发问，一边再一次审视眼前的场景进行确认。对方只有两人，一人拿着应急棍，一人徒手。己方则是捡回了应急棍的自己和仍有三颗弹药的何庆峰，也就是说，在战力方面，己方占有绝对优势。

凭借这股优势把对方一口气打倒，然后再去击败对方的射击手吧。

石良玉正要出手，何庆峰却做了个"暂停"的手势。

"怎么了？"石良玉问何庆峰。

"如果只是近战的话，二对一，我方劣势，但是考虑到我现在手中的步枪还是三发弹药全满状态，则我方占据绝对优势。但是，我现在不能贸然进行射击，而要保留至少一颗的子弹来对付对方的射击手。如果在这里就把三发弹药都用尽的话，那么对方射击手就会对我方造成极大威胁。把胜负寄托在陈炎和对方拦截人员的斗争上，我方的胜败的概率则各占一半。"何庆峰低声说出了分析。

石良玉点点头："那么，我来拖住他们，你需找适当位置进行射击，确保两发全中。"

"嗯，我也是这么想的。"何庆峰说，"必须找到恰当的射击点，否则现在虽然离对方距离不远，但是由于树木和杂草的影响，对方又并非静止目标，射击就很难保证足够高的命中率。"

石良玉点点头，然后突然箭步上前，同时手中的应急棍也抡了起来。对方看到猛扑过来的石良玉，下意识地后退了几步。正在此时，何庆峰则向另外的方向奔跑，就在不远处，有一个小土坡，那里视野应该不错，是附近唯一理想的射击点。

"喝！"对方大喊一声，用手中的应急棍挡住了石良玉的攻击。

"你是合格的对手。"石良玉注视着对方，"报上你的名字吧。"

"戴铭。"对方回答，"同样的，报上姓名。"

"石良玉。"石良玉笑，"你的名字很好记啊。"

戴铭也笑，但手上的动作却一点也没有慢下来："我可不会因为与你对话而分心哦。"

"哈哈，我也是呢。"石良玉说着，手上的力度更大了。

因为没有武器，站在一旁的钟全基本插不上手，只能在一旁观察石良玉的动作同时适时对戴铭做出提醒。但这样的提醒也很重要，否则戴铭也许并不能坚持到此刻。

抡起，旋转，劈下！

闪避，抬棍，反击！

"对面那个家伙，难道你是军师吗？"石良玉抽出空隙向钟全发出提问，"我能知道你的名字吗？"

"既然你诚心诚意的问了，那我就大发慈悲地告诉你吧？"

"我可是认真问的呢。"石良玉说，"你们是不错的对手，在这次我们胜利之后，以后也想找机会再次将你们打败。与优秀对手的对决，来多少遍都不会腻。"

"我叫钟全。"钟全回答，"不过你的自信稍微有点过头呢。"

"才不会过头呢。"石良玉小声嘀咕，"只要等何庆峰到达射击点……"

"砰！"

声响传来。

石良玉的脸上滑落一滴冷汗。

眼前的两人，钟全和戴铭，他们的身上并没有染料绽开，也就是说……

石良玉用应急棍拨开戴铭的攻击，找准机会后退几步，拉开距离，然后扭头去看何庆峰。

何庆峰正睁大双眼，抱着步枪，愣在原地。

他的身上，是鲜红的染料。

"怎么回事……"石良玉声音颤抖地问。

"地雷作战，成功！"戴铭和钟全相视一笑。

竟然早就料到了我方的射击策略，而在射击点埋下了地雷！那也就是说，不仅如此，而是早在我方开始采取向这边迂回前进的战术之前，对方早已从掩体后偷偷赶来这里，进行了布置，进一步说，这根本就是……守株待兔！

在比试中使用地雷，石良玉还是第一次遇到这种情况，先前的对手也好我方也好，都只把这个道具当成了不切实际的摆设，地雷手通常像李云翔一样负责充当吸引火力的角色，所以，对方的这种战术根本就是奇袭！

但石良玉很快镇定下来，没有一味地沉浸在震惊当中。他注意到一个细节，就是应该是地雷手的钟全并没有背着本来用于装地雷的背包。

分析，分析……

戴铭没有给石良玉把疑惑解开的时间，而是立刻展开攻击。石良玉只好暂时把问题抛到一边全力招架。虽然拥有三发弹药的何庆峰踩着地雷直接出局会给人非常大的冲击，但是想想这也并非导致了绝对的劣势。石良玉转守为攻，要是现在直接能把对手打倒的话，还能接过何庆峰的枪成为射击手，这样三发子弹就再次获得被利用的机会。陈炎那边不知是处于优势还是劣势，不过对方的射击手也许正在某处瞄准着他。那么现在要做的事情，就是尽快将戴铭打倒，然后带枪去支援陈炎。对方的射击手虽然厉害，但也只剩下一颗子弹了，可这边仍有全满的三颗弹药呢。

胜利的概率是存在的。

只要有这样的概率存在，就有抓住机遇夺得胜利的可能。

不，不是可能，是必须胜利！石良玉仿佛已经看到胜利的景象，仿佛听到他通过电话给林雨霏报喜，那边在为他高兴而发出的爽朗笑声呢！

"哈！"石良玉大喝了一声，脑中自我鼓励的想法，心中对胜利的渴望瞬间转化成为手中的力量。一击，二击，三击，凌厉的连续攻击让戴铭陷入了只能招架，无法反击的被动局面。

"钟全，我撑不住了……"戴铭气喘吁吁地吐出这几个字。

钟全明白他的意思，点点头，然后向攀登楼的方向跑去。他明白戴铭是让自己后撤，保存己方实力，否则也会在石良玉棍下出局。

"结束了！"石良玉一棍劈下，在应急棍即将触碰到戴铭额头的那一瞬收势。戴铭站在原地，他明白，自己出局了。

"干得不错嘛。"戴铭微笑。

石良玉没再理会他，去取了何庆峰的枪，然后也往攀登楼的方向跑去。

"偷袭啊，真是太卑鄙了吧。"陈炎气喘吁吁地说，"不过没想到，你的背包里面装着的竟然是警棍。"

刘志敏同样也疲惫不堪，"虽然是我发动了出乎意料的攻击，没想到你竟然还招架住了，而且还抢到了旗子……不过，这里不会再让你过去了，我要完成拦截的任务。"

"哈哈，那就要看你有没有这个本事咯？"陈炎挥舞手中的警棍，密集的攻击逼近了刘志敏，刘志敏努力招架着，但渐渐开始体力不支。

这个时候，脚步声传来，有人在向这边靠近。

"只有这种程度而已嘛。"陈炎笑。其实他也没有力气了，但是如果能在气势上压倒对方，说不定能击败对手，结束这已经持续了很久的拉锯战。

"手，面，胸，手，手，胸，面……"陈炎一边叫喊着，一边改变了使用警棍的方法，像练习剑道一般展开了连续攻击。

击中了！

"哈哈。"陈炎笑着，摸了摸别在腰上的旗帜，走出攀登楼。但是，出来的一瞬间，他立刻感到了某种压迫感……是那个狙击手，他正瞄准着自己！

"小心！"跑到攀登楼附近的钟全大喊……

是石良玉！

螳螂捕蝉，黄雀在后。当射击手瞄准陈炎的时候，持有装填三发子弹步枪的石良玉也追了过来，而毫无疑问，他的枪口指向了射击手！

"砰！"

"砰！"

两支枪同时击发！

鲜红色在射击手身上绽开，同样的色彩，也绽开在了石良玉身上。

射击手在一瞬间扭转了枪口，把枪口对准了石良玉。在射击后，两人同时出局。

钟全拿过了刘志敏手中的警棍，追上去拦住了已经精疲力竭的陈炎，两人静默地对峙着。

良久，陈炎开口了："虽然以我现在的体力，很难再……但我会奋战到最后一刻。"

"你的执着，很令我欣赏。"钟全说着，跨步向前挥动了警棍，"但是游戏结束了！"

命中！

钟全拿起了原本别在陈炎腰带上的小旗子，把它挥舞了起来，这是在宣告胜利……

射击手看到这个场景，走了过来，冰冷的脸上闪过一丝微笑，但只一瞬。

石良玉脱下了染上鲜红色彩的迷彩服，然后又脱去了穿在里面的黑色背心，拿在手中，用力一拧，汗水滴落在地上。

他把拧干的衣服重新穿好后，走到射击手面前，苦笑着看着射击手："枪法不错。"

"你运气不错。"射击手面无表情地回答。

虽然这话让人听起来很不舒服，但是石良玉心里也承认自己确实是运气好才能在一瞬间打中这名射击手的。不过，放弃了已经瞄准很久的攀登楼前的目标反而调转枪口瞄准自己，看来对方对命中自己很有信心，而非像自己一样是凭借运气。

那家伙，他是十分优秀的射手。

其他人也向这边聚拢了过来。

"真是不敢相信啊，我们居然输了。"石良玉叹气，"陈炎击败了前去拦截的对手，我则以一敌二，击败戴铭逼退钟全，可我们这边居然还是输了，拥有此般武勇居然输了……"

"记住。"钟全走到石良玉面前说，"武字的最高境界，不在武勇，而在武略。"

"哈哈。"石良玉笑着摇摇头，显然他输得并不甘心，"喂，我要向你发起挑战，还有那个射击手，你叫什么名字？也有你的份噢。我要向你们发起挑战，在下一次，下一次对决中，无论那是什么，让我在那场对决中击败你们吧！"

射击手面无表情地看着石良玉，并不是以胜利者嘲笑失败者的姿态，而是简直要将石良玉视若无物的那种眼神。这份高傲远比石良玉的自负来得嚣张，令石良玉感受到一股压人的气势。

"好，你的挑战，我们接下了。"钟全爽快地回答。

"钟全，别答应这种麻烦的事。"射击手用缓慢的语速说。

钟全笑笑："先敷衍过去再说嘛，桀功卿。"

"就怕他太认真。"那人说，"钟全，我预感你惹了一个大麻烦。"

说完，他就朝离场的方向走去，是啊，比赛已经结束了。钟全追了上去，然后陈炎，李云翔也追了上去。

己方的人则聚到了石良玉身边，要么叹气，要么则沉默不语。

"桀功卿……"石良玉看着远去的背影，小声将这名字重复一遍。

第四章　铸铁成钢

新生军政强化训练结束了，考核也顺利通过，石良玉他们所等待着的授衔仪式就要到来。

虽然在刚入校的时候就已经发下军装，但那时候军装是没有上军衔的，也就是说，在通过新训阶段以前，石良玉他们虽然算是一名学员，但并不能算得上是一名正式的军人。军政强化训练旨在达成的主要目的，就是实现"两个转变"——让学员完成由一名地方青年到军校学员的转变，让学员完成由一名普通百姓到合格军人的转变。而授予军衔，便是完成转变的一个标志。

班上的士兵生陈炎和黄云云卸下了红色的士兵肩章，黄云云还是一名士官呢，他很以此为荣，不过，这次他卸下肩章可没有犹豫，因为他知道，他马上就可以戴上学员肩章了。

武警的士兵肩章是红色的，学员和干部的肩章则是绿色的，学员的肩章上面没有星星，只有一道杠，那是未来的干部。

大家都满心期待。

石良玉回想新训期间学过的东西。

文化方面的，有军事地形学和武警概述等，说到军事地形学，不得不提那次野外拉练了。所谓的野外拉练，就是徒步行军至野外完成授课，那次拉练中，石良玉他们将课本上学的知识运用到实践，用下发的军事指北针标定地图，寻找目的地，判定方位，当然还有体力活，奔袭返回。这样的授课方式恐怕只有军校才有吧，石良玉心想。

军事项目则多多了，不仅学习了队列和体能——体能当中就包含了三千米跑，单杠引体向上和双杠杠端臂屈伸，俯卧撑和仰卧起坐，等等——还有战术等科目。四十米单兵综合战术，听起来很炫，实际上十分累人，虽然只有四十米的距离，但是要低姿通过十米、侧姿通过十米铁丝网，还要跃进和滚进、占领目标区域。再就是射击了，说起射击，石良玉自认枪法不是很差，那些枪法最差的还有五发子弹全部脱靶的呢！但是要说技术很好，绝对说不上。技术好的，石良玉脑海中又浮现了那个在红蓝对抗比赛中见到的射击手了，八一自动步枪在他手中就像变成了狙击枪一样——不，比那更神！狙击手瞄准还是需要相当的时间的，可是那个家伙似乎抬手就射，而且准度仍然很高。

桀功卿，是叫这个名字吧？石良玉心想。

新训虽然只有两个月，但是回想起来似乎很漫长，不仅学习了那么多东西，还让他认识了那么多人。既结识了像何庆峰、林森这样的朋友，又遇到了桀功卿、钟全那样的对手。

不过，无论如何，新训都已经过去了。

授衔仪式上，各个大队整齐列队，等待首长的检阅。首长走至主席台上方，宣布仪式的开始。

部队庄严站立，一动不动。看到这样的队伍，很难想象，几个月前，他们还穿着五颜六色的衣服，在五湖四海，过着各不相同的生活。

是的，他们现在，整齐划一。

首长满意地微笑。

两个月的时间，能改变一个人吗？很多人心中的答案都是不能。是的，用两个月改变一个人，听起来的确让人觉得不可思议。虽然是青春期的小伙子，但是世界观和价值观也是经历了十几年的人生才成型的，别说是两个月了，就算用两年的时间，去改变这些的东西，听起来也是不切实际的。可是，部队就是有这样的力量，军校就是有这样的魔力。只用了两个月，就让这些少年们成为军人。军校剃掉了他们潇洒的刘海，换掉了他们心爱的跑鞋，但是，却给了他们刚毅不屈的军人的灵魂。

这是重塑。

是将铁铸造为钢。

青春，有时短暂成一瞬，有时漫长成一生。在石良玉扛起钢枪的那一刻，他感受到了激动、感动和很多种混杂在一起的情感同时释放了出来所带给他的心悸，他知道，青春就在此刻，而这个画面，会被刻进脑海里，在后来漫长的岁月中不断被回忆起和赞叹。其实青春在被感受到的那一瞬，就是它最灿烂的时候，至此，便开始无声凋零。但军人从来就是牺牲的同义词，军人不止付出青春，付出汗水，还付出自由，甚至生命——这一切都不会白费，因为这凋零的一切，都会在一个整体上苏生起来，那就是这个国家的精神长城！

只有不畏牺牲的军人，才配得上神圣的军衔！

现在，开始授衔！

"班长，你看，现在我们戴着的肩章是一样的了。"石良玉在班长面前兴奋地笑。

班长拍拍石良玉的肩膀："嗯，不错，小伙子很精神！"

何庆峰也跑到班长面前："班长，戴上肩章，我觉得肩上变重了。"

"你肩膀上多了责任的重量呀！"班长说。

听到"责任"这个词，石良玉心中划过一道闪电。他觉得，现在自己知道什么是责任了。

就连黄云云也跑到班长面前："班长，你看，学员肩章是不是比士官肩章更精神？"

"哈哈，说明你是未来的干部了！"班长说。

大家都围着班长，七嘴八舌地说着。

班长就要走了。

学校实行的是老学员帮带新学员的制度，班长是大四的学员，来石良玉他们班带新生，带他们过完新生军政强化训练阶段，过了这个阶段，班长就要回去了，回到自己的部队里。以后，石良玉他们班里，就只有和自己同级的学员，新的班长也会在这里面产生。

石良玉不敢去想，他觉得有些伤感。但是无论他去不去想，班长都要回去了。授衔仪式，这是多么令人兴奋和高兴的事情。为什么紧接而来的就是告别呢？

班长开始收拾东西了。

虽然只有两个月，但是大家对班长的感情很深。班长骂过他们，骂得很凶，班长带他们搞训练，强度很大，休息的时间很少。但是他们一点都不恨班长。谁都知道，班长是为自己好。一开始，大家怕班长，到了后来，大家还是有点怕班长，但是心里面，已经把班长当兄弟了，当成最值得敬仰与信赖的大哥哥。

以前黄云云和石良玉他们讲基层的事情，黄云云说，你可能会经历很多个班长，但是最难忘的，一定是你的新兵连班长。

石良玉是地方生，新训阶段就是他的新兵连，班长就是他的新兵连班长，是最难忘的。

而现在，班长就要走了，想到这里，石良玉的眼眶有点湿润。

"黄云云。"班长的口吻突然严肃起来。

"到！"黄云云大声回答。

"从现在开始，你就是这个班的班长了。你在基层当过士官，对部队的了解比这些小兔崽子都多。你们现在虽然都已经完成了新训，但是要学习的东西还很多。你能不能把他们教好？"班长问。

"保证完成任务！"黄云云大声回答。

"陈炎。"

"到！"

"你也是士兵生，有部队经验，由你来担任副班长，协助黄云云工作，你能行吗？"班长问。

"坚决完成任务！"陈炎大声回答。

"石良玉。"

"到！"石良玉大声回答。

"你这颗石头啊，新训以来，犯的小错误最多，不是赖床，就是开会的时候乱动，要么就是紧急集合穿错着装，不过，你的进步也最大，犯下的错误被指出了就不会再犯，军事也很好，不只是身体底子好，协调性也出类拔萃，在这方面，你还有很大的发展空间。石良玉，我走了之后，你要听黄班长和陈副班长的话，知道不？"班长问。

"是！"石良玉大声回答，可是他的声音有些颤抖。

他看了看身边，原来，大家的眼眶里都有泪水在打转。

新训，新训……

石良玉还记得，第一次上军事地形学这门课的时候，大家因为训练搞得太累了，在教室内睡倒一片，教员没有生气，而是温柔地把第一列坐着的人轻轻拍醒，然后让他们去拍第二列的人……

石良玉还记得，野外拉练的时候，有距离很长的徒步行军，陈炎偷偷摸摸地往战靴里塞了什么，石良玉抢过来看，发现是卫生巾，陈炎红着脸解释，说这样就不会磨出血泡，而且吸汗作用还很好……

石良玉还记得，他学到了一个词，叫"出公差"，其实也就是干活的意思，他出了几次公差才知道，当一名武警战士，不仅要执勤和训练，还要会搬箱子，打扫卫生，除草，画球场线……

石良玉还记得，平时穿的衣服叫常服，爬战术或者打射击的时候穿迷彩服，迷彩色的短袖 Tee 叫体能服，这些要是搞混穿错的话，会被班长狠狠地骂……

石良玉还记得，晚上熄灯以后再搞体能，就叫"加小操"，班长经常让他们加小操到十一二点，而且第二天还要六点钟就起床跑早操……

石良玉还记得，班长说，新训结束就好了，新训结束后，你们就没那么辛苦了……

可是新训结束了，这些回忆，也就只是回忆，再也不会重演了，而班长，也将渐渐变成回忆的一部分，只能说以前说过的台词，再也不能有新的整人花样了。

班长说，新训结束就好了，新训结束后，你们会学习更多的文化课程，周末可以按比例请假外出，训练会有新的科目，不过强度会减小，不会那么累了。

班长说……

石良玉说，班长，要是新训不结束就好了。

石良玉这么说的时候，班长已经归建了，听不到了。

铁打的营盘流水的兵，部队一直都有这样的说法。在基层部队，每年都要经历老兵退伍。这也就意味着，你可能要经历一次次的身边的分别，直到你也离开身在的军营。有人说，这世上就三种人感情最深，一是一起蹲过铁窗的，二是一起滚过床单的，三是一起扛过枪的。一起扛过枪的战友要从你身边离开了，除了舍不得，再难讲出别的话语。虽然石良玉知道，班长只是回到所在大四的建制中，并不是就见不到了，但石良玉还是舍不得，他知道，部队学习训练忙，去了不同的单位，可能见到面的机会，就真是很少了。

石良玉望着天上的月亮。

新训终究是结束了。

石良玉本来是计划授衔之后给林雨霏打电话报喜的，可一来红蓝对抗输了，二来送别了班长，他就有些没了心情。

对了，桀功卿他们那帮人，什么时候打败了他们，再向林雨霏报喜！

通常来说，到部队当兵，最先经历的就是"新兵连"时期，在这个时期里，会把一个人以前的观念、习惯全部打破，然后塑造以新的灵魂，那就是军魂，不仅要改造其精神，还要野蛮其体魄。当然，对于军校来说，情况略有不同，也就是最初的这个阶段除了内容稍作调整之外，名称改变了，叫做"新生军政强化训练"。在这个阶段，不仅要像新兵连一样接受各种训练，学习各种部队的规矩，还要更为深入地了解武警部队。

武警部队，是我国武装力量的重要组成。因为其职能更为特殊，组建的时间也晚于解放军，所以人们对它的认识较少。要系统全面地去了解这支部队，除了像石良玉他们那样在报告厅端端正正地坐着完完整整地听完一节课外恐怕别无他法。通常来说，虽然不完全准确，但要简单好记的话，可以理解为武警部队要保障国家内部发展，既要协同公安机关一起处置各种案件或参与救灾抢险，为内部发展创造稳定环境，又同样具有对外御敌的任务的，只是这一方面大多表现为对解放军的协同援助。

新生军政强化训练结束后，每一天的安排就变成了上午学习文化课，下午进行自习和体能训练。文化课上些大学课程，比如高数和大学英语等，也学习一些部队特有的东西，比如军事地形学。搞训练的时间减少了，日子就过得轻松一些。

军校是要学习文化课的，按照学校的说法，大家要修的是"双学位"，一个通常的本科学位，一个军事学位。既然要修本科学位，那么其他大学要学的东西，在这里也一样跑不掉，英语四级，计算机二级，这些要拿的证也不能少。既要完成学业，平时还要训练，可以说，无论是比起其他大学，还是比起基层部队来，这里都是更为忙碌的地方。用一倍的时间做两倍的事情，自然是不可能的，这种情况无论怎么提高效率也无法实现。为了实现目标，就只能用更多的汗水来达成。在这里，大家像部队一样每天早早起床，又像大学一样深夜打着台灯学习，很晚才能睡去。不仅如此，休息的时间也被再三压缩。有这么一句话是形容军校的，叫做"周六保证不休息，周日休息不保证"，很多时候双休日都会被用来搞训练。

"真是的，你说我们学那么多数理化有什么用？我们是来当兵的，又不是来当秀才的。"林森习惯性地发表反对意见。

"秀才遇到兵，有理说不清。这就是说古时候的兵没文化，不讲道理啦。现在都什么年代了，你不好好把知识学好，怎么面对越来越复杂多变的执勤环境？时代终结啦，以后我们面对的是新时代，新环境。"石良玉说。

"不至于吧。"何庆峰也劝林森，"对着高数发脾气？"

林森用怨恨的表情看着面前的课本："庆峰，你说我们为什么要学高等数学啊？"

"因为我们是大学生啊。"

"我们真的算是大学生吗？"林森看着何庆峰问，"有像我们这样上午学习下午训练晚上还要上自习的大学生吗？"

"虽然比较辛苦一点……"何庆峰没把话说完。

"不过，看着前面的那个家伙，我也稍微有些动力了。"林森的眼神往前移动，落在了石良玉的身上。

"的确。"何庆峰微笑起来，"虽然是个单核的脑子，但在努力地全速运转呢。"

"相比之下，你的高数很好啊。"林森羡慕地看着何庆峰。

"嘿嘿。"何庆峰挠挠头。

上课铃声响起，每个人都迅速回到了各自的座位上坐好。

"起立！"值班员发出口令。

在值班员报告之后，大家一同坐下，这种模式，就像小学生上课之前鞠躬说老师好似的。

这节课也是高数课，石良玉打起精神来正襟危坐，双眼紧紧盯着老师的板书，那认真的劲头让坐在一旁的何庆峰既想笑又想称赞。其实何庆峰之前也想过林森问的那个问题，我们学习高数究竟是为了什么，不过看到石良玉这种固执地去努力而抛开所有疑惑的样子，何庆峰觉得自己没必要再在那个问题上琢磨下去。毕竟很多事情是不需要理由的，把这个过程当做规矩一般，去用心遵守就好了。在该上课的时候上课，在该写作业的时候写作业，在该考试的时候考试，这就是这种学习模式下的全部要义，将这点铭记于心，就不会对这门学科产生太大的厌恶。虽然的确不太容易学就是了。

"你说……"石良玉压低了音量讲话，"总有一天我们会用学到的这些来计算步枪弹道高和霰弹枪的攻击范围，对吧？"

"不编这种奇怪的理由骗自己你就学不下去么？"何庆峰扭头看身旁的石良玉。

"我在努力啊，行为上和思想上一起的那种……"石良玉小声叹气道。

如果能够早点努力学习的话，大概能够和林雨霏考取同一所大学吧？石良玉的脑海里闪过这样的念头。不知道她现在在哪里，过得怎么样。石良玉早就按捺不住要给她打电话了。手机上交了之后，周末会统一发下来给大家使用。平时楼道里也安装了磁卡电话。但是，按捺不住也强行按捺了，石良玉一直忍着，他希望在下一次通话的时候，就能自信大方地告诉林雨霏，自己已经是名优秀的军人。

至少现在，石良玉还是没有这样的底气，他知道自己不如何庆峰踏实，不如班长老练，甚至连斗志满满的红蓝对抗都被人打败了。对了，那几个人叫什么来着？桀功卿，钟全，戴铭……特别是那个叫桀功卿的射击手，总是板着个脸，让人看着不舒服。一定要把那个家伙打败！

石良玉看着黑板愣神的时候，何庆峰飞快地做着笔记。

"看来你的学习细胞并不像运动细胞一样发达。"

"对我来说是有点难。"石良玉的眼神又转回了黑板上，"认真听课吧，要像个傻瓜一样才好，不顾理由地认真面对。"

何庆峰点点头，视线也转回了黑板上。

这是新的阶段。

第五章　不良爱神

那个女生穿着白色的 T 恤和淡淡的粉色的裙子，若有所思般看着远处，风过的时候抚过她的头发和裙摆，她没有察觉，直到有人叫她才回过神来，用手拨弄被吹乱的头发。

"你等多久了？"戴铭一面说着一面朝徐晓溪走去。

"没多久。"徐晓溪说。她的脸上不是不悦，而有一层淡淡的隐忍与哀愁，戴铭一时之间却没有察觉。

"去看电影吧。"

"你知道最近有什么新片么？"徐晓溪问。

戴铭一愣："不知道。不过你懂啊。"

"不太想看电影，而且你不是说你在外面不能待太久么？做点别的吧。"

"嗯，我只有三个小时的假。那去打台球吧，我叫人出来。"戴铭拿出手机开始打电话。

军校的放假和其他学校的放假是很不一样的概念。在假期当中，军校学员并不能任意地离开学校，而只能在学校规定的范围内活动，除开宿舍，大概还包括了操场和图书馆等。要外出的话必须写假条申请，而这个申请名额是按人数比例作出限制的，并且外出的时间也有所规定，通常只有几个小时。

"你在打给谁？"徐晓溪问。

"先打给豪哥吧。"戴铭一边听手机一边说。

"他换号码了，他没跟你说吗？"徐晓溪问。

"这样啊，我不知道。学校平时不让用手机啊，这个我和你说过的。"戴铭挂断，然后说，"他现在的号码是多少？"

"去逛逛吧，不想打台球。"徐晓溪说。

"你生气了？"戴铭并非神经特别粗线条的人，到现在，多少能感到徐晓溪的情绪不很对劲。

"没有啊。"徐晓溪笑笑，但只是嘴角扬起，眼里却没有笑意。

戴铭忍耐着，牵起徐晓溪的手，两人一直往前走。徐晓溪的手被握着的时候，她又感受到了那种温度和力度，并没有丝毫改变，还是那般熟悉的感觉。她的神经瞬间传过一丝电流，感觉有什么在脑海中闪了一下。她下意识地偏转头去，看戴铭的面容。过去轻轻遮挡双眼的刘海被剪掉了，取而代之的是干脆利落的平头。终究是改变了，徐晓溪感到刚刚燃起的温度又冷却下去。

"在学校里面辛苦吗？"徐晓溪问。

"算是熬过来了吧，渐渐习惯了。最近参加了校运会，还拿到了一个项目的团队金牌呢。"戴铭微笑着说，"你呢？"

"我们学校很自由的，算是中学学了六年终于换来现在的轻松生活了吧。"徐晓溪说。

"只想着放松也不行，要稍微考虑些以后的事情，比如考级……"

"戴铭。"徐晓溪硬生生地打断，"我有辅导员，也有老师，他们会告诉我大学该做什么的。你这是在教育我吗？"

"你今天怎么啦？"戴铭皱着眉头说。

"啊，抱歉。"徐晓溪低下头去，大概是觉得自己失态。

"有什么不开心的事情就说出来，是谁惹你不开心的就告诉我。我戴铭没多大本事，自己的女朋友还是可以保护的。"戴铭抚着徐晓溪的长发安慰着她。

"我没什么不开心的，也没谁欺负我。"徐晓溪摇摇头，"既不是大学管得太严，也不是有什么不适应的。"

"那你为什么……啊。"戴铭想到了什么，"是嫌我陪你的时间不够多么？"

徐晓溪没有说话，轻轻咬着嘴唇。

"抱歉，可我也没有办法不是么。"戴铭说道，"带你去喝杯奶茶吧？"

徐晓溪轻轻点点头。

两人走进附近的奶茶店，戴铭叫了一杯燕麦奶茶一杯麦香奶茶。麦香奶茶递到手上的时候，徐晓溪很是触动了一下——他还记得自己喜欢什么。

但是要怎么办呢？

是选择沉浸在这奶茶的甜蜜当中，欺骗自己说味蕾上的温柔会一直持续下去，还是承认握在手心的温暖终究会逐渐冷却，会失去它所有的甜蜜和香醇？是在它还甜美的时候就把它放下，以后带着遗憾来回味，还是紧紧把它握在手心，直到这甜蜜都变味，再厌恶地把它摒弃？

有没有必要去赌一赌？

徐晓溪记得，在戴铭认识自己之前，他经常换女朋友。但是遇到她，他就再也没有了这样的想法。戴铭对她说过，她就是那个对的人，他会对她好的。他确实是这样做的，他去记住她喜欢的颜色，记住她喜欢的歌手，记住她喜欢吃的东西，记住她喜欢喝的饮料的口味。在她需要温暖的时候，给她拥抱，在她需要依靠的时候，给她肩膀，在她需要鼓励的时候第一个出现……

赌吗？

可是输了的话，所有美好的回忆都会输掉，这样也没有关系噢？

真的没关系吗，即将压下的是所有的赌注噢？

或者是承认幸运只属于少数人，而放下赌徒心理，在游戏惨败前收手？

"戴铭，我有话要和你说。"仿佛是仍旧不能下定决心似的，徐晓溪用低低的，小小的，颤抖着的声音说，但其实既然说出这句话，就说明她的心里已经有了答案。

"说吧？"戴铭的声音带着疑惑。

徐晓溪抬头看着戴铭，眼眶湿润着。

看到徐晓溪这个表情，联想起徐晓溪从见面到现在一直不太高昂的情绪，戴铭似乎猜到了什么。

戴铭笑了："让我猜猜你要说什么？"

徐晓溪没有说话。

"我可没那么迟钝呢。"戴铭说，"明明是你在欺负我，怎么搞得好像是我欺负你一样？啊？该哭的是我才对吧？"

"对不起……"

戴铭还在笑："对不起？我刚才猜的可不是这三个字啊，我以为你会说点别的什么。是我猜错了吗？还是你说不出来？"

"对不起对不起对不起……"

"道歉有什么用啊！"戴铭脸上的笑容消失了，他睁大眼睛盯着徐晓溪。徐晓溪低下头去，没再与戴铭对视。

"你在做什么啊，说出来啊！说出来就了结了啊！或者最后这个步骤要我帮你执行么？让我来说？这合适么？这明明是你的而不是我的想法啊！"戴铭的声音大了起来，周围的人开始向这边侧目，戴铭没有理会。

"分手吧。"

戴铭说。

戴铭闭上了眼睛，他的眼泪没有落下来，他不会让眼泪落下来。

春天的时候，学校的花坛开满了各色叫不上名字的花，一起去赏花的时候，要注意不能被训导主任发现。

夏天的时候，她会穿着白色碎花裙子为他打气加油，那时候他穿着球衣，满身是汗，但仍是充满斗志，有她看的球赛，他会拼尽全力多进几个球。

秋天的时候，树叶落满地，负责这边卫生区的值日生偷懒没有认真打扫，风吹过，金黄色就盖满整条道路。他们走过，树叶会发出沙沙的响声。

冬天的时候，他们用奶茶给手心取暖，奶茶喝完以后，他们就握着彼此的手，这样残留在手心的温度就不会退却。他记得奶茶她喜欢喝麦香口味的。

戴铭的眼泪没有落下来。

"分手吧。"他把这三个字又说了一遍。

分分合合，没有新鲜感了就换一个，直到遇上了她，也许这次是动真感情了，他想，此后他再也没有换过女朋友，他那时候觉得这就会是最后一个了。

戴铭的眼泪没有落下来。

"对不起对不起对不起对不起对不起对不起对不起对不起对不起对不起……"

这三个字被徐晓溪翻来覆去地念着，但像缺乏底气似的，音量越来越小，音调越来越低，到后来，就听不清在说什么。混浊地黏在一起的三个字，在空气中飘动得很迟钝，仿佛永远不会进入对方耳中，又仿佛一旦进入便永远不会再消散。翻来覆去的三个字，和空气已经融为一体，让人感觉无处可逃。

一起看过的电影，完整的情节可能说不出来了，但却总有些画面依旧清晰，一起听过的歌，歌词可能记不起来了，但却总有些旋律盘踞脑海，一起读过的书，句子念不出来了，但却总有些感动，沉淀在心底挥之不去。

戴铭的眼泪没有落下来，他好努力才能做到这样，但是他怕，怕下一刻就控制不住了。

徐晓溪停止了道歉，微微地啜泣起来。

"至少告诉我为什么吧？"戴铭闭着眼睛说，"在判我死刑的时候，至少告诉我我犯的什么罪吧？"

"错的不是你，是我。"徐晓溪止住了泪水，嘴角扬起微笑，这笑容多么苦涩，"是我太自私了。"

"噢，原来你是怪我没什么时间陪你。也对，你值得更好的，值得有人在你身边，时刻给你安全感，给你安慰，给你依靠的肩膀。这些我都已经不能给予。是啊，虽然没有那样的机会去体验一下，但是我能想象得到大学生活是什么样的。大学的校园一定也有漂亮的花坛，而且比我们高中的更大，大学里面一定也有铺满落叶的小路，而且比我们高中的更长。你陪伴我到现在，想必已经做出了不少努力了，想必你也已经忍受了很久，一个人走过那条小路时候的寂寞。"戴铭的眼泪终究没有掉下来，他缓慢地睁开眼睛，嘴角也挂着微笑。

"对不起。"

这就是徐晓溪最后对戴铭说的三个字。

你的眼里
充满疲倦
这个故事
也到了终点

你的脸
仍挂着笑颜
却不带有
任何眷恋

风往哪边
风往哪边
在我混沌不觉时候
你心已千年

风往哪边
风往哪边
没来得及挽留
你已走远

我曾浮想联翩
连同那些誓言
说过太多遍
终究不能实现

在我沉落时候

你却缓缓上浮

我们回不去

也终将错过明天

　　天气变凉了，戴铭睡在床上的时候，这一点体会得非常明显，但是他还是不想拆开好不容易叠好的被子。他的被子现在正方方正正地躺在桌子上，而身上盖着的，只是一条薄薄的毛巾被。

　　没在部队待过的人是不会有这样的体会的：不是真到了天寒地冻无法忍受，睡觉的时候还真舍不得拆开叠好的被子。要知道，方方正正的豆腐块不是随便弄弄就能叠出来的，要量线条，知道被子在哪个地方折叠，要捏线条，让叠出来的棱角更加分明，还要小心翼翼地整理，生怕用力过度就把已经付出劳动成果的心血碰变了形。有时候把被子睡皱了，还要把被子摊开，再用板子用力地压着往前把被子推平，没有皱纹的被子叠好了之后才平整，才好看。

　　戴铭没睡，闭着眼睛，躺着，脑子里却很清醒。天气冷了，他很想对她说些多穿衣服之类的话，想想又觉得自己好笑，告诉自己是该放下了。

　　该放下了，却不能够，戴铭拿上烟和打火机，走出宿舍。

　　听到脚步声，钟全缓缓立起身子，环视一圈，看到戴铭的床上空着，他轻轻叹了一口气。

　　月光出乎意料的明亮，好像要把周围的环境都渲染上愉快的气氛一般。真是好笑，这本该是个愉快的周末。戴铭深吸了一口烟，深深地，仿佛要让这口烟根植于身体之中一般。

　　"你平时不是这么抽烟的。"钟全也走上了天台，看着戴铭说。

　　这烟雾渗透进戴铭的肺腑里，仿佛要让他迷醉。

　　在这月光之下，本该是愉快的环境，却因某人的情感而抹上一股悲伤。

　　"到底发生了什么事情，让你从回来就一直这个没精打采的样子？"钟全问。

　　钟全记得戴铭在出去之前很兴奋，脱下军装，换上便服，对着镜子瞄了好久，然后又想到什么似的，把本来就只剩绒毛的下巴小心翼翼地再剃了一遍。大家问戴铭打算去见谁，他只是笑，其实大家都猜到的。

　　但是事情怎么会变成这个样子？

　　变成戴铭红着眼眶回来，别人问他什么都一言不发，到了熄灯之后再度跑到楼顶上来吸烟，而且一改往常的小心翼翼，大口大口把烟雾吸进肚子里的样子？

钟全拍拍戴铭的肩膀。

"老子被甩啦。"戴铭开口了。

钟全不知道说什么，虽然已经猜到是这样的缘故，但是并没有预备下什么合适的安慰的话。想来这种事情，怎么说也都没用。难道要说"你会遇上更好的"或者"是她不懂得欣赏"那样的话么？那不是像是毫不了解当事人的心情，毫无顾忌地往对方伤口上撒盐的话语么？

不对，不要说那样的话，更不能给伙伴发好人卡。

怎么做都是错的，能给予他的，也只是站在身边，用这样的行动来表明还有伙伴在支持他这点。

"她上大学了，就在本地的音乐学院，多好啊，我想，我们周末还是有机会见面的。"戴铭说，"我知道这样不够，她身边的人，她的同学，想必是能借助大学的轻松和自己相爱的人好好相守吧。可这个时候我在哪里？我只能从公用电话打给她，然后告诉她说，我周末出来陪你几个小时。"

"是啊，我们只能做到这样。"钟全点头。

"只能偶尔见一面，只能短暂地相拥，只能看着身边的人得到甜蜜而自己只有虚无缥缈的语言上的安慰。回忆，是啊，我们还有回忆这个东西，可是我们能用过去的东西来打败未来么？是啊，她知道啊，知道这样是没有办法继续和我走下去的。"戴铭说。

"这也不是你的错。"钟全说着拍拍戴铭的肩膀。

"也不是她的错。"戴铭说，"她不应该只得到这么艰难的恋爱，她应该得到和别人一样的东西。她没有义务陪我耗下去，耗到我们都精疲力竭再去承认我们真的没办法有未来。想想看，她又不是织女，她没有必要苦等难得的相会，只要肯转身，多的是更为璀璨的星辰迎接她。她那么美，配得上。"

"本来你也配得上很好的爱。"钟全说。

"哈哈，我也觉得我配得上。"戴铭说，"因为我终于认真下来去爱一个人。"

钟全点头。

"我究竟做错了什么，让事情变成了这个样子？如果不是她的错，那么这个错误显然就在我身上。这个错不是在爱里犯下的，我已经足够认真，一定是别的什么出了问题。"戴铭说。

"是什么呢？"钟全问。

"是我的交易。"戴铭笑，"是我的交易，赔了。"

戴铭抬起头来看，月光正好落在他的脸上，淡淡的细细的睫毛弯曲着，他的眼纹也一并笑了起来。他眯着眼的样子，就像只猫一样。这样的笑容一点都不真实，在装给谁看呢？他抬头对着天空，是以为自己能将天空都欺骗吗？

在他的眼里，有没有星辰？

还是虽然抬起了头，却仍旧只注视着自己的伤口？

戴铭继续说下去："你还记得吗？我说过的交易的事情。"

钟全搜索了一下记忆，想起来戴铭大概是在说什么了："你说过你拿青春做买卖，做交易。"

"是啊。我那时候想，就让我用汗水来交换未来吧。我会努力付出，我不能像其他人一样有着一般的大学经历，我没有办法逛大学城到处吃小吃，我没有办法通宵和舍友打 Dota，我不能睡懒觉，也不能翘课，我会错过很多很多……"戴铭说。

"选择，就意味着失去一些得到一些，既然你来到了这个学校，那么的确有不少东西你会失去。"钟全说。

"是啊，我要失去一些。我要过得很辛苦，作为军人，我还面临着不少潜在的危险，但是这些我都愿意付出。我没想到的是，我压下的筹码，竟然还包括了我的爱情？"戴铭用诧异的口气说，"我当时怎么就丝毫没有想到，我连和女朋友相处的时间都一并奉上了？在这场交易里，我究竟是为了得到什么，连感情都付出？"

钟全不知道该说些什么，于是便沉默着。

"我很早就盘算过了，盘算过了一切事情，就业压力，教育成本，以及所要面对的困难，等等。我是在综合考虑了这一切之后才选择军校的。我把所考虑到的一切都放到天平上衡量，把筹码一个个地累加上去，就像最精明的生意人那样，绝对不会选择吃亏的交易。但是这次我输了，我下了太沉重的赌注，而且输得血本无归。"戴铭苦笑。

钟全依旧沉默。

"算计人生者，亦被人生所算计，我已经败在命运手下。"戴铭下结论似的说道。

"真是愚蠢。"

这个声音是……

戴铭和钟全同时扭过头去看。

从楼梯上缓缓走上来的那个面无表情的家伙，是桀功卿。

"功卿，你怎么来了？"钟全诧异地问。这是桀功卿第一次加入他们的熄灯后夜谈。平时这个时候他应该在床上休息的。

"我看到戴老猫儿回来以后就一直心情低落的样子，稍微有些在意。没想到已经低落到开始发表古怪言论的地步了？"

"没有感情的孤鹰，尽情地享受在自己的天空里盘旋的寂寞和自由吧，你又怎么会懂我现在的想法？"戴铭看着桀功卿说。

"沉浸在感情的海里无法自拔，终究被旋涡所吞噬。"桀功卿与戴铭针锋相对，"要是能挣脱激流渡至彼岸，那才像我所认识的戴铭。"

"情绪之为情绪，就因其不是轻易能为理智所控制的。"戴铭说，"只会说大道理而不体会他人内心感受的人没有发言权。"

"你应该是猎豹，而非软弱的猫，就算没有办法消除负面的情绪，那宁愿把它压抑在心里面，也别被它打倒了！"

"功卿，你不懂……"戴铭摇摇头。

"我的确不懂，不懂失败者该有什么样的心态。反正我是不会承认在和命运的战斗中输掉的。我同命运辗转作战，它总有办法让我难堪，但我未曾认输，至今与其平手。"桀功卿说。

"和命运……打成平手？"

"如果你没认输，那么凭什么能说它赢了你？"桀功卿说，"因此，在和命运的战斗中，坚强的人立于不败之地。"

看着桀功卿如同苍鹰般高傲的表情，戴铭若有所悟。他又随手拿起另一根烟，放在嘴里，点燃，吸了一口含在嘴里，正准备咽下去，突然手中的烟被人抽走了。桀功卿干的。

桀功卿拿过戴铭的烟，放在嘴里。戴铭拿出烟盒，正想着另外递一根烟给桀功卿，手摸到烟的时候却停下了，他知道桀功卿是不抽烟的，那他是想干什么呢？

桀功卿叼着烟，吸了一口含在嘴里。

"吐出来。"戴铭对他说。

他没有按照戴铭说的去做，而是把那口烟咽了下去。气流顺着咽喉灌进肺腑，一瞬间，他感到有什么空虚的东西得到了填补一般，但很快那种感觉就消失了。桀功卿咳嗽起来，身体让他把那些混浊的气体都吐出去。咳完之后他觉得肺腑被抽空了似的，于是大口吸气。

"为什么咽下去？"戴铭责备般地看着桀功卿，"你又不抽烟的。"

桀功卿微微一笑，没有回答。他很想念那一瞬间烟雾填补了空虚的感觉。

"你不要贪图这种感觉。"戴铭注意到了桀功卿的表情，"一旦上瘾，就戒不掉了。"

"我不抽了。"桀功卿把手上的烟掐灭，"我知道这种感觉，这就够了。"

戴铭看着只抽过两口的烟，觉得有些可惜，不过这不重要。他看着桀功卿说："以后别再碰这东西。"

"我不碰。你也戒掉。"

"我已经上瘾了。"戴铭说。

"我们都还来得及。"桀功卿看着戴铭认真说。

"我试试看。"戴铭笑。

戴铭知道桀功卿一语双关，他不只是在说抽烟，也是在说感情，戴铭清楚地意识到现在这样的情况，仍旧沉浸在对徐晓溪的感情实在不能说是明智，可这东西的确就像烟瘾一样，最初你不能察觉，等你察觉的时候，想要脱离就太困难。但是，戴铭也相信桀功卿所说的"来得及"并非只是单纯在安慰他，现在，他的确应该及早抽身，恢复情绪去面对以后的事情。

在这个时候，月亮就这么静静地悬着，整个天台浸在月光里面。戴铭、钟全、桀功卿三人手肘靠在围栏上，都微微笑了。

秋风吹过卷起了浮尘
老榕树上开裂的斑纹
冷漠的风空轮转
却吹不走许多爱恨

用手抚摸树上的裂痕
和记忆刻画的一般深
撒一把时间的沙能掩盖吗
或这只是痴人说梦话
那就笑我放不开吧

夜太黑暗天空好凄惨
风太冰冷空气好悲凉
若得重回旧时光
或能渡往幸福彼岸

站在十八九岁的边界

以为回忆早已经冷却

却仍然有种思绪无法断绝

在我心内阴晴又圆缺

那就笑我放不开吧

第二天，磁卡电话。

"莫默。"电话终于拨通了。

"怎么？难得你打电话给我。"

"没怎么啊，就是……嗳。"桀功卿停顿了一下。

"虽然已经猜到是什么了，但是我还是想听你把省略的那部分亲口说出来。"莫默说。

"你已经知道了，我就没必要再说一遍了。"

"是不是有什么事情触动到你了，才打电话给我。"莫默猜测到。

"戴铭啊，我之前和你说过的吧？我同学。那家伙被女朋友甩了。"

"啊啊。"莫默想了一会儿说，"安慰人这种事情你不太拿手吧。"

"怎么说呢，算是吧。"桀功卿回答。

"这种事情我教你你也学不会。"电话那头的莫默说，"而且不只是他的事情，你自己心里应该也有很多想法啊。"

"我心里有什么想法，反正你都知道的。"

"是啊，大概能猜到。"莫默说，"对了，我已经给你预备好生日礼物了。"

"这么早？"

"是啊，看到的时候就觉得你会喜欢，然后就买下了。到时候给你个惊喜。"莫默说。

"我猜猜看啊？你说给我个惊喜，那么肯定不是平时会送的东西，不是衣服什么的，又说我会喜欢，那肯定也不会是太稀奇古怪的我没见过的东西。"

"嗯，那是什么呢？"莫默问。

"对啊，那是什么呢。"桀功卿想了一会儿说，"反正大概不是手表就是打火机咯。"

"哎呀。"莫默叹息，"反正我会怎么选礼物你也都能猜到，不过这可不怪我，是你自己要猜，那到时候可就不是惊喜了。"

"没事，等收到的时候我还是会很开心的。"桀功卿说，"或者你希望我在拆开包装的时候装作一副完全没猜到的表情也行。"

"那倒没必要，你的表情哪些是真，哪些是假，我也都一清二楚。"莫默说。

"真是的。"桀功卿浅浅地叹一口气，"我真想体验一回其他人相处时的那种感觉啊。"

"哪种？"莫默问。

"就是那种想要更加了解对方，就带着心跳加速的感觉去接近，送礼物的时候会有惊喜，偶尔也会产生猜忌误会的那种不够有默契的相处。"桀功卿说。

"的确，那种感觉我们没有的。"莫默说，"别想太多了，先凑合着吧，暂时也没替代呢，哈哈。"

"少给我笑得那么潇洒。"桀功卿说。

但是隔着电话，他也感受到莫默的笑意，那种温暖，仿佛和声音的讯号一起传达给了他。

不，永远也不会有谁能替代。

第六章　口舌之战

"唉……"石良玉在叹气。

"好了，那场比赛已经过去了。"何庆峰安慰他。

"那个叫什么桀功卿的。"石良玉愤愤地说，"一开始陈炎跑进攀登楼的时候没有进行射击，是想利用陈炎把旗夺下来之后再射击陈炎，然后把旗抢过来吧？这样也太卑鄙了！"

"没有什么卑鄙不卑鄙啦。他们也只是在巧妙地利用规则来选取战术而已。"

"战术，这种东西就是所谓的武略吗？就是那个叫做钟全的家伙说的武略咯？"

"亏得你还能把他们的名字记下来。"何庆峰摇摇头，"钟全这个名字倒还好记，那个射击手叫什么来着……几公顷？"

"是桀功卿！"石良玉纠正他，"那是我视若对手的人啊，我怎么可能忘掉他们的名字。"

"他们说不定早就忘了你的名字呢。"何庆峰说。

"那我就去提醒提醒他们好了。话说回来，他们不就在楼上的那个队么？"

"你连这个都调查过了？不过这也还真巧。"

"当然调查过了。既然是同一个大队的，我们此前也许见过面吧，只不过那时候还没有留意到他们的理由罢了。"

"就在楼上那个队，那就好办了。"何庆峰说，"趁他们晚上休息的时候偷偷潜入他们宿舍，把他们抓起来打一顿，这样你就算报仇了吧？"

"这个报仇方式太没面子了吧？"石良玉鄙夷地看着何庆峰。

"只是开个玩笑罢了。"何庆峰轻轻叹口气，"不过要寻找光明正大的报仇机会，恐怕并不容易呢。"

"再困难我也会达成的。"石良玉坚定地说，"我才不会放过能让我热血沸腾起来的对手呢。"

"但是想想看，你把别人当做对手，别人却视你为无物的那种感觉，想必很糟糕吧？"

"你怎么知道他们会视我为无物？"

"他们可没有什么必须记住你的理由，反正他们又不需要报仇。至少他们现在肯定没有像我们讨论他们这样来讨论我们。"何庆峰说，"况且你的名字还算不上好记。石良玉……或者会被记成……十两鱼？"

"哎，别突然把我的名字扯进菜市场啊。"石良玉说，"如果他们不记得我们的话，那我们干脆去提醒一下他们好了。"

"果然还是要晚上偷偷潜入他们宿舍么？"何庆峰问。

"不必这么鬼鬼祟祟的吧？"

"不然还能怎么做？"

"我要……光明正大地！"

"杀！"钟全甩出手里的牌。

"我丢弃一张牌。将伤害转移给戴铭。"

"喂……"戴铭苦恼地摇摇头，"我还沉浸在失恋的打击中啊，不能稍微给予点照顾么？"

"桃。"桀功卿说，"我帮你加血，你就不会死了。"

"谢谢……"

"与其让钟全动手，不如我亲自解决你。"桀功卿冷冷地说，"角色牌是反贼的话，打败你再摸取三张手牌……"

"喂喂……"戴铭无奈地看着桀功卿。

"还在若无其事地玩着《三国杀》么？"门口传来一个声音。

三人同时转头看过去。

"是谁？"桀功卿把头转回来问戴铭。

"前几天比赛时候的对手，名字想不起来了。"

"啊啊……"石良玉气呼呼地走进来，"我可拿你们当劲敌啊！钟全，戴铭，桀功卿，你们的名字我可是一个都没忘记啊！"

"石良玉……是吧？"钟全微笑着说，"你的名字我也记得啊。"

至少钟全还记得我的名字，石良玉心想，这样的话心里还稍微平衡了些。

"来干嘛？"桀功卿问。

"宣战啊。"石良玉说，"相互约定好成为对手。"

"我好像想起来什么……"桀功卿看着钟全说，"我就说你当时惹了麻烦，比赛结束的时候。"

"是那样吗？哈哈。不过我觉得有个对手也不错呢。"

"到底是来做什么的，你？"戴铭看着石良玉说，"如果只是来报上姓名的话，我记住了，还有其他事情么？"

其他的事情，石良玉暂时没有想到，但他又不想就这么走了，所以就愣在原地。桀功卿他们停下了手里的《三国杀》游戏，静静地看着石良玉。钟全倒是挺友好的表情，桀功卿却用眼神透露出一种驱赶的感觉，甚至可以说是在制造压迫感。

"别用这种眼神看着我啊……"石良玉被看得有些难过了。

"你不是说。"桀功卿盯着石良玉的双眼说，"你是对手么？"

"对，今后，我们就是彼此的对手了！"

"我可没有答应过这样的事情……"桀功卿冷冷地说，戴铭也眯起眼睛笑着看石良玉，只有钟全在一边无奈地摇头，似乎大概算是站在石良玉这边替他为桀功卿的轻视感到难过和无奈的样子。

"桀功卿。"周鹏一边进门一边喊。

"怎么了？"

"就知道玩儿牌，辩论赛的事情你准备好了吗？"

桀功卿拍拍胸口，不说话。

"胸有成竹。"钟全帮忙解答了桀功卿的哑谜。

周鹏点点头，走了出去。

"学院的辩论赛？你要参加吗？"石良玉问。

桀功卿没搭理，倒是钟全回答石良玉："对，要参加学院的比赛，先要通过大队的选拔，桀功卿已经报名了。"

"那么，我也要参加大队选拔赛，我们又可以一决高下了。"石良玉笑着露出两颗小虎牙，显得很高兴，"你是我命中的对手！"

大队预选赛。

石良玉看着桀功卿在对面的选手席入座。

"那么。"主持人宣布，"现在比赛正式开始！下面，请正方一辩开始陈词。"

石良玉就是正方一辩，为了能打败桀功卿，他很用心地准备了："我方认为，做鸡头比做凤尾好。第一，做鸡头，就意味着是在某一个领域，某一个范围内最优秀的那一类人，那么，他就能享受到这个范围内最后的资源……"

突然，用力地一拍桌子，然后大声地说："综上所述，我方认为，做鸡头比做凤尾好！"

石良玉这么突然一拍桌子又提高了音量，是他想的一个小花招。这几天他找了不少辩论赛的录像来看，思来想去才琢磨出这么一个思路，如果语言上不能占据优势，就要在气势上压倒对手。石良玉想用这招让桀功卿感到紧张。

"下面有请反方一辩开始发言。"主持人说。

周鹏站起来，开始发言。石良玉并没有多认真地听，而是望向桀功卿，桀功卿看看手上的笔记本，像是正在思考着待会儿要怎么就对方的漏洞进行反驳。

"所以。"周鹏也学着石良玉的样子提高了音量，但是气势显然弱一些，"我方认为，当凤尾要优于鸡头！"

接下来的环节是双方二辩对对方的一辩提出的观点进行驳论，第三个环节则是三辩分别对对方的一、二、三辩进行提问。

"桀功卿怎么不发言啊？"石良玉小声地问身边的队友。

"还没轮到他发言的环节呢。"

这些环节的确都没有桀功卿发言的机会，按说石良玉应该是知道的，只是他心里一急，就忘了。桀功卿虽然没发言，也并没有闲着，而是把刚才笔记本上的要点总结了出来，不时地给身边的队友支招。

第四个环节，自由辩论。

"那么，对方二辩。"桀功卿发起攻击，"虽然你身为鸡头，但在你身边的环境、资源都劣于凤尾的情况下，你要怎么有进步呢？难道你没有听说过一句话，'近朱者赤，近墨者黑'吗？"

石良玉身边的二辩似乎乱了阵脚，慌忙回应道："但同时也有一句话，叫做'出淤泥而不染'呀！"

"哈哈！"周鹏抓住了对方的破绽，"对方刚才把身边的环境比喻成'淤泥'，这也就是说，鸡头所拥有的资源是多么匮乏！这正好驳斥了'宁为鸡头，不做凤尾'这样的错误论调啊！"

周鹏的这番话，让二辩措手不及，正方几个辩手互相交谈了几句，才有人做出回答。这个配合太棒了，桀功卿心想，他转头去看周鹏，两人相视一笑。

石良玉为了化解这波攻击，开始主动反击。他气势汹汹地再次拍了桌子，大声说："难道对方没有听说过'乌鸡变凤凰'这句话吗？身为鸡头，同样是有机会取得优势资源的！"

"'乌鸡变凤凰'？这我可没听说过，不过我倒是听说过'乌鸡白凤丸'啊！"

桀功卿这话一出，观众席上笑声一片。看来，比起那种拍桌子大声说话来假装有气势的方式，幽默才是更强力的武器，在反击对手的同时还能调动观众的情绪。

桀功卿连续出击。

"不知道对方辩友有没有吃过泡椒凤爪呢？"桀功卿发问。

台底下又开始发笑。

桀功卿的这个问题让石良玉听着一愣，不过要是连这样的问题都回答不上来，那肯定会被认为是失败了，所以他愣愣地回答："吃过啊。"

这正好中了圈套，他开始收套了："对方辩友，泡椒凤爪是用鸡爪做的，但是为什么不叫泡椒鸡爪而叫泡椒凤爪呢？这正是因为，就连鸡身上的一个小部位鸡爪都想往凤凰身上靠啊！那么，作为人，如果持有'宁为鸡头，不做凤尾'的价值观，不是太缺乏上进心了嘛！"

台底下先是爆发出笑声，然后又爆发出掌声！桀功卿的这番话，既有技巧性，先给对手下了圈套然后再进行攻击，又有幽默感，同时还富有哲理。这一番言语进攻，让大家都觉得胜负已定。

在最后一个环节中，正方四辩照着稿子念完了总结陈词，而桀功卿则乘胜追击，慷慨激昂地发表了反方观点。

胜利已毫无悬念，但主持人宣布桀功卿这方胜利的时候，石良玉还是轻轻叹息了一声。他看到桀功卿他们互相击掌，欢笑声荡漾开来，再一次打败了自己。

石良玉输了预选赛，当不成赛场上的对手，就只好给桀功卿当观众。第二场比赛的辩题是"做好事该不该扬名"，六大队这边又是反方，那么立场就是"做好事不该扬名"。

先是周鹏来了个漂亮的立论，然后比赛按部就班地展开。

"我方认为，做好事应该日常化。什么叫日常化？吃饭、睡觉就是最日常化的事情。请问你吃饭要留名吗？睡觉要留名吗？既然吃饭睡觉不留名，那么做好事又为什么要留名呢？"桀功卿说。

他这一问，把对方问住了，对方想了十几秒，才想好怎么回应。不过这时候，形势的天平已经开始倾斜了。

果不其然，这次比赛又由桀功卿他们顺利地拿下了。

赢下这场比赛，也就赢下了参加决赛的资格。决赛的议题是"军人是为和平还是为战争存在的"，一辩周鹏上去抽签，结果还是反方，"军人是为战争存在的"。

午饭的时候，石良玉和何庆峰找到了钟全和桀功卿。

"恭喜你啊，第一场比赛大获全胜。不愧是我的对手。"

桀功卿竟然埋头吃饭，什么话都不说，仿佛将他视作无物。

反倒是钟全开口了："这家伙还沉浸在胜利的喜悦中，说不出什么好话来。不过谢谢你们去观看比赛，复赛的时候也请来捧场啊。"

钟全不像石良玉一样把对方看成对手，也不像桀功卿一样漠视对方，他还是更愿意像对待朋友一样来认识石良玉。

"那是一定的。"石良玉笑着回答，"知己知彼，百战不殆。我要对他有全方位的了解。"

桀功卿很快地扒完饭，然后对钟全说："吃饱了没有？我们走。"

钟全点点头，站起来，对石良玉和何庆峰说："你们慢吃，我们先走了。"

"嗯。"石良玉只能点点头。

"他好像没把你当对手来重视。"何庆峰看着桀功卿走远的背影，对着石良玉说。

"可能……这是他对待对手的态度吧。"

"我只觉得他冷漠。"

本来何庆峰对桀功卿印象还是不错的，之前的战术比赛当中他枪法出色，预选赛将石良玉击败时也赢得漂亮，这一次的辩论赛又出尽风头，按说和这样的人做做朋友也是挺好的。可是没想到一接触，才发现桀功卿原来是这么不容易亲近的人。可石良玉倒也不以为意，他多少也有些心理准备，似乎对桀功卿的性子也渐渐熟悉了起来。

　　"下一场比赛，还去看吗？"何庆峰问石良玉。

　　"当然。"石良玉点点头，"对于对手，要像对恋人一样了解！"

　　想做的事情一定会去做，而且即便是遇到什么困难，被什么人给了脸色，虽然会受到打击，但是很快又能从这样的打击当中振作起来。任何无法击倒他的事情，只能让他变得更执着，这就是石良玉。当然，所谓执着，并不是毫无头脑地往前撞，而是沿着确定的方向，睁大双眼看清道路地往前走。

　　夜里。

　　不知过了多久，石良玉发现自己的脚步再也迈不开了。他停下来，大口地喘气。

　　那个流着血的男孩子倒在地上。他的血越流越多，越流越多，汇集成河，奔涌的红色的浪潮向石良玉这边追来。

　　"我不是……故意的……"石良玉跑不动了，瘫倒在地，红色的河流就要将他吞噬。

　　"哈哈哈哈，你逃不掉。"那个流着血的男孩儿突然出现在石良玉的面前，诡异地笑着。

　　"啊！"石良玉惊醒。

　　不，不是男孩儿，应该算是少年了。

　　这个从小就做起的噩梦，梦里的那个大约和石良玉同龄的男孩儿，也随着石良玉年龄的增长而长大，从男孩儿长成少年。不过，怎么说呢，虽然是重复了许多次的画面，但石良玉觉得今天的这个梦和平时又有些不同。

　　是哪里不同呢？

　　总是觉得有些细小的东西觉察到了却又说不出是哪里，这种感觉让石良玉觉得挺不舒服，石良玉使劲摇头，想干脆把这个噩梦从脑海里甩掉算了。

　　但是，这反而让他清醒了一些，让他发觉那个不对劲的地方是哪里。

　　那个从前一直模糊着看不清的面容，如今被桀功卿的样子替换。

　　流着血的桀功卿。

　　怎么回事？

石良玉脸上流着冷汗，好像他又回到了那天，回到了那个地方。他看到血，他拼命地跑，却跑不掉，因为追着他的不是别人，是他内心里的罪恶感。就像他在长大，那个少年在长大一样，心里的罪恶感也在萌芽生长，当时的恐惧已经消减很多，罪恶感却愈发强烈。

不对，怎么会是这样的。

石良玉再也睡不着了，他起身，下床，往窗外看去。窗口刮来凉爽的风，他却觉得凛冽。

他笑，这笑容在风里的意味模糊不清。他想也许命运也在这样笑他，让他在小时候犯下错误后逃走，他这一生就都没有救赎的机会。

反正睡不着了，石良玉穿上拖鞋，往天台走去，他想去吹吹风，不是透过窗口，是去个没有阻碍的地方肆无忌惮地吹风。

戴铭把烟头在墙上按灭，然后用餐纸包好装进口袋准备拿去垃圾桶丢掉，以前他乱扔的时候被桀功卿说过，然后他就把这毛病改了。

"是你们？"

戴铭和钟全同时往楼梯口看过去，是白天找来寝室的那个家伙，桀功卿却没有回头。

"你们也没睡啊。"石良玉走了过来。

"本来准备睡了。"钟全很有礼貌地微笑说。

"你们聊吧，我回去了。"戴铭这种时候没什么心情和不熟的石良玉谈话，就和钟全说了一声走下楼去了。

"抱歉。"石良玉说，"不想打扰你们，但有些事情想问问。"

钟全思索着什么似的点点头："行吧。"

石良玉看着桀功卿，问："我觉得是不是有这种可能……我们在什么地方见过？"

"午饭的时候见过。你是脑子进水了还是水进脑子了？"

桀功卿说话一点都不客气。

"不，我是说，在那之前，来军校之前……"石良玉不很有底气地问。

"我不认识你。"桀功卿说，"从没见过。"

"真的没有吗……"

"没有。我的脑子没有进水，我现在说话的时候思维很清楚。"

"这样啊……"石良玉有些遗憾似的低下头。

"认亲失败么？"桀功卿嘲笑他，"我可不是你什么失散多年的弟弟。"

"我也没有这样想啊……"石良玉说。

"我也跟你没有任何其他的关系。"桀功卿补充道。

桀功卿转身就走，留下石良玉在原地，沉默不语。

钟全对石良玉还是稍微有些好感的，毕竟那次模拟战术比赛的时候，石良玉作为对手的表现也算得上是出色了。

"说吧，有什么事情？"钟全问石良玉。

石良玉笑："那家伙，对我的态度还是那么冷淡啊。"

"别在意，他不是针对你的，他的性格就是这样。"钟全说。

"我知道，可还是会有点尴尬。"石良玉笑。

"呵。我知道我不该这么说，可是——这也是你自己找的。"

"我知道啊。我知道，可我还是觉得自己非认识他不可，虽然我也说不上确切的理由。"

"有的。你输给他了，而你不甘心，所以你想和他成为对手，这样可以找机会再赢回来，你之前不也是这样说的么？要和我们再比一次。"

"是的，特别是他，我一定要打败他一次！"

石良玉进入这所学校之后，大多数事情都很顺利，可是从那次战术比赛失利开始，他就在桀功卿这里接二连三地碰钉子。人有些时候就是这样，越是得不到的，就越是想要，征服感强烈而性格又执着的人就尤其如此。心理学上有个说法，叫沉落成本，就是人们为一件事物付出的越多，就越是难以选择放弃。现在石良玉也有这样的感觉，要打败桀功卿，这个念头，他是无论如何也不甘心放下了。

"说起桀功卿，我总感觉在什么地方见过他。"石良玉说。

"听你们的口音，大概是同乡，或许有过一面之缘也说不定。"

"他是哪里人？"石良玉像抓住了什么线索。

钟全告诉了他，石良玉点头确认。

"原来真同我是乡党。"

"那么，或许你们就是在什么时候恰巧见过一面吧。"钟全说，"不过你竟然还能记得他。"

"可以给我说说他么？性格啊喜好啊之类的。"

"你这是要打败他还是要追他？"钟全笑了。

"不是啊。我感觉大概不只是和他见过一面这么简单。"

"他嘛。是个外表看上去很冷漠，嘴挺损，但其实内心挺好的人。"

"是吗？"石良玉知道钟全要开始说了，很认真地在听。

"一时之间我也不知道从哪里说起。你的问题太宽泛了。"

"那我想问问，他性格如何。"

钟全想了想说："他是水，但也可以是冰，他可以寒冷凛冽，有时也会很柔软。总之，无论他看上去怎样，有一点我都可以保证，就是其实他内心很温柔的。只是他不太懂得表达温柔的方式，而且也没什么表达温柔的习惯。"

"那样的人，嗯，不愧是我的对手。"

"嗯，的确是个特别的家伙。"钟全点头。

他们又在天台上站了一会儿，风时有时无。当风吹起的时候，两人的衣角轻微地晃动，好像要拉扯他们，进入这深夜更深的地方。各自的心事没有在风中消散，恐怕除了找个更为深黑的地方埋藏起来以外，就只有留给时间去消减了。

又过了一会儿，钟全说："时间不早了，早点回去休息吧。连开了三天的校运会，接连着又是两天周末，这些到现在也结束了。明天就又要上课和训练了，今晚睡踏实点，这样明天才有精神。"

石良玉点点头："你先去休息吧，我再待一会儿，然后就下去。"

钟全也点点头，然后踏着拖鞋走下楼去。

"桀功卿。"他望着月亮，默念这个名字。如果不是对手，是朋友大概也不错吧？

决赛现场。

"我们场上的两边，都是通过了初赛和复赛两场比赛选出来的强者。但是，强中更有强中手，今天，就让我们来看看，哪边的实力更强！"主持人话音刚落，观众席上就呼声震天，这两支队伍，经过前两场比赛，都积累下各自的粉丝团来了。

"现在，比赛开始！"主持人宣布比赛开场。

"首先，我方发表观点。"正方一辩有条不紊地说。

石良玉看着正方的一辩，戴着一副金边的眼镜，像是个很斯文的人。按说现在这个年代近视眼的确不少，但是在军校里，金边眼镜却不知为什么非常罕见，所以这副眼镜一下子就把石良玉的注意力吸引过去了。

"因此，我方认为，军人是为和平而存在的！"一辩结束了发言。

台下响起了掌声，的确，对方一辩的这番发言十分漂亮，且不说稿子写得好，而且他发言的语速适中，语气也很有感染力。

周鹏站了起来，先是轻咳了一声，然后才开始发言。石良玉猜测周鹏这是有意为之，先前对手的开场太过出色，他用这声轻咳是把观众和评委从刚才被感染的状态中拉出来，再将注意力吸引到自己身上。

"军人，无论加上怎样漂亮的形容词来修饰，归根结底，仍旧是暴力工具，因此，军人是为战争而存在的。"周鹏以这样一句话结束了观点陈述。

台下又响起了掌声。接下来是双方的二辩向对方的一辩进行了驳论。在这个环节中双方的表现也各有可以评点的地方。

正方三辩开始了进攻，他先是问周鹏："既然军人是为战争存在的，那么为什么我们身上穿着象征和平的橄榄绿？"

周鹏按照事先计划好的语句回答："我们的常服是橄榄绿色，但是我们的迷彩服又是怎么设计出来的？迷彩，正是为了利于在战场上隐蔽而设计的。"

周鹏的回答化解了对方的进攻，接着，正方又依照流程向反方二辩、三辩发问。三辩一时紧张，竟然没将问题回答上来，支支吾吾地应付了过去，这样的应付算极不成功的。

"对方辩友。"到了自由辩论环节，这次换成对方一辩进攻了，"我倒想反问你们一个问题。如果说军人是为战争存在的，那么和平年代我们的存在又有什么意义呢？"

桀功卿站了起来，扛下这问题，这是他在这场比赛中第一次发言。他微微一下，旋即表情又变得严肃起来。

他没有说话，反而唱了起来：

这是一个晴朗的早晨

鸽哨声伴着起床号音

但是这世界并不安宁

和平年代也有激荡的风云

准备好了吗

士兵兄弟们

当那一天真的来临

放心吧祖国

放心吧亲人

为了胜利我会勇敢前进

随着高潮部分的响起，台底下的观众也跟着唱了起来。这首歌是军校里大家都很熟悉的《当那一天来临》。唱完这一段后，桀功卿略停了一段时间，观众席上爆发出掌声，石良玉更是鼓掌到手疼。

他虽然将桀功卿当做对手，这次却分外希望他赢。他不希望自己的对手输在别人手上。

掌声过后，桀功卿用严肃的语气说："是的，现在是和平年代，但是国际形势复杂，我国不能说并没有面临威胁。因此，我们要时刻准备着，准备着当那一天来临的时候，冲向战场的最前端！"

掌声雷动！

桀功卿这么一唱，打乱了对方进攻的步伐，周鹏趁机抓住机会反击："请问对方辩友，如果军人是为和平存在的，那么为什么我们阅兵的时候身上背着的是枪，而不是橄榄枝啊？"

对方三辩进行反驳："背枪是为了增加威慑力，威慑住敌方了，就能防止战争的发生，因此还是为了和平。总不能因为我们身上背着个枪，就意味着在到处找人打仗吧？"

台底下发出了笑声。

周鹏没办法回答了，倒是桀功卿站起来予以反击："阅兵是为了威慑对方？那么我们阅兵的时候应该背着个火箭炮啊，这样多有威慑力！"

台底下笑声一片。

几轮交锋之后，进入最后的阶段，对方的四辩总结很出色。

其后，桀功卿站起来发言："军人，无论用怎样漂亮的辞藻修饰，其本质都是战争机器，这点是无法改变的。虽然现在是和平年代，在部分人的眼中，军人的存在就改换了意义，但这种观点并不正确。对于军人来说，是没有真正的和平年代的，有的只是战争时期，和战争准备时期。我们现在所做的一切，学习军事技能，苦练杀敌本领，以及部队不断进行着的武器研究，战略研究，都是为了潜在的战争而进行准备……因此，我方的观点是，军人是为战争存在的！"

石良玉一直在注视着桀功卿，桀功卿做完总结，目光向观众席扫来，两人的视线短暂交会。

台上，则是一片沉寂，大家都没有说话，等待着统计结果。

"那么，现在宣布结果。"主持人拿着一张纸走上台来，"获胜的一边是——正方！"

掌声！

石良玉发出一声浅浅的叹息。

周鹏开始安慰队友们："没事，我们拿到第二名，这个成绩也很不错啦。"

主持人的话却还没说话："而最佳辩手，是反方的四辩——桀功卿！"

掌声雷动！

桀功卿感到所有的视线一下子向自己身上聚集过来，在这种情况下，大多数人也许会感到紧张和窘迫，但他完全没有这种感觉。早在初中举办校运会的时候，他身为学生会的骨干坐在主席台上的时候，就已经体会过这种目光了，后来这种情形更是重复了无数遍。而且，似乎他的血液里有种东西，他不仅仅是习惯了，而似乎天生就喜欢这种被所有人的目光锁定的感觉。

是骄傲感。

桀功卿的嘴角荡漾着微笑。

比赛双方互相握手，这样的握手只是个形式，并不能说得上多友好。台下的讨论声更大了。比赛已经结束，但是大家还在赛场的氛围当中。桀功卿下意识地又往观众席上的那个方向看去，石良玉仍然在看着这边，那种眼神，好像在说"我就知道你能做到的"一般。

第七章　电话风波

夜里。

石良玉戴上帽子，扎好腰带，又在镜子里看了看，确定仪容仪表没有问题了，就往楼下走去。他下楼的时候，尽量放轻脚步，不吵到正在休息的人。走到楼下的时候，自卫哨上的哨兵正笔挺地站着，石良玉看那面孔觉得很是熟悉，走近一看，帽檐底下的那张脸他见过，是戴铭。

石良玉上前和戴铭打招呼，戴铭扬了扬嘴角，微笑回应，石良玉问："哨站到你们班了？"

戴铭点点头，没有说话。

石良玉想，这人既不像桀功卿以前那样冷漠，也不像钟全那么容易接近，而是像只猫似的，让人抓不准它与人之间的距离，看起来它可以躺在你怀中吃你喂它的猫粮，但又说不准它尾巴一扬随时都能走掉。

想那么多干什么？石良玉用拇指压了压自己的太阳穴。他看看挂在墙上的石英钟，时间差不多了，他就往南门走去。这时候，天空中有一两颗星，而且离得很远。有一轮月亮，正放射着荧荧的光辉。

石良玉一走，戴铭的身子就有些软下来了，其实，他刚才是听到身后有脚步声传来才站得那么挺直的。在整个上哨期间一直板着腰，挺着胸膛，在戴铭看来是件不够灵活的事，虽然即将来接哨的下一班哨兵钟全做事就是这种风格。

又有脚步声。

戴铭主动站直了身子，两脚略微迈开，与肩同宽，两手背在身后，右手虎口握左手手腕，这次他换了个跨立的姿势。

两个人影来到了戴铭面前。

是你们啊，戴铭心想。

"哨兵同志，下哨时间已到，请交班。"石良玉敬了个礼，然后开始交接。

"请接班。"严喧说。

石良玉站到了哨岗亭里，严喧向石良玉补充说："没有出入证的人员和车辆不允许进入，这个别忘了。刚才我站哨的时候就拦了两个人下来。"

"好，我会注意的。"石良玉点点头。

严喧在哨位登记本上签好字就下哨走了，留下石良玉一个人在哨位上，他跨立站好，目光看着旁边那道铁门。

南门是这所学校的后门，正门在北边，哨位由警通中队担负。相对于起到了主要出入口作用的正门而言，南门主要进出的是一些建筑公司的人。学校现在正处于转型期，不仅各级管理结构在作应对，调整，硬件设施方面也在扩建，补充，所以经常会有建筑方的人出入。但是，军校就是部队，部队是不会随便允许外来人员出入的，为了抓好后门的管理，学校下了细功夫，给每一个需要进出校门的建筑方的人，无论是施工工人还是部门经理，都发放了出入证，如果是驾车驶入的话，证件上还会注明是大车还是小车。

石良玉被叫哨醒来时，其实整个人还困得很，他是那种没心没肺，倒床就睡的类型，如果正在酣梦之际被叫起来，人虽然醒了，但精神还停留在梦想里没来得及赶回来。不过走过这一路，被冷风吹了许久，现在是终于清醒了，一清醒过来，发现自己一个人站在哨岗亭里，除了头顶上有盏节能灯发出惨白的光彩，四周里都是黑暗。没有人声，只有一些不知名的昆虫在叫，只有北风在鸣。

寂寞得很。

平时大家看到的石良玉都是整天充满活力，乐观向上的，虽然没什么大脑的样子，也算讨人喜欢。其实，人长到这个年纪，不会真这么没脑子，不会什么都不想，只是一方面，石良玉出现不积极想法的次数少，另一方面是他有着积极的价值观和行之有效的调控方法，消极的情绪能及时派遣出去，而残留下来的那么一点点，石良玉埋在心底，然后摆出一张笑脸，就没人能察觉到了。有些类似的是桀功卿，桀功卿就是把一切都埋在心底，然后摆出一张冷脸，这样别人也没办法搞清他到底在想些什么。

现在石良玉站在这儿，也会产生寂寞这样的情绪，他的脑海里依次闪过了父母、亲友、同学，当然，还有林雨霏。他和林雨霏保持着断断续续地联系，就像说好的，作为朋友那样。他知道林雨霏过得还好，所以他不太担心，但他想，要是哪天林雨霏告诉自己她开始了一段感情，他才会彻底放心。

他也想过，如果他身在别的学校，那么他当然不用站岗，他应该还在梦乡里。明天醒来的时候，他大概要赖会儿床，但是起床过后，就能漫步在落叶层层堆积的大学城里，路上买几个包子边走边吃，也不用担心这样会被纠察队的人纠到，记下个违反《条令条例》的罪名。说不定，他走到教室的时候，还能看到林雨霏假装生气的脸，然后听她嗔怒着问一声："又睡懒觉，英语四级不打算过了吗？"

这些都只是幻想。

现在他在这儿，就能说出明天一整天的安排，包括早上几点起床，早操跑几圈，几点开饭，操课的时间、地点、内容分别是什么……他不后悔来到这儿这个选择，但他会羡慕，羡慕另一种生活。

他也会告诉自己，在这里真的很好，这里食宿都包下了，条件还不差，每个月都能领取津贴，衣服裤子鞋子都是发的，甚至内裤袜子都有得发。省下来的津贴可以买书，买零食，或者打给家里。当然，还远远不止这些，读军校，毕业以后不用考虑就业压力的问题，部队直接分配，这儿更是有深切的战友情，有为国贡献的使命感，有钢铁一般的军魂。

对于石良玉而言，没有比这更好的选择了。

一束灯光照了过来，打断了石良玉的思绪，紧接而来的，是汽车的鸣笛声。石良玉走上前去，并没有急着开门，而是向着车辆敬了个标准的军礼，说："同志，请出示出入证。"

车里面的那个中年男人走了下来，慢慢地走到石良玉面前，隔着铁门递过来一张卡，隐约还说了声"拿去"，石良玉没太听清楚。

是学校发的出入证，没错，在车灯下，石良玉相信自己把这三个字看得清楚，他准备将证件递回去，突然又想起严喧说过的话，觉得这种事情还是谨慎点好，就把证件打开来看了看，核对一下。

这一看不要紧，那个开车的人似乎等着急了，催促起来："看什么看，是你们学校发的本本，不会错！"

石良玉听到他在催促自己，反而更加仔细地看起来，照片是没错的，的确是眼前的这个人，虽然是深夜，但是凭借车灯的亮光，这点他可以看清楚。学校的钢印他也不会认错。

"这个娃娃怎么那么死脑筋？快点开门嘛。"那人说。

"我不能开门。"石良玉义正言辞地说，"您的证件不合适。"

石良玉终于在证件上发现了点不对劲的地方，那就是通行证上写明的是大车准入，可现在这个人是开着小车来的。大车小车的区分在这里很容易，大车就是指运送水泥或者沙石的卡车，或者是挖掘机之类的车辆，小车指的是私家车一类的。虽然其他地方都没有问题，但是石良玉可小心得很，既然有一个地方说不通，那么就不能让这个人进去。

"为啥子不让进去哟？"那个人问。

"同志，您的通行证上写着的是允许驾驶大车通过，可现在您是开小车来的，这个对不上，我不能让您进去。"石良玉尽量耐心地解释。

"大车小车不是都一样吗？你这娃子真是瓜兮兮的，我还以为是什么大问题。"那人不耐烦地说。

"不一样的，证件上不一样。"石良玉说。

"证件上不一样？"那人的语气急促起来，"证件上有什么不一样？一样的照片，一样的盖章，一样的本本！就差几个字就不让我进去，你这不是死脑筋吗？"

"不一样就是不一样……"石良玉找不到更多的话来回答了，他只是认定了一点，既然情况和证件上的不完全相符，就不能让面前的这个人进去。

"你真是死脑筋！你说，这个证件是不是你们学校发的？"那人问。

"这个倒是真的。"石良玉说，"但是……"

"那不就行咯！你们学校发的本本，怎么现在要进去你们学校又不好使了呢？"那个人问。

石良玉回答不上来，只是摇头："同志，不行的。"

"还说什么人民武警。人民武警不为人民服务，现在不是在给人民增加麻烦嘛？那要你在这里干嘛？站哨，站哨不是抓坏人的嘛？我可是个良民哦，你这个娃娃把我当坏人看待，你这算啥子回事情嘛！"那人有些生气了。

他这一番话说得石良玉感觉很委屈，尤其是那一句"人民武警不为人民服务"，让石良玉心内十分着急，他想要解释，却找不出合适的话语，甚至显得有些理亏起来了。他甚至有点后悔，觉得刚才查看证件的时候不应该那么仔细，如果刚才只是确认了那是学校发的出入证然后就放行，现在就不会有那么多事情了，可现在已经看出问题来，虽然不是什么大的差异，但石良玉是一定不会放行了，而且之前严喧也特地强调过这一点。

"抱歉，我还是不能让您进去。"石良玉说。

"你这个娃娃怎么那么倔呢……"那人说。

"他就是那么倔的。"这时候有个人打断了刚才的话语，"所以您怎么说都没有用，还是快点调头吧，您看，这夜里也挺闷的，您跟这么一个倔脾气的人在这里耗着，也无济于事，要是把自己热坏了就更不好了，不如回家睡一觉，明天再来找相关负责人，把事情妥善解决了，您看这样好吗？"

"桀功卿，是你……"石良玉转过头来，惊讶地看着桀功卿。

"别一脸不可置信的表情，我在站巡逻哨，听到这边有动静，就过来察看一下。"桀功卿说。

看到有人过来了，那个中年男人似乎又燃起了些希望，他也许在想，现在过来的这个人应该会好说话些，再说说，或许就能进去了。

"这位警官同志，您来得正好，您给评评理嘛，我明明有出入证，他却不给放行，这算啥子回事情哟！"中年人说。

"给我说说看。"桀功卿对石良玉说。

石良玉把事情告诉了桀功卿。

"您的证件有些地方，和实际情况不一样，所以我们不能让您进去。"桀功卿说。

"就一点点小不同……"中年人说。

"结婚证和离婚证也就一个字不同，您说我能拿着离婚证去请别人喝喜酒吗？有时候差一点点就差很多，您说对不对？"

桀功卿的这个比喻让那个中年人觉得又好笑又好气，说话也急不起来了，只好慢慢向桀功卿解释："我以前的确是开大车的，但是我最近不是升官了嘛，当上部门经理了，现在挖掘机不归我开了，那是我手下的人干的事情，现在我也开起小车了嘛。您说，总不能因为我升官了就不让我进去了，对吧，警官？"

"同志，您别警官警官地叫我，我和旁边这个倔脾气一样，也就是个哨兵，您可以叫我哨兵同志，或者武警同志都行。您升官了，这得恭喜您，这样吧，我有个提议，您看行不行——如果您有急事的话，我现在去和值班的领导请示一下，看能不能让您进去，如果您没什么急事，那么我想您可以明天再过来，和相关的领导说说，办张新的出入证，那么下次就可以顺利通行了。您看，您升官了，再办个新证，这才配得上您现在的身份嘛。"桀功卿微笑着说。

桀功卿有这样的本事，能轻松地驾驭各种各样的口吻和口音，他现在用的完全不是平时的那口南方音，而似乎在像说相声一般，卷着舌头把一连串的话吐出来。桀功卿把道理分析得仔细，两条路都说了出来，中年人细细一想，自己也的确没什么要紧的事情，就只好点点头，转身离开了。

"谢谢你。"石良玉看着桀功卿说。

"谢什么，我又不是想帮你。"

"你……"

"你什么你。下次哨位上遇到情况处置不了，用对讲机呼一呼友邻哨位。"

"我知道了……谢谢。"

石良玉看着桀功卿走出视野，觉得他的背影很帅。

虽然是夜里，天却出奇的闷热，站哨久了，头略有点晕眩，浑身都浸泡在一种无力感之中。石良玉不知道这样的状况还要持续多久。甚至连月光都开始烧灼大地，至地面升起了一股淡薄的白雾，好像连空气都被点燃了。背脊早已流汗，现在汗混杂着咸涩的蒸汽浸透了他的背心，将外面的常服一并打湿。有那么一瞬间，石良玉产生了这样一种幻觉，觉得这世界无非一个大蒸笼，而人们就是其中的包子，饺子，发糕，芙蓉蛋。还有多久才结束？他不知道，他想，可能会这么一直持续下去，直到永远，因为时间也已经被热浪融化了。

就在石良玉觉着自己大约七分熟的时候，救星来了，他"啪"地一个军礼，然后用洪亮的声音喊："哨兵同志，下哨时间已到，请交班！"

"请接班。"石良玉有气无力地说了三个字，用尽了喉咙里最后一口真气，然后就感觉有血腥味往上蹿。喉咙要出血你早点出啊！不解渴至少也能让我润润嘴嘛。石良玉心想。

下了哨，他还不忘回头看一眼，接班哨兵站得笔挺，一副神采奕奕的样子，简直跟自己两小时前刚上哨的时候一样英俊。

"回来了？"何庆峰躺在床上，头也没抬，听着脚步声问。

"回来了。"石良玉说。进了阴凉的宿舍楼，元气算是有所恢复。

"我失眠了。聊聊？"何庆峰问。

"那你先躺着吧，我得洗个澡。"

何庆峰扭头看了石良玉一眼，说："别啊，刚出汗就洗澡，会感冒的。"

"别说感冒了，就算要得非典艾滋癌我也得洗啊。"石良玉一边说着一边把毛巾甩上肩，"不然汗干了我成腌菜了。"

一边洗澡时，石良玉一边在想，其实桀功卿那家伙，如果不仅能成为对手，还能成为朋友的话，也是很不错的。

"叮铃铃……"

石良玉顺手接过电话："喂，找哪位？"

"噢，是……不，你好，是某某学院的吗？"对方这样问。

石良玉觉得有些奇怪，不过对方报出了自己学校的名字，石良玉就回答了声："是啊，请问找谁？"

"我找我儿子，不过……"对方吞吞吐吐的。

"您儿子叫什么名字？我帮您去楼道里喊他。"

在军校里是不允许学院使用手机的，所以平日里大家和外面联络的方式就是公用电话。电话装在楼道里，大家训练之余就可以使用，不过公用电话有个小麻烦，就是不很方便。打出去还好说，插入电话卡然后拨号就行了，毕竟没有手机，大家又用回了最原始的方式，把联系人的名单都记在电话本上。但是接听的时候就有个小麻烦，那就是对方打回来时，自己并不一定在电话机边。渐渐地，大家就形成了默契，那就是无论是谁打过来，在电话机旁的人都主动去接，然后询问找谁，记住名字后，再在走道里大声呼唤，或者把那个人叫出来，如果对方恰好不在的话，就向对方班里的人叮嘱一声，某某某找他，记得回讯。因为公用电话是每层楼里都装的，所以这个方法实行起来并没有什么问题。

"我儿子不是这个队的，他在……唉，还是不要打扰他了。"对方说。

石良玉不太明白目前的状况，但是听对方的声音，的确是个思子心切的中年妇女。

"他是楼上的，还是楼下的？没关系，我帮您去叫。"石良玉说。

"不用了，我特地没打他们那个楼层的电话，把号码的尾数换了一位，没想到真拨通了。我儿子他嫌我唠叨，平时很少和我打电话。要是你现在去叫他，他一定会嫌我烦的。但是，唉，都好久没有和家里联络过了呀！我就是想知道他最近怎么了……"电话那头说。

石良玉听了，大概明白是怎么回事了，就说："这就是他的不对了，学校里虽然忙，但是和家人联络的时间还是有的，不仅有，而且还是很重要的。您把他的名字告诉我吧，我去把他叫来。"

"孩子，你别怪他……"电话那边的声音微微颤抖，"我知道他也是有苦衷的，毕竟读军校不容易啊。我也知道，读军校很苦，很累，但我这不是希望他能有一个锻炼自己的机会吗？他从小就太受宠，如果在人生的这个阶段再不经历过什么的话，以后遇到挫折我怕他……唉。"

电话那边说着说着就偏题了，石良玉只是静静地听着，直到那边的声音停顿下来，他才说："阿姨，您太宠他了。"

"我知道。都是我以前做得不对。"

"阿姨，您放心吧，这边的时间虽然安排得紧张，但是日子过得很充实。他没什么时间打电话回家，可能是因为有事情要忙吧？"石良玉安慰对方说。

"我知道他忙，就是不知道他忙些什么。"那边的声音说，"我打电话过来，就是希望有他的同学能接起来，跟我说说，他现在都在忙些什么。我知道，他现在已经算是半个大人了，但是他再大，也还是我的孩子。他离开家那么远，我是会担心的，他那么久没和家里联系，我是会思念的，他在做什么事情我都不知道，我是会猜疑的……"

"我知道。"石良玉说，"要不阿姨，这样吧，如果他在我们楼上或者楼下的话，那他不也就是我们大队的嘛。一个大队的生活都差不多，要不，我给你讲讲我们最近都做了些什么？"

"那可真是谢谢你了，孩子。"

石良玉开始讲了起来……

"看你这副样子，怎么了，有心事？"何庆峰问。

"嗯。"石良玉点点头。

"说出来吧，兄弟替你分担呢。"何庆峰说。

"老实说，这件事还真不算我的事。"石良玉说。

"怎么，林森那家伙遇到什么麻烦了，你在替他担心？"何庆峰说，"不至于，他是成年人了，懂得怎么应付麻烦，而且他是大男人，又不是你那口子，不用你什么都替他思前想后的……"

"喂喂。"石良玉打断何庆峰，"说哪儿去啦？我可没说是他的事情呢。"

"那又是什么事？和桀功卿有关？他又欺负你了？"

"与其在那里猜来猜去，你不如直接问我啊。"

"我一直都在问你啊，你这不是没开口说嘛。"

石良玉就把刚才接到的那个电话说了出来。

"唉，你就是太热心了。"何庆峰拍着石良玉的肩膀说，"干嘛替别人背这个思想包袱？要是其他人接到了这种电话，估计不会管那么多闲事吧？"

"我知道我是多管闲事，可是这件事情我看不过去！我倒不是说自己多么孝顺，但是和家里保持联络，这最基本的事情还是要做的吧？弄得家人担心自己，还不敢直接打电话过来……最好别让我知道那个人是谁，要是我知道了，肯定饶不了他！"石良玉狠狠地说。

"还好那个家长没把他孩子的名字告诉你。"何庆峰调侃道。

"那个母亲也不容易啊。"石良玉说，"不仅要关心自己的孩子，还为他考虑了那么多。"

"母亲的心都是这样的。"何庆峰说。

石良玉点了点头。

"那么后来呢，这事情是怎么解决的？"何庆峰问。

"我和吴阿姨说好了。"石良玉说，"以后每周大约这个时候，她都打电话过来，打给我，我来替他儿子告诉他这边的生活是怎么样的，免得她太过担心。"

"你还真是个好人。"何庆峰说。

"说真的？"石良玉问，"不是调侃我？"

"真的。"何庆峰说。

"石良玉，你还真选个火枪手啊？"林森冲着石良玉喊。

"我要练好射击，打败樊功卿！"石良玉回答。

"那你就躲在钟全后面打伏击吧，你的 Dota 技术我本来就不放心，又选了这么一个不好用的角色。"林森说。

"嗳。"石良玉微微摇头，"你没听说过负负得正么？"

军校里统一配发电脑是在新训结束了一段时间之后的事情，后来各种联机游戏就渐渐取代了《三国杀》和扑克牌在周末娱乐活动中的地位。学校里的电脑都没连接互联网，而是在校内自有一套局域网，和互联网在物理上是严格隔绝的，防止泄密事件的发生。这个局域网还和武警总部相连，在学校里就可以看到总部或者其他总队的一些资料。当然，这些资料里很多信息都是涉密的，不能够向外界透露。学校使用的电脑 USB 接口都是加密过的，普通的 U 盘无法从中读取信息，这也确保了涉密信息只在内部流通。

时代在进步，军事的外延也在扩张和变革，信息战争也是军事斗争中至关重要的部分。这些都是石良玉他们在课上学到的。这也是军校的意义所在，时代在发展进步，如果只是停留在旧时代的观念上去征兵，用兵，管兵，都是行不通的了，军校要培养出新型的带兵人才，既崇文，又尚武，懂得新时代下战争的各种外延，又苦练各项军事本领，拥有强健的体魄。

　　当然了，这些都是题外话。

　　"输了！"何庆峰叹了口气。

　　石良玉站起身，走到了林森旁边："我……"

　　"不用解释。"林森摇摇头，"没听说过一句话么？敌人不相信你的解释，朋友不需要你的解释。"

　　"我没想解释，我没那习惯。"

　　"也别道歉。"林森说，"道歉也挽回不了刚才惨败的局面。"

　　"我也没想道歉。"

　　"那你还有什么好说的？"林森转过头来看着石良玉问。

　　"口渴么？我去帮你倒杯水？"石良玉笑着说。

　　"走开，讨好无效！"林森喊了出来，"不怕神一样的敌人，就怕猪一样的队友啊！"

　　何庆峰也在一边无奈地摇头。

　　"对了，时间到了，我去打个电话。"石良玉看看学习桌上的小闹钟说。

　　"打给女朋友？"林森问。

　　"不，打给一个中年大妈。"石良玉边说边找电话卡。

　　"中年大妈？"

　　"嗯。"石良玉点点头。

　　"他啊，热心肠。"何庆峰在一旁说，"有个学员的家长打电话到学校来，想了解她孩子的情况，但是她孩子嫌烦不肯接，结果被石良玉接到了，还主动承担任务，给那家长说说学校里的情况。"

　　"不是这样……不过也差不多。"石良玉把电话卡和一个小电话本找了出来，正要往外走的时候，林森伸手拦住了他。

　　"你要干嘛去？"

　　"打电话啊。"石良玉用一种理所当然的语气说。

　　"把事情描述一下。"林森说。

　　"哦……"石良玉有些摸不清林森为什么这个反应，但还是把事情原原本本地说了出来。

"别去。"

"为什么？"石良玉不解地问。

"你要去了可就麻烦了。"

"别说些奇怪的话。好啦好啦别拦着我了，我去打个电话就回来啊。"

"我不拦你……那就出事了！"

"是啊。"来石良玉班上一起联机打游戏的严喧也说，"这个电话不能打。"

"为什么这个电话不能打？"石良玉问。

"刚好有个文书在这里。"林森说，"严喧，你和他们解释一下。"

"因为保密守则啊。部队里的消息，不能向外界透露。"

"对方就是个学员家长，不是什么敌特分子。"石良玉说，"我说呢，林森、严喧，你们一副紧张兮兮的样子，多心了！"

"不是的。"严喧摇摇头，"不管对方是敌特分子还是一般群众，我们部队的消息都不能泄露。"

"我会拿捏好尺度的，不说编制体制，行了吧？"石良玉说。

"不行……"

"又怎么不行啦？"石良玉有些急躁起来。

"你拿捏尺度？你怎么拿捏尺度？"林森张口了，"对方自称是学员家长，那肯定会问最近的训练情况吧？她一问孩子最近训练了些什么，那你不是张口就把我们大队的训练计划说出来咯？我们要保密的内容可不只是编制体制，枪支弹药，还有训练内容和很多其他信息，都是不能说的，这个你可能要重新学习一下咯。"

"但是她就是个思子心切的妈妈啊……"石良玉着急了，"你们能体会到一个妈妈关心自己儿子的那种心情么？我嘴巴笨，很多话不会说，但是……好，我表达不出来，不过你们可以自己想象，自己换位思考。我也没什么办法去帮到那个母亲更多，打打电话，这就是我唯一能做的了。"

"我听说过相似的案例。"严喧组织好了语言，"以前曾出现过这样的案例，有人称自己的儿子在当兵，但是不爱跟家里联络，吸引部队里的其他人同情自己，趁机套取资料，其实那人是和海外有联络的间谍。"

何庆峰若有所悟地"噢"了一声。

"不会吧……"石良玉略有些惊讶，"可对方只是一个中年妇女啊？"

"你以为真的跟电视上一样，间谍都是那种把窃听器和手枪藏在高跟皮靴里的美女么？"林森调侃他。

石良玉垂下了头，思考着什么，良久，他抬起头来说："我知道了，但是这个电话我还是要打。"

"现在还要打？"何庆峰瞪大眼睛看着石良玉，"你疯啦？"

"不。"石良玉摇摇头，"我不会泄露学校里的情况了，但是这个电话还是要打，告诉电话那边那个妈妈，说因为有些事情，所以以后我没有办法再打电话给她了，也要劝劝她多和自己儿子沟通沟通，改善一下关系，我还要道歉，和她保持联系的约定，无法实现了。我知道你们要表达的意思，但是我还是相信，她是个好人，不说别的，从她的声音里我也能听出来，那种思子心切的感觉。这世界上什么东西都可能是假的，但是母爱，是真的。"

石良玉说完走出了寝室。

"何庆峰，你去盯着他，别让他一不小心泄密了。林森，我先回去了。"严喧说。

回想起许多年前自己把玉弄丢的那一次，回到家里，妈妈没有责怪自己，反而是流着泪庆幸孩子平安归来，石良玉的心头还是会感到一阵温暖。妈妈是个很温柔的人，这种温柔他不知道如何形容，却总能感到它在心头萦绕。石良玉相信，天下所有妈妈的爱子之情都是一样的，都是这种温暖，柔软却又异常坚韧，无可断绝。他也相信，电话那头那个母亲，透过长长的电话线，也只是，想要向军营这边的儿子传达些许爱意而已。

石良玉厌弃自己，不能找到一个妥善的办法，拭去那个妈妈的眼泪。

可他不能够，他甚至不能够再次接听这通电话，给那个可怜的妈妈多一些慰藉。因为身后是这和母爱一样坚韧的，军队的钢铁一般的纪律。

电话事件让石良玉感到心情很烦躁，周日的时候，他请了假，决定外出散散心。

石良玉换上便装，一套黑色的运动服，里面穿着白色的背心，脚上是双白球鞋。黑白分明的搭配是最为简单的，也让他看起来很干练。楼道里哨音响起，大队值班员在喊，外出人员大队楼前集合。石良玉就拿着学员证跑下去了。

在楼下，他看到了桀功卿，就不自禁多打量了几眼。桀功卿是单眼皮，小嘴巴，仍旧板着个脸，没有笑，上身穿着灰色的灯芯绒外套，外套的袖子卷了三卷，把大半个小臂露在外面，左手上是白色的 LED 休闲表，下身是黑色水洗休闲裤，白球鞋。石良玉看着桀功卿的穿着，觉得除了那双白球鞋，其余的都和这个年龄段的人不太相称，但是穿在桀功卿身上却没有违和感，尤其是那件灯芯绒外套，简直和桀功卿那张板起的脸太配了。

我是灰色的。石良玉仿佛听到桀功卿的外套在这样说。

但是再一细看，桀功卿的视线就被某件物品牢牢抓住了。

那就是桀功卿从胸前掏出来，正在手上把玩着的那块玉，更准确些来说的话，那是块鸡血石！

第八章　玉石往事

通透的玉身里面有着细细的鲜红色的条纹，这样鲜明的特征，不会错。

隔着那么远，石良玉当然没有看到条纹，但是，只要一看这块玉的形状，就不会错。

从小时候开始就一直戴在身上，直到某一天意外搞丢之后就再也没见过，但只要见到了，还是能随时认出来的这块玉，现在，又出现在了自己的眼前。

强烈的意识驱使着石良玉走过去，即便不久前才和那个人发生矛盾，但现在这已经不重要了，石良玉想知道，那块玉是否就是自己曾弄丢的那块。

"桀功卿。"石良玉走了过来，问，"那块玉……"

桀功卿瞥了石良玉一眼，懒得说话。

值班员跑到楼下，又吹起哨子来："外出人员，按照各队的序列排好队！"

石良玉只好回去站好。然后，各队依次带出校门。一出校门桀功卿就搭上计程车走了，石良玉没有机会问他。不过，这样的机会肯定还是有的。石良玉想着，那块玉，是否就是自己弄丢的那块。

难道桀功卿就是那个人？

难道桀功卿已经不记得了吗，小时候发生的那件事？

石良玉本来决定不再为桀功卿的事情纠缠下去，不过现在这块玉的出现令事情又充满了变数。石良玉下定决心要弄清楚这块玉和桀功卿的事情。如果说，桀功卿真的是曾经被自己撞到的那个男孩儿，是那个无数次流着血出现在自己噩梦里的那个男孩儿，那么，他所要做的就应该是和桀功卿成为朋友，甚至还要为以前所犯下的错误赎罪。

其实，到了现在这个年龄，石良玉肯定也明白过来了，当年他的那一撞，是不可能把人撞死的，但是那件事情仍在他的心内留下了巨大的阴影，他想，此事未必没有在对方心内留下同样不堪的记忆。石良玉并非没有犯过错，可那是他人生中第一次犯了那样的错误之后逃避，而且，他这一逃避就错过了坦白的时机，以至于此后这事长久地埋在心里，从一粒小种子生根发芽变成噩梦。

如果真的是他的话，拜托，石良玉想着，给我一个道歉和赎罪的机会吧。

看似不相干的两条线，因为过去的轨迹有过交点，那么当它们再次汇聚时，就不会像平行线那样互不影响地延续下去。以前撞伤的人，现在又出现在了自己眼前，这种概率并不大，可在命运的魔术手之下，就算发生了也并非是多么稀奇的事情。人们不总有些这样的经历么？张三和李四高中时成了同桌，一聊天才发现，他们有一个共同的朋友王五，王五是张三的小学同学，是李四初中时一起打球的伙伴；某年月日去饭店庆祝生日，结果蜡烛点燃才发现不远处坐着另一个寿星也在庆生，相互询问才发现，竟是同年同月同日生，后来日久生情结为连理……低概率，低可能，这些都在命运的魔术手中变为了现实。

所以，石良玉选择相信，相信桀功卿就是那个很久很久之前，便在命运上和自己有了羁绊的人。

外出回来后，石良玉打了报告走进桀功卿他们班："桀功卿，我有事要问你。"

戴铭转向石良玉，把右手食指放在嘴唇上，做了个"嘘"的手势。

"我有很重要的事要问。"石良玉再次说。

"等我下完这盘棋。"桀功卿说。

"是很重要很重要的事情。"石良玉强调。

桀功卿也不说话，把棋盘在桌子上铺开。

钟全拿出棋子就要摆，桀功卿阻止了他，说："我来，我们摆个残局。"

桀功卿把棋子挑出来摆好，说："你先。"

钟全看了看两边的阵容，不假思索地说："两边差距太大，你赢不了的。"

"的确。我这边丢了一边车马炮，而你的双车双马双炮全在，但是，残局有意思的地方就在这里，虽然两边阵容不同，但各自都具有无限的可能性，比完整的开局更有意思的可能性。"

"我不认同。"钟全摇摇头，"没有什么比未开场的棋局更富有可能性的了。"

"你只考虑了棋局本身，没有考虑到棋局背后的人。很多时候，棋手坐

85

定，尚未开局，胜败已分。"

"你想说的是双方实力有所悬殊的情况吧？"

"对的。但是残局会让这一切富于变化。差的棋手，拿到好的阵容，也一样有很大的赢的机会。好的棋手，开局不利，也有可能凭借自己的努力二两拨千斤。"

"这就是不对等的残局了，按你这种说法，棋盘两边优劣不一，我怎么感觉不太公平啊。"

"人生就是一场残局，我们一出生就身在其中。钟全，你觉得这场残局公平么？"桀功卿问。

"呵，还行。"钟全笑，"而且我想我还不算是一个烂棋篓子。"

"你赢的可能性很大。不过，先下好眼前的这盘棋吧。你得注意，你无士无相，可我士相双全噢。"

"你还比我多几个卒子。"钟全边说边动棋，他往前多跳了一步马，"士相双全，但你也不可能用士和相来进攻吧？"

"拱卒。"桀功卿动了一步棋。

这时候，戴铭也凑过来看，对钟全说了一句："你小心，局面很凶险。"

"我知道。"钟全说，"无士无相，家门已毁，退不可守。但是你没听过一句话么？进攻是最好的防守。"

"跳马。"钟全说。他在向这边发动快速攻势。

"拱卒。到你了。"

"你也在以攻为守？但是要比进攻速度，你可比我慢多了。卒子过河算个小车，但是说到底，还是只能一次动一格。"钟全说。

"我认为，卒子过河后之所以只能算个小车，不是因为它一次只能动一格，而是因为它不能回头。棋局上，有些时候，退一步等于进十步。"

"我就来看看你怎么退吧。"钟全说着把车往前推，卡住了相的移动路径，这是在为他下一步把马跳进来做准备。

"你的相被我封锁了。"钟全笑。

"当头炮。"桀功卿动了一步。

"你的进攻太慢。"钟全说，"跳马。"

"跳马。"桀功卿也动了一步马，把钟全的进攻路线挡住，但是这样的话，桀功卿这边等于又少了一枚可以进攻的棋子。

"跳马。"钟全开始动另外一边的马。

"将军。"桀功卿把卒子移到了和炮正对着的那条线上，成为炮台，直击钟全的老帅。

钟全把老帅左移了一步。

"拱卒。"桀功卿逼近。

"跳马。"钟全继续进攻。

桀功卿往另一边上相，卡住了钟全的马。钟全开始移动另外一边的车，要来抓这个相。桀功卿没有理会，用自己的车控制住纵横各一条线，然后通过卒和炮进行了几次将军，渐渐把卒子推向了钟全老帅附近。

"跳马将军。"钟全的马也已经攻了进来。

桀功卿把将移了一格。

"吃相。"钟全吃掉一个子，等他的车移开后，另一个马也能进攻了。

"上车。"桀功卿终于把车推上了前线。

"吃马。"钟全笑，"现在你只剩下一个炮一个车了，怎么能将死我？"

"你动错了一步棋。如果我是你，我就先把挡在马前的那个车移开，而不会先动这个车吃马，这样你虽然吃了一个子，但是在进攻上就慢了一步。"

说着，桀功卿用车将军。钟全没有士相，只好拿炮去填。桀功卿用自己的炮打掉了钟全的这个子，但是因为有车在后面，钟全又没办法把这个炮吃掉。

"动车。"钟全把车移开，下一步就可以跳马进攻了。

"你晚了一步，局势就变化很多了。"

接着，桀功卿用炮往回走，同时，用车将军。钟全没有士相，无子可填，又只顾着进攻，没有料想到这步进攻，旁边安插了个卒子，老帅也被卡着不能动弹，只好认输。

"我丢掉一边车马炮，换来你的轻敌大意，这笔买卖，做得值吧？"

"好棋手。"钟全笑。

桀功卿转头看看戴铭："你是不是早就看到了这一步？"

"我哪有这么厉害。"戴铭说，"我只是看到了钟全那一脸忽视防守的表情罢了。"

桀功卿点点头："很多人都说，进攻是最好的防守，但是我想，有些时候，我们能以守为攻嘛。对于有些东西，太急切地争取是没有用的，反而会因为心急，因为大意而错丢棋子。我就想：要是能注重防守，稳中求胜，是不是更好呢？"

"没有好不好吧。只是两种不同的态度罢了。"

"的确。两种不同的态度。"

"桀功卿，你下完了？"石良玉迫不及待地问，"我有些事情要和你说。"

"什么事情？"

"我们出去说。"

"去楼顶吧。"桀功卿瞥了一眼石良玉。

"说吧，什么事情？"

"你今天外出时戴着的那块玉，到底是怎么来的？"

"我哥哥送给我的。"

"我……好像见过那块玉。"石良玉思考着措辞，他觉得一下子把小时候那件事情说出来桀功卿也不一定会记得，"和你的那块一模一样。"

"也许是同一个地方卖的吧。"

"那是不可能的！"

"为什么不可能？"桀功卿疑惑地看着石良玉。

"因为……因为我是在我一个朋友那儿看到他的玉的，他说那是鸡血石，而且还是祖传的，因此那个形状的玉不可能被量产，那是……祖传的啊。"石良玉吞吞吐吐地说。

石良玉这么一说，桀功卿就有些在意了，他在思忖着，会不会石良玉也认识哥哥。

"你认识的那个朋友叫什么名字？"

"是小时候的玩伴，所以名字不太记得了……"石良玉随口编了个谎话。

石良玉的这个谎话，说真不真，不过说假，也难以攻破。但是桀功卿对于语言天生就更为敏锐，他仅凭语气，就觉得石良玉这话听起来像在撒谎。如果是别人，可能还要再思考怎么揭穿石良玉的谎言，可是桀功卿有更为有效的应对方法。

"哼。"桀功卿冷笑着，仅以一字回应。

这声冷笑就让石良玉乱了阵脚，他知道自己被识破了。他慌忙地想要再说些什么来补救，可却想不出来，而且也觉得现在无论再做什么都是画蛇添足了。看到石良玉沉默着，桀功卿知道他的谎言已经被拆穿，而且他已经没有了反击的力气，桀功卿就直接发问："你是不是对这块玉有什么想法？"

石良玉轻轻叹了一口气："这块玉叫鸡血石，玉身通透，里面还有着细细的红色的纹路，而且看工艺，可能是数代以前流传下来的了。"

"你识得玉器？"

"不。我就认识那一块。"

"你看到那块玉以后就走到我身边来问我。当时要外出，你就没机会问详细，但是外出回来后你马上又来找我。你，很关心那块玉？"

"对。"石良玉点点头。

"告诉我原因。"桀功卿冷冷地说。

现在，不仅是石良玉，连桀功卿的情绪也被调动了起来。桀功卿现在心内充满疑惑，他想知道，面前这个人为什么如此关心那块哥哥送给他的玉，但是他自称是哥哥小时候的玩伴之后，又说不出哥哥的名字。

"我现在不能说。"石良玉终于下定决心似地摇摇头，他想等一切确认下来之后再把事情的经过告诉桀功卿。

"不说算了。"桀功卿听石良玉的语气，知道他是铁了心了，这样再继续问下去也没有意义。

"桀功卿。"石良玉认真地说，"你和我，也许是具有某种联系的，这种联系可能从很久以前开始就已经存在了。我不知道是巧合还是命运的安排，我们之间的这种联系将继续下去。"

桀功卿冷冷微笑："我不知道你所说的联系是什么，我也没有兴趣知道。不过我知道，如果你想和我当朋友，那么你还缺了些和我之间的默契，如果你想和我当敌人，那么你好自为之，别怪我对挡路的人不够客气。"

石良玉已经不知道还能再说些什么，只是站定着看着桀功卿，他看着桀功卿的眼睛，看着他的冷漠。但是，他又似乎觉得看到了那层冷漠背后的什么东西，既柔软，又坚定。他觉得，总有一天，他能透过冷漠到达那层东西，去真切地触摸和感受它，感受桀功卿心内最真实的部分。

"别这么看着我。我不喜欢你的眼神。"

"抱歉。"石良玉轻轻地说。

桀功卿不耐烦地扭过头去，转身走开了。留下石良玉，在风里，看着他的背影消失。

在桀功卿往回走的时候，钟全恰好上来了。他在寝室待了一会儿，怕石良玉和桀功卿起矛盾，放心不下才上来看看。看到桀功卿要回去，钟全本来也打算一起下楼，石良玉却叫住了他，问他关于那块玉的事情。

"你为什么关心那块玉？"钟全没有回答，而是反问石良玉。

石良玉犹豫了一会儿，把小时候的事情告诉了钟全。从他撞到另外一个孩子的那件事情，讲到他后来回家告诉父母玉佩丢失，再到后来那件事情在心内留下的愧疚，一直讲到重新看到这块玉时的惊讶。

听过之后，钟全陷入了沉思，他觉得这件事情太巧了，简直就像命运的安排一般。但说是天意，不如说更多的因素还是人为的，是石良玉执着的性格，才会让他对桀功卿纠缠许久，终于偶然地见到了桀功卿的那块玉，这种偶然也被包含进了必然中；是桀功卿的依赖，才会让他把那块玉一直带在身边，偶有外出的机会就立刻把玉戴上。

玉，不过是两人性格导致的命运锁链之间的一个牵绊，钟全隐约觉得，就算没有这个牵绊，两人的锁链也终究会交织在一起的。

钟全想了想，说："关于这块玉的事情，不能够告诉桀功卿，因为对于他来说，那块玉有别的含义。他说那是他哥哥送给他的。他说的那个哥哥，好像是他一个青梅竹马的亲哥哥，他把那个哥哥也视为亲哥哥一般，十分依赖。在哥哥不在身边的时候，那块玉就成了哥哥的替身。如果你现在把事情告诉了他，就等于破坏了那块玉代表着的意义，我想，他是不能忍受的。"

"这一定有什么误会在里面……我认得那块玉，是我弄丢的那块，不会错。"

"或许也有这样的可能，在你弄丢了玉之后，恰好被桀功卿的哥哥捡到了，送给了桀功卿。"

"这样事情就复杂了。"

"事情的经过再复杂，其实也并不重要。重要的是你的心意如何。"

"我知道。"石良玉点点头，"我答应你，为了不破坏那块玉对于桀功卿而言的意义，我会把真相隐瞒起来。而且，我的心意没变，我还是希望能和他成为好兄弟。"

"虽然说你不一定适合，因为他的性格和你相差实在太大，但是如果你要坚持，我也就没有逼你放弃的理由。总之，这件事情，你自己判断，自己做出选择吧，有时候得到一个朋友很容易，但有时候真的很难，因为人，是这世界上最复杂的事物，和人打交道，是世界上最难解的棋局。"

某一日在人海中忽又遇到你
话我知这是否是命运的恶作剧
关于我的记忆在你脑海已失却
换一下好不好我情愿是失忆者

背负这回忆肩膀上几多沉重
抹眼泪都无法抹去旧时的后悔
若得一次机会让我得以去挽回

改写我犯的罪就不用愧疚卑微

命运的种子今日终得发芽
没开出快乐却是朵苦情花
相互困扰折磨撒落泪滴吧
我们不是兄弟
可成为友达好吗

晚上的时候，石良玉来找桀功卿，桀功卿竟然出乎意料地答应和他到天台去。钟全心想，也许桀功卿想尝试一下吧，尝试和石良玉成为朋友。

"你找我出来，是要干什么？"

石良玉笑着回答："就是和你聊聊天嘛。没想到你竟然答应和我上来。"

"你误会了两点。第一，我没有兴趣和你聊天；第二，我上来也只是为了告诉你，以后别再烦我了。"

"抱歉。对了，听口音，我们是老乡嘛？"石良玉说。

"一座城市那么多人，遇到个老乡又有什么奇怪的？"

"别这么说嘛，人生乐事之一，不就是他乡遇故知么？"

"故知？我和你非亲非故，你不了解我，我也不了解你，算什么故知？"

"我知道，你通过拒绝别人来保护自己，但是我不是坏人啊，我对你也没什么恶意。"

"没恶意的话就离我远远的。"桀功卿说。

石良玉摇摇头："别这样嘛，我只是想和你成为朋友。因为你十分优秀，枪法好，口才也好。"

"你很烦啊。"

"多少给我一次机会吧。就和我当朋友试试看，你不会后悔的。"

"我没那个兴趣。而且，我以前只听说过试婚的，可没想过朋友也能试试看。"

"我真的没有恶意的。"石良玉很执着。

"但是我有恶意。我这人坏得很，对于接近我的人，往往要受到伤害。你说你没有恶意，你是个好人，那么好人就更该离我远点。好人没有必要因我而受到伤害。"

"我不怕。"石良玉说。

"你根本什么都不懂。"桀功卿又冷笑一声。

"我想我是懂的。"

"你懂？你懂什么？你懂得亲友远离的寂寞？你懂得理想覆灭的失望？你懂得从高峰到悬崖的落差？你懂得最亲近的人成为阻碍的无奈？你以为你懂，你懂什么？你什么都不懂！你只懂得一厢情愿，懂得给别人添麻烦。自以为在努力，却总是骚扰别人，还以为能够打动谁。像你这样缠人的家伙，干脆自己挠破喉咙去死吧！"

石良玉愣在原地，不明白为什么一句"我是懂的"会惹桀功卿这样的生气。他张着嘴，说不出话来。只是怔怔地看着桀功卿。半晌，才用一种略带委屈和愧疚的声音说了声："对不起。"

桀功卿往前走去，留下石良玉在天台上，在风中。

第九章　弱水三千

桀功卿时常回想起七岁那年，哥哥用一副无所不知的表情对他说："你知道吗？海水是咸的。"

那时候他把头摇得像拨浪鼓一般，心里却将信将疑。他知道，海水是江河汇聚成的，江河是溪流汇聚成的，溪流连着小湖泊，下雨时，小湖泊水满而溢，走过漫长的道路，才来到海里。所以，海水应该就是雨水，而雨水嘛，在许许多多个雨天里他已反复品尝——在大人们看不到的地方，张大嘴巴把舌头伸得长长的让雨滴落在上面——是没有味道的。

海水应该是没有味道的。他想。在同龄的孩子当中，他博览全书，不像他们只看画册，渊博的知识让他富有自信。可这种自信却在哥哥不容置疑的表情下动摇了。每当哥哥摆出这副表情时，他就总会是对的，一如荒山上的石头般，立在那里，无须意义，也没道理，永远不会和谁讨论存在，却比其他的生命绵长千年。

当然，那个岁数的桀功卿脑子里全无这些比喻句，他只是走到海边，捧起一捧海水，然后倒在口里——

"狗屁的《十万个为什么》，哥哥才是真理！"

当然，这话桀功卿埋在心底，没有说出来。即使时至今日，回想起童年的自己，他仍认为那是个早熟得可怕孩子。在将嘴里咸涩的海水"呸"地吐出来之后，他在心里迅速地完成了以下过程：对哥哥建立敬佩之情，判断这样的敬佩之情是否适合说出来，做完判断之后自他克制，虽然很想说，但还是忍住了。

有些话，说出来就显得廉价了。当时七岁的他这样想。

"咸！"他吐干净嘴里的海水后，抬头给了哥哥一张狼狈的脸。哥哥痛快地笑了起来，右手指着他，左手抱着肚子。但他还没来得及问为什么海水是咸的，哥哥的脸旋即变了表情，深深地，深深地沉落下去。他的眼睛仿佛在海里，在最深邃的地方。

"因为眼泪是咸的。"哥哥说。

桀功卿还没问呢。

接下来，这个大桀功卿两岁的孩子，用他那深海泉眼般的双眼，看着桀功卿，看着他，看着他，缓缓地说了那段后来常在他脑海里回响起的话，宛若旋涡，窸窸窣窣，哗啦哗啦，唰唰唰，擦擦擦——

"三千人眼泪成海，三千人叹息成诗；诗歌转瞬即逝，而海澎湃永恒。"

"对了，你怎么突然想到要下棋？"钟全回到宿舍以后问。

桀功卿说："我游戏玩不过戴铭，所以买了一副象棋回来，和你练练手，改天虐虐他。"

"我怎么觉得他不会答应和你下棋啊？"

桀功卿"切"了一声："那我就算不战而胜了。"

"那个石良玉挺关心你的。"钟全换了个话题。

"可我不想理他。"

"其实你不讨厌他吧？"

"说不上讨厌。只是觉得烦。"

"有没有想过把他当成好朋友，就像我和戴铭那样？"

"我的朋友不多。但是每一个我都很看重。所以，也不是每个人都能成为我朋友的。"

"他这人不坏。"钟全为石良玉说情。

"不是坏不坏的问题。是没必要。他没必要和我这样的人成为朋友，我又不是什么好人。"

"那我和戴铭呢？"钟全追问。

"你们也不是什么好人。"桀功卿笑。

钟全点点头："这个我知道。"

"别那么认真。你知道我是开玩笑的。"

"我知道。但是你说得对，我们的确有很多性格上相契合的东西。"

"嗯，有种别人体会不到的默契。"

"其实就是你把自己藏得太深了。"钟全说，"你肯放下层层铠甲，那么很多人都可以和你有默契的。"

"这样的话我的默契岂不是太廉价了？而且放下铠甲，还不知道什么样的牛鬼蛇神会钻进来。"

"你防备心太重。"钟全微微摇摇头，"这世上坏人没那么多的。"

"但是一两个就能伤人很深。而且，有时候令你伤心的，并不一定是坏人，也有可能是你最信赖，也最依赖的人。"

"是吗？不过，至少我能肯定石良玉不是那个要伤害你的人。"

"你拿什么肯定？"

"判断力。"

"少跟我来这套。判断力这种词，不就跟直觉差不多？"

"我知道你不相信，不过你就等着看吧，总会有你相信我这次判断的时候的。"钟全肯定地说。

"他的确也没办法伤害到我，因为我既没有把他当朋友，也完全没把他当敌人，对于我而言，他是多余的人。"

"你这样的话真是伤人。"钟全浅浅叹了口气。

"我知道。所以他最好离我远点，没必要为我这样的人受伤。"

"我知道了，我找时间劝劝他。"

"劝他什么？"

"别为了桀功卿这种看起来风流倜傥但其实内心冷酷无情的人受伤。"

"切。"桀功卿仅用一个字回应。

那个伤害过桀功卿，令他惧怕失去，以至于为了避免"失去"连对"得到"都感到厌倦的人，正是桀功卿曾最信赖的哥哥。

在许多男孩子心目中，父亲是如同超人一般的偶像级存在。可桀功卿的父亲在世的时候，很少陪在桀功卿身边，对于他来说，哥哥就或多或少代替了这个角色。那个不过是比桀功卿大两岁的孩子，却时常说出与他年龄不相符的成熟话语。

这个在桀功卿生命中很重要的小哥哥，却在桀功卿九岁那年失踪了。

哥哥的话总是带着七重隐喻，有时一句话从耳朵里进去了埋在心中，每过一年才能对它的理解多一层。可那晚他什么都说出来了，不再微笑着缄默不语，桀功卿问什么，他就解释什么，他变成了他自己的词典，变成了他自己的翻译。那时桀功卿并没意识到这将是一场灾难，他没有意识到，大海将底掏给你看时，意味着天地要倒转了。

"我就要去很远的地方了。"哥哥说。

"去哪儿呢？出国吗？"

"嗯，差不多。出去之后会有很长一段时间不回来。"

"还能够和国内联络吗？"

"可能没有办法。我要去的地方很特殊。"

"总不会是南极吧？"

"不是。功卿，我不能说。"

"你是要去当特工吗？有什么不能说的呢？"

"不是。不说出来是因为你现在不知道会更好。功卿，你看，我们面前的大海里，有各种各样的生物。数量最多的是浮游生物，它们不起眼，你看不到它们，他们也不能发出声音来吸引你注意。它们容易满足，只要有阳光就可以生活下去；比它们大一些的是小鱼小虾。小鱼往往结成鱼群，游过来又游过去，自以为是海的主人，以为海洋是它们的自由天地，其实它们不知道，它们并不是自由的，洋流在操纵着它们，用氧气将它们引来这里，用食物将它们诱去那里；洋流不属于任何人，任何人又都可以利用它；小虾米呢，是些和鱼群融不到一起去的动物，在别人眼里它们的存在只有一个意义，那就是成为大鱼们的食物。可小虾米它们有它们的生活，它们自己知道；大鱼，吃小鱼小虾，被更大的鱼捕食，吃，然后长大，这是他们的生存之道；再然后是鲨鱼，是海洋中的霸主，生，杀，予，夺；最后是鲸，它平和，宁静，不像那些掠食者整天摆出一副凶狠的姿态，它不是霸道无敌，它是王道无疆。整片海洋都是它的疆域，当它沉下去，它就成为海底深处的涡眼，当它升起来，是遮天蔽日的阴云。当它死去的时候，小鱼来分食它的身体，寄居蟹躲在它的骨架中，它的肉身一面腐朽一面长出珊瑚，它不是一具尸体，它是一座群落。鲸落，承载一片生态。

"你要成为鲸吗？"

"对。"

桀功卿看着面前的这片海，波涛涌起，又坠落下去。

在那以后他就再也没有见过哥哥。桀功卿不知道他是聚变爆发还是缓缓熄灭。在桀功卿的星辰中，再没有一颗灼灼闪耀，给他指引。

"桀功卿，你很久没和家里面打电话了吧？"

"昨天我才打了电话。"

"你昨晚是打给莫默吧？"戴铭拆穿了桀功卿。桀功卿总是很能利用语言的特性，他说了一句"昨晚我才打了电话"，其实并没有说是打给谁，所以即便被戴铭指出，桀功卿也并不觉得自己刚才撒了谎。

"给家里打个电话吧。"

"你别操心这些事。"

"我知道，你和你家人有矛盾。但是这么冷战下去也不行啊。"

桀功卿的很多心事，都和钟全说过，这件事钟全尤其清楚。早在桀功卿刚到这个学校的时候，大家的家长都在和孩子说些叮嘱之类的，桀功卿就一个人默默地整理自己的床位。那时候钟全问桀功卿的家长在哪儿，桀功卿没好气地回答，他和家人关系不好，一个人来的。桀功卿也记得那件事情，他回想那件事情的时候还在想，如果是其他人问起，他才不会说半句多余的话，不会告诉别人他和家人关系不好，但是对于钟全他仿佛第一次见面的时候就对这人有些好感，所以才不留神地把些心里话说出来了。他果然没看错，钟全后来和他有了很好的默契。

钟全听桀功卿讲过家里面的事情，知道他的父亲以前是军人，后来在工作岗位上去世了，知道他来到这个学校并非他自己的意愿，而是一些长辈和他母亲的推动，甚至她母亲瞒着他替他填了志愿，他因此不很能原谅母亲。钟全一直希望桀功卿在这方面也能成熟些，和母亲搞好关系，但是桀功卿就是成熟不起来。

钟全知道，桀功卿一定是因为过去得到的爱太少了，所以现在才不太会爱。

桀功卿当然不是一个在爱里被娇纵着长大的孩子。既然他的父亲是军人，那么他就早已饱尝过父亲不在身边的滋味。的确，别人家的父亲每晚下班回家的时候，他的父亲还必须待在营地里，坚守在自己的工作岗位上。曾经有过这么一段时期，他一直困惑，是不是军人这个身份把自己的父亲夺走了。而当桀功卿的父亲去世的时候，这种感觉就更为强烈，桀功卿那时候觉得，他憎恨这个职业，因为军人这一身份，把自己的父亲永远地夺走了，永远地。

所以，他在来这个学校之前，就已经对军旅生活产生了抵触情绪，但是这种情绪太过曲折隐晦，以至于即使是桀功卿的母亲也没有察觉。

但桀功卿最终还是妥协了，他来到了这所学校。他自己也说不清当时自己心里是怎么想的。如果要大略概括的话，大概可以说是，他想报仇，他想征服这个职业，他要征服军人这一身份。

不过事情后来又有了变化，可以说，是两个人给他带来了很大的影响，一个是钟全，另一个是队长。

钟全给他带来的影响自不必说。钟全本来就是追逐着自身的理想穿上这身军装的，他的无悔和努力感染了桀功卿，而且他也开导了桀功卿很多次。而队长则是通过观察渐渐发现了桀功卿的情绪，找过他去谈了几次话。后来辩论比赛后队长又把桀功卿找去了，表扬了他在战术比赛胜利之后又拿到了最佳辩手的荣誉，指出了桀功卿虽然运动方面还要加强，但是语言天赋很好，将来可以在部队当个"笔杆子"。桀功卿看到了自身的一些优点，也觉得能在这条路上走下去。

而且，在他心内更深处还隐藏着别的东西，那是哥哥给他留下的。桀功卿所说的哥哥其实也就是莫默的亲哥哥，在桀功卿小时候被撞伤时把他救起的那个人。莫默的哥哥是个十分优秀的人，他一直在给桀功卿灌输着一个思想，告诉桀功卿要不断地向更高处攀登。他说，人生的意义就在于不断攀登，以至于达到自己的顶峰，在这样的攀爬过程中，大多数人都失败了，只有少数人获得了成功，但是那些失败者虽然遗憾，也并不可耻，可耻的是畏惧高峰而停下脚步的人。大概正是这句话，也在鞭策着桀功卿在军旅道路上继续走下去。

"让我想想吧。等我想好了怎么化解矛盾，再给我母亲打电话，在那之前，先给我点时间。"

说完，桀功卿就戴上耳麦听起了音乐，没留给钟全继续劝说他的机会。

"换迷彩服，穿战靴，五分钟后楼下集合！"区队长吹完哨子后在楼道里大声喊。

"刚开饭回来又吹哨，什么事情啊。"桀功卿抱怨。

"不知道，先换衣服吧。"钟全说。

等大家下了楼，区队长早已在底下等着了。

"现在把大家集合起来，是因为领导交给了我们一个任务——去南区割草。等下工具二区队的人会领了给我们拿过来。"区队长宣布。

"割草？我们武警还真是万能的啊。"桀功卿说，"我本来以为我人生最万能的时间是高考前的那几个月，那时我上知天体运行原理，下知有机无机反应，前有椭圆双曲线，后有杂交生物圈，外可说英语，内可修古文，求得了数列，说得了马哲，溯源中华上下五千年，延推赤州陆海百千万，既知音乐美术计算机，兼修武术民俗老虎钳。可没想到啊，当了武警以后……"

钟全接着说："既要学习文化课程，又要苦练军事技能，前可舍身报效国家，退可赈灾支援百姓，白天学习训练打扫卫生，夜里站哨巡逻镇守校园，闲来无事饭后还要帮着翻土割草，根本就是大学生加上清洁工加上保安加上农民加上军人的综合体啊！"

"综合体们，别抱怨了。"区队长走过来在钟全和桀功卿的头上各敲了一下："苦不苦，想想长征两万五；累不累，想想雷锋董存瑞！"

队伍带到了南区，大家分好工具，就开始干活。

"钟全，你还记得我们第一次来割草的时候不？"桀功卿问。

"记得啊。"钟全说，"那次也是我们第一次穿上战靴。"

"是啊。"桀功卿说，"那时候穿上战靴还挺兴奋的，以为要出去执行什么任务呢。"

"呵。"钟全笑，"不过新战靴还是很帅的。"

"是啊，挺帅的，结果割草的时候一脚踏进泥潭里，就再也不觉得战靴帅了。在那之后战靴就成了雨鞋，哪里脏就往哪里踩。"桀功卿说。

"嗯。"钟全说，"那次割草是让把草割短一点，把那片草地作为我们的战术训练场，当时还在抱怨，那么多的草，怎么割得完啊！"

"后来总算是割完了，又担心它春风吹又生。"桀功卿笑着说。

"是啊。"钟全点点头，"没想到改成战术训练场之后，我们天天在上面低姿匍匐，爬来爬去，现在磨得那块草地是寸草不生了。"

"哈。"桀功卿笑，"不知道这块地会被用来做什么。"

"那么大块地，可能是要修一个新的训练场吧？"钟全猜测。

"如果可以选的话，我希望修的是一座新食堂。"桀功卿说。

两人一边说说笑笑，一边割草，不觉间，时间流走。黄昏时分，天色变成火一样的橙色。割完草后，一片阴影向这边压来，桀功卿从来没见过这么多燕子。他们告诉他，燕子是来衔暴露出的草籽和飞虫的。那时天空火红，草地翠绿，黑色燕尾将空气剪碎，变成风，就在他们身边回旋，吹动着少年们的青春。

在那天晚上吵了一架后，石良玉有好几天没再出现在桀功卿的视野里，钟全调侃桀功卿，说你这座冰山终于让人却步了，桀功卿说那挺好的，心里却略有些小失落。

晚上，桀功卿被教导员叫到了寝室。

"教导，您找我有事？"桀功卿一边问，一边思索着自己最近是不是犯了什么错误。

"桀功卿，你搞文艺宣传这块应该没什么问题吧？"教导员问。

"啊？"桀功卿有点不明白教导员的意思，虽然他以前在高中时的确曾经担任过团委的宣传委员，但是这件事情教导员应该无从得知吧？

"我看你上次参加辩论赛，表现很优秀嘛。"教导员说，"我又征求了一下周鹏的意见，他说你搞文艺这块的水平确实是有的，那么，在下一步队里成立团支部时，你来担任宣传委员怎么样？"

"是！"桀功卿又只说了一个字。在他看来，跟领导说话与在辩论赛上说话是两回事，回答领导问题时，说得越少，也就越不容易出错。

"我现在这么跟你说，但是事情也没有完全定下来。我还要和即将上任的团支部书记商量一下，你知道，虽然团支部还没建立，但是组织未建，民主先行嘛，选任骨干的时候不能只是我一个人的意思。"教导员说。

"我明白。谢谢教导员的栽培。"

"对的，在这个位置上，你既要为队里做贡献，同时也要锻炼自己的能力，你知道了吗？"教导员问。

"我知道了。那教导员，没什么别的事情的话，我先回去了。"

"好，你去吧，再帮我叫周鹏过来。"教导员说。

桀功卿离开了教导员寝室，在楼道里喊了周鹏，周鹏是队里的文书，平时写稿子之类的都挺优秀，现在成立团支部的同时，肯定也在筹划党支部的事情。周鹏是党员，教导员大概会把他吸纳成为党支部的成员。

"宣传委员。"桀功卿口里默念着这四个字，想着自己又往前走了一步。有些时候，桀功卿觉得自己就像棋局上的卒子一样，虽然一次只能走一步，但毕竟是在时刻前进着，有朝一日或能发挥很大作用，而且，比起卒子来，他自信掌握了后退的艺术。

"告诉你两个消息，一个好一个坏，你要先听哪个？"桀功卿走到钟全面前说。

"好的。"钟全回答。

"为什么？一般人不都是先选坏的么？"桀功卿问。

"如果坏消息是世界末日到了，那么在听这个坏消息之前我还能靠好消息赢来几秒钟的好心情，如果先听到了这个坏消息，那么也许什么好消息都没有意义了。"钟全说。

"你一下子说那么复杂的话我没太听清楚。"桀功卿说，"不过，好消息是，我准备当上团支部宣传委员了！"

"不错嘛你小子！"钟全拍拍桀功卿的肩膀，"那坏消息呢？"

"我们这层楼水管爆了，所以楼层总闸被关上了，晚上没办法洗澡。"桀功卿说。

"必须要洗澡，不能把我辛苦打来的热水浪费了。"钟全说，"做人要懂得变通嘛，我们去楼下洗。"

"对啊，我怎么没想到？"桀功卿问。

"你是被当上宣传委员的喜悦给冲昏头脑了。"钟全说着在桀功卿额头上弹了一下。

第十章　人生如棋

水雾氤氲着充斥整个洗漱间，人声喧闹着，人们拥挤着。寒风被热的蒸汽挡在了外边，丝毫渗透不过来。

"怎么今天那么拥挤？"何庆峰问。

"楼上停水了，上面那个队的人也跑下来洗澡，人一下子多了起来。"石良玉解释。

"里面有点闷。"何庆峰说，"湿度太大了。"

"都是水蒸气，冬天洗澡就是这个样子了。你是北方人，这点应该比我习惯吧？"石良玉说。

突然，石良玉的视线锁定在一个人身上，即便水雾模糊了视野，但是他的目光却牢牢地锁定在那个人身上，未曾偏移。

"你在看谁……"何庆峰还没问完，顺着石良玉的目光看过去，他知道石良玉在看着谁了，"是桀功卿和钟全？"

"是他们。"石良玉说。

桀功卿和钟全正在洗澡，而且，桀功卿露出了在石良玉看来十分罕见的笑脸。水雾里，那个笑容显得很灿烂，石良玉第一次发现，原来桀功卿不板着个脸的时候，那笑容还是很澄澈，很打动人心的。

要是什么时候，他对着我也能这样笑就好了。石良玉心想。

"别看了，洗漱吧。"何庆峰对石良玉说。

"不，我再看看……"石良玉的目光仍然聚焦在桀功卿身上。

"你盯着别人洗澡，不会不好意思啊？"何庆峰半开玩笑地说。

"不会。"石良玉的心思不在这边，回答得很简略。

何庆峰于是不再理他，开始洗澡。石良玉光着个膀子，就那么站着，看着桀功卿，显得很突兀，也就终于被桀功卿和钟全注意到了。

"你看什么？"桀功卿走过来问，脸孔又变得冷漠了。

石良玉没有说话，盯着桀功卿的手臂。桀功卿意识到了，他是在看自己的伤疤。

"小时候摔的。"桀功卿见石良玉不说话，反倒是先解释了起来，"别这么怔怔地看着我，大男人光着身子的，你这样盯着我瞧，别人还以为我们有什么奇怪的感情呢。"

"你就快洗澡吧，别发傻啦。"钟全笑着对石良玉说。

"嗯。"石良玉点点头，然后转过身去了。

"我的伤疤看起来很奇怪么？"桀功卿小声问钟全。

"没有啊。"

"噢。"桀功卿点点头。

如果之前还有过些许的动摇的话，那么现在，是连一丝的怀疑也不曾留下了。相同的口音，绝不会认错的玉，和伤疤的位置，这一切叠加在一起，仿佛能构成多年前那个血红色的画面。

不会错的。

手臂上那个伤疤的位置，而且他也说了，是小时候摔伤的。

他一定就是那个男孩儿。石良玉在心里自言自语。这时候，水雾环绕周身，热的雾气覆盖他身上，他感觉身体也燥热起来，血液都沸腾了。

也许还有什么误会在其中，但是三个线索都已经锁定了他，就不会再是巧合，而是铁一般的事实。这是命运的重逢。桀功卿，一定就是你了。

上午，石良玉他们进行器械训练。所谓器械训练，就是进行单双杠的练习。石良玉在做单杠单立臂上的时候，恰巧看到桀功卿他们跑步经过。

"加油，功卿。"钟全在后面推着桀功卿。

"要么你别管我，先往前跑吧。"桀功卿大口地喘着气，"我就这样了……放弃我……算了……"

"别说傻话。"钟全吼起来，"给我撑下去，我不可能放弃的。"

"好……"桀功卿的力气只够他说出这一个字了。

真是遥远，真是漫长。

从数字上听起来只知道是五千米，但是跑起来却仿佛没有尽头。

这是第几圈了呢？在这个跑道上来回往复，永远也看不见终点。

不，终点一定是存在的。

钟全会和我一起到达。

这么想着，桀功卿仰起了头来，觉得虽然筋疲力尽，但总还有办法坚持下去，不要放弃，不要放弃，他这样告诉自己。

"钟全，换我来。"本来在前面跑着的戴铭也放慢了步子，退到桀功卿身边来，伸手去推桀功卿。

"我们一起。"钟全说。

"把前面那个人超过去。"戴铭说。

"把步子迈大。"钟全说。

"节奏可以放慢，调整好呼吸。"戴铭说。

"把这两个人也超过去。"钟全说。

"很好，你看，能做到嘛。"戴铭说。

就快要到了。

这是最后一圈吧。

好，冲刺……

到达终点！

桀功卿往前走了几步，就停在了原地，嘴巴大口地喘着气，弯着身子，双手撑在膝盖上，脸上的汗往下滴落，在水泥地面上留下了清晰的印迹。

"起来走走吧。"戴铭说，"活动一下。运动完后骤停对心脏不太好。"

"嗯。"桀功卿只说了一个字，说完就继续喘气。

"哈哈哈哈，你还喘气呢，我才是累惨了。"钟全一边喘气一边笑着说，"不过成绩还不错。"

"我想着及格就好了，你们还拼命往前推我啊。"桀功卿略带点委屈的口吻说，"你们在后面这么催着，我还以为就要不及格了呢，跑回来才知道还有时间啊。"

"你得有点追求。"钟全说。

"桀功卿，我有点事情找你。"石良玉说。

石良玉来找桀功卿的时候，桀功卿刚刚从外面回来，出去吃饭的事情，桀功卿连钟全和戴铭都还没来得及说。

"嗯。"桀功卿点点头。

两人又走到了天台上。

"有什么事情就说吧。"桀功卿说。

"我听说，你们队今早跑了个五公里，你挺辛苦的样子。"钟全说，"我知道你在体能上不是太好，但是你放心，只要肯努力，你一定能够练出来的，不要为现在做不到的东西而灰心丧气啊。"

桀功卿刚刚才累得气喘吁吁，现在回来又被石良玉念，感觉烦闷地很，本来以他的性格很多东西都不会说出口的，可现在正在情绪上，一不小心话就出来了："我体能差，我自己不知道？这个还要你来说？你以为你懂什么？我最讨厌那些什么都不知道的人摆出一副什么都知道的样子去教育人了！没站在我的位置上，没从我的角度考虑过，就别摆出一副为我好的样子。你说努力就能成功，你说体能练练就能上来，你以为我停止过努力吗？那我一天到晚都在干什么？有一个很基本的道理你有没有搞清楚？那就是每个人擅长的方面是不一样的！我体能练不上来，是因为我不擅长，就像你这种进了水的脑袋干不出一件聪明的事情一样！"

"我的确是不聪明，但是很多事情，只要努力，就能做到的！"石良玉的情绪也激动了起来，"我听说你是你们队里的宣传委员，搞文艺方面的东西厉害得很？那好，你看着，像我这样的人，只要努力，也能文艺一回。如果我都做到了，那么你也就给我好好努力，同时相信着自己能行！给我点时间，我会拿出成果来让你看的！"

说完，石良玉就转身下楼，他的脑袋现在热得很，他也搞不清楚为什么刚才的自己会说出那样的话，他只知道，既然话已经说出口，那么他下一步棋，也只能这么下了。

"莫名其妙。"桀功卿闭上眼睛，吐出了这四个字，石良玉刚才这么一出实在让他烦乱得很。

除了林雨霏以外，耗费石良玉最多脑汁的人，就要数桀功卿了。

石良玉回到寝室后，脑子开始高速运转，他要想想什么样的时机才适合把事情说清楚。可他脑子里突然又闪过别的东西——他想起上次看桀功卿和钟全下棋的时候，桀功卿说卒子过了河之所以只能做个小车，是因为只能进而不知退，在棋局上，有时候退一步，反倒等于进十步。石良玉想着，那么，自己是否有必要在这个时候"退一退"呢？也许，在这种时候不再去用原来的说词一

103

再地烦桀功卿，而是通过其他手段来缓解一下矛盾会比较好。

石良玉又想起了钟全，钟全和桀功卿十分亲近，如果他能够教给自己一些方法，比如说怎样建立和桀功卿的默契之类的，那么接近桀功卿应该会更加容易。而且情况还不算太差的地方在于，钟全对自己的印象似乎不错，至少表面上看起来是这样，两人之前的几次交流都还算顺利，和桀功卿产生尴尬时也是钟全充当着缓和剂。

那么，向钟全发出求救讯号吧，在他的帮助下再推进战线。离开士和相的光杆司令是危险的，这些他在桀功卿和钟全对弈的棋局中已经看出来了。

石良玉找到了钟全，向他说了自己"以退为进"的想法，钟全有些惊讶，没想到以石良玉的性格，这一次竟然没有直来直往，而是想到了采取这种迂回的策略。

到寝室里以后，石良玉坐在座位上，沉默着，何庆峰看在眼里，过去问石良玉遇到了什么烦心事，石良玉竟摇摇头不肯回答。何庆峰有些讶异，他很少见到石良玉这个没精打采的样子。何庆峰不知如何是好，想去问班上其他人，但是班上的人里，最了解石良玉的也就是他自己了，问别人当然是得不到结果的，他只好暂时放弃，去做自己的事情去了。

石良玉仍然坐在位置上，烦恼着。其实他烦恼的并不是桀功卿对他的态度，这点他早已经习惯了，而且既然他已经认定桀功卿就是那个曾被自己伤害过、自己要奋力作出补偿的人，那么他就不会为这点困难打倒，停留在现在这种阶段。

他真正烦恼的是，许诺过的事情要如何做到。

文艺范儿从来都不是石良玉的风格，他可是热血少年。可是，既然已经许下诺言，肯定就要尽力达成，哪怕做不到……不，一定要做到。

现在石良玉才能理解桀功卿心里的想法，他才知道每个人擅长的事情不同，有些人认为易如反掌的事情，在其他人看来可能就是无法攻破的大难关。而桀功卿和石良玉擅长的正好是两个完全相反的方面。但是石良玉看到，其实桀功卿已经在努力了，现在不知道该如何努力的是石良玉自己。

完全没有办法下手。

他想到了一个人。

石良玉有很多战友，有些是像何庆峰这样，虽然没有哪方面特别突出，但是综合来看还不错，并且作为朋友也相当可靠的人，有些是像林森那样，不太喜欢读书，而在训练上经常表现突出的人，有些是像钟全那样，有头脑又有善心，虽有智慧却不乱用心机，愿意与人为善，稍微带点老好人性格的人，当然，也有能咬得动笔杆子的。

严喧。

石良玉想到的那个人叫严喧，严喧就在隔壁的班里，他还有一个双胞胎弟弟，叫严嚣，不过被分到了另一个大队。他们兄弟两人都挺有文艺范儿，但是文艺的方向略有不同，哥哥擅长文字方面的，弟弟擅长音乐方面的。现在这种时候，找严喧求助，是最合适不过的了。

回想起来还真是巧合，虽然严喧和石良玉在一个队里，但是石良玉记得自己是先认识严嚣的，就在来到这个学校的那一天。后来石良玉问起严喧，当时怎么没和弟弟在一起，严喧只是神秘地一笑，石良玉的好奇心不减，又问起严嚣时，严嚣也只是神秘地一笑。当然，那就是另一件事情了。

以石良玉的性格，做事情不会犹豫，他马上找到了严喧，当然，和桀功卿之间那一大票事情，石良玉没有说出来，他只说自己想做些改变，培养点文艺范儿。

"不得了啦，不得了啦，石良玉要当个文艺青年！"

"哎你别嚷嚷。"石良玉着急地想捂住严喧的嘴，"你们这些人啊，就想着搞个大新闻！"

"还真是大新闻。"

"别传出去，这是项秘密任务。"

"也是项不可能的任务。"严喧耸肩。

"我知道要转性很难。有没有什么便利的手段，不必让我发生什么本质上的变化，让我看上去有那么点文艺细胞就好了。"

"那就听听歌，看看书呗。要是能再写一两首诗，那这个假装就到位了。"

这样的回答太过简单明了，虽然事实上也的确是这个道理，但是这样说出来，石良玉感觉根本没有得到任何帮助。他想了想，对严喧说："能具体点儿不？"

"比如说，你可以去书店，看看那些比较文艺范儿的人都买些什么书看，你可以问问他们，平时都听些什么样的歌。其实我觉得吧，你就不太适合走这条路线，不过你要是心血来潮，装文艺装个那么三五天还是可以的。"

严喧这么一说，倒是给了石良玉灵感，他想，他得把桀功卿看的书，听的歌，也都找来看一看，听一听。

再晚些的时候，石良玉又找到了钟全，问他桀功卿平时都看些什么书，听些什么歌。钟全列了一个长长的单子。

晚饭过后，石良玉就去书店，把桀功卿最近看的书都买了回来，回到宿舍，坐着。

他静下心来，看着这一行行的文字，他觉得自己在看，但却什么都看不进去，脑子里空空的，反而是书上没印文字的空白处，那里仿佛衍生出什么具有深意的东西，石良玉领悟不透。石良玉戴上耳塞，按下播放键，放出来的是首电音的舞曲，他忽然觉得这种风格的歌不是很有文艺范儿。

石良玉摇摇头，想把现在这种无能为力的感觉甩掉。

他在播放列表里使劲翻了翻，找出了首还算摇滚的点开，旋律在耳边响起时，他想，这样应该能找点感觉。他看书也不再一行一行地往下读，把书拿起手上，飞快地翻起来，遇到感兴趣的章节就看，否则就翻过去。

多少是找到了些感觉吧？

大略翻过一半，石良玉把书合上，把音乐关掉，坐着，休息会儿。这其实还是石良玉练体能的时候形成的习惯。平时是把肌肉练酸痛了，然后好好放松，如此反复几组。

石良玉坐着，感觉有些冷，他想，也许是缺乏活动的缘故。他摸摸自己的手，双手已经有些冰凉了，他就呵口气，再搓搓手。在这种寒冷之中，他隐约感觉，这样才能体会桀功卿。桀功卿就是在这样的寒冷里，读着书，听着歌，也许还喝杯热咖啡，就是这样成长起来的。只有体验了这样的感觉，才有可能和桀功卿产生默契。

干脆也去买包咖啡来？

石良玉感觉自己有些好笑，他知道，他只是在从行为上模仿桀功卿，距离他的心，还有很远很远。

清净了好几天，桀功卿本来以为石良玉那家伙不会再来骚扰了，结果又被叫到了天台上。

其实，石良玉的文艺修行持续了几天，在这之后，他才终于承认，在这种没有天赋的事情上谋求发展，的确举步维艰。

然而，在这几天里，他并非没有丝毫进步，至少，经过了这样的尝试，他知道了桀功卿的生活是什么样子的。他本来是想给桀功卿写首漂亮而动人的小诗或写首曲子，告诉桀功卿只要努力没有什么不能做到，但是现在，他的确写了首诗出来，他看了看，却觉得水平拙劣得很。

石良玉没有忘记，他那时候向桀功卿许下了诺言，虽然自己失败了，但是总要给那样的诺言一个结果，于是他带着这首诗去找桀功卿。

天台上。

石良玉的表情略有失落："桀功卿，那个诺言，我无法实现了。"

石良玉把那件事情当成了许诺，但是桀功卿却全然没有在意，他才不会记得石良玉说要拿出成果来向自己证明只要努力什么都能办到这件事情。所以听到他说这句话，桀功卿有点不太摸得着头脑。

"什么事情？"桀功卿问。

"就是我前几天和你说过的。"石良玉现在意识到了，桀功卿并没有把那件事情放在心上，早知道就不跑来找他说这事了，不过现在已经出来了，就没有办法再退回去，"前几天，我不是说，我要证明给你看，虽然我不擅长文艺方面的东西，但是我还是要奋力做到吗？"

桀功卿觉得有些好笑："那你现在做到了吗？"

"没做到。"石良玉认真地摇了摇头，"所以我才说，诺言没办法实现了，不过看来你也没放在心上。"

"没做到还找我出来做什么？"桀功卿问。

石良玉从口袋里摸出一个纸团，塞进桀功卿手里，说："这是我为你写的诗，本来在我计划中，这应该是一篇很有文采的作品的，不过现在，哈哈，你看看吧……"

桀功卿打开纸团来看，上面的字迹不隽永，但工整。

踏莎行
明月此时
照我心思
一片浮云浅飘去
一幅画面回归来
高山流水知音在

伯牙子期
今仍安在
一根琴弦拨断处
一种余音绕梁之
千千万万当次世

"好了，我看过了，没别的事情，我先回去咯？"桀功卿把纸团塞进口袋里。

"嗯。"石良玉低落地点点头。

石良玉没有察觉到的一个细节是，桀功卿说这话的语气已经温柔了很多。

回到宿舍的时候，桀功卿就趴在窗口旁边，拿出那张纸，看得入神。钟全看到桀功卿这个样子，就凑上去看。

"写得不怎么样嘛，这样的诗也能让你读得那么着迷？不像你的审美水平嘛。"钟全读完那首诗后说的。

"的确，先别说意境，就连韵脚都没压好。"桀功卿笑。

"那你为什么还读得那么投入？"钟全不解地问。

"因为这是第一次。"桀功卿笑，"第一次有人为我写诗。"

石良玉本来很是失落，但是钟全偷偷告诉了他桀功卿的反应后，石良玉的情绪马上又转变成喜悦了。

时间流逝，天气变凉之后，不知不觉，已经秋去冬来。就快到了要放寒假的时候。大家都盼着这一天早点到来，石良玉也是，他很想回去看看家人，看看朋友。

另外，桀功卿生日的时候，和钟全、戴铭两人跑到天台，喝着可乐，吃着栗子蛋糕度过了，钟全问他为什么没有邀请更多的人，桀功卿说这样就挺好，钟全说本想帮你策划一个大型生日宴会的，桀功卿笑，说，你生日不是在寒假吗？到时候我帮你策划一个。

钟全本以为桀功卿是开玩笑的，不过桀功卿却认真起来，第二天的时候，桀功卿和钟全说了自己的想法，两人趁着寒假假期去对方的家乡看看、玩一会儿，钟全也觉得这个提议不错。

桀功卿早早就把钟全生日宴会的事情告诉了莫默，叫她在那边帮忙准备一下，莫默答应了，开始着手筹划。寒假那一天，桀功卿找到石良玉，问他，钟全邀请你参加他生日宴会，你去不去。石良玉先是惊喜，他没想到桀功卿竟然还有主动找自己的时候，然后又略有失落，原来是钟全发出的邀请。其实他不知道，邀请就是桀功卿本人发出的，桀功卿是想借这个机会，和石良玉把关系缓和一下，也许，以后做朋友也是可以的吧。

等听完桀功卿说了钟全生日要在那边过的事情之后，石良玉立刻答应了下来，桀功卿把之前莫默定下的时间和地点告诉了石良玉，然后想了想，又互相留了电话。

石良玉坐上火车时，觉得时间过得真是快，一下子就到期末了。

桀功卿和钟全坐上飞机时，桀功卿对钟全说，太漫长了。

但无论漫长还是短暂，这个学期，都结束了。

在列车上，石良玉心中一直想着林雨霏。他曾经有无数个机会拨通她的号码，可按下几个数字之后，又默默地点了"放弃通话"。那一夜林雨霏月牙班皎洁的笑容，一直悬挂在石良玉的脑海里，比任何一颗星都璀璨，都更给他指引。可他不敢去伸手触摸那颗星，他怕摸空。

那些让你坚持人生漫漫长途的，很有些时候，就是那些美好却一直没有实现的梦想；那些让你坚持积极乐观心态的，很有些时候，就是那个躺在你手心却一直没有亮出来展示正反的硬币。你不看，你猜，它就总有希望，一旦你打开手掌看一眼，那枚硬币的答案就揭晓了，故事的结局也就注定了。

我们有时候拒绝现实，是因为幻想总可以更美好。

可时至今日，石良玉已经在向家乡的城市靠近。他不能对迎面而来的现实说出拒绝。他想，那就去见她吧。石良玉不知道经历过一学期军校生活的他，能不能成为她眼中认可的军人。他知道自己已经成长了很多，也知道自己还不够成熟，不足以独当一面。

他对她既充满了感激，又充满了怀恋，还带有那么一丁点儿的畏惧。他怕她说你怎么还没长大，还不会为自己的人生负责任，他也很期待听到她的声音，哪怕只是一声"你好"。无论她说些什么，那都可能成为石良玉漫长青春和胡思乱想的章节结尾。

第十一章　温情余烬

迎面走来的那个女生把头发用黑色的发夹夹着，脖子上戴着细细的银的链子，链子的挂坠是一个小方碑，上面似乎刻着什么字，看不太清楚。她身着咖啡色的卡戎外套，里衬是黑色的上杉，V型的领口，露出一些锁骨，穿着蓝色的牛仔裤，裤脚扎进黑色的短靴中，左手戴着细细的银的手链。

她微微抬着下巴，昂着头，快步地往这边走，一副很高傲的样子。

"真有夫妻相。"钟全看看莫默，又看看桀功卿。

"什么？"桀功卿似乎没听清。

莫默走近，向着钟全微笑地点了一下头，钟全也点头示意，然后莫默把脸转向桀功卿时，笑容就消失了，桀功卿也一副漠然的样子看着她。钟全对眼前的状况完全搞不清楚，三人就陷入了奇怪的沉默。

"你，没变。"桀功卿率先开口。

"你变黑了。"

"晒的。"

"你朋友比你白。"

"是啊。"桀功卿说，"他还比你温柔。"

钟全被这两人的对话搞得有些尴尬，可是他完全插不上嘴，无法阻止他们。他不太理解眼前的场景。他想象的画面是，两人时隔许久再度重逢，应该是温情地拥抱才对。

"你就不能稍微长胖点么？"桀功卿看着莫默说，"你希望你的照片被收录进《成语词典》然后附在'瘦骨嶙峋'这个词条旁边作为解释说明么？"

"那你呢？懒得连平时抹点防晒霜都不肯么？这样懒下去手脚都会退化的噢，会变成一条肉乎乎的黑虫子噢。"莫默针锋相对。

"我是在退化啊，但是你的嘴巴刻薄程度可是一直在进化呢。继续努力吧，这样下去长出两条舌头说不定也会实现啊。"

听着这两人一来一去的话语，钟全算是明白桀功卿辩论赛"最佳辩手"的功底是从哪儿练出来的了。两人的对话损得很，初听时觉得尴尬，但听多了，钟全又觉得还蛮好玩的。而且，这其中竟然还包括一些关切对方的话。

"虽然觉得送给你完全是浪费，而且你的生日也已经过了，但是呢，这个是送给你的礼物噢。"莫默抓住桀功卿的手腕，然后将一个小盒子塞到他的手上。

"从这盒子的大小来看，也就是个打火机吧。"桀功卿说着打开盒子，里面果然躺着一只 Zippo。

"反正像你这么无趣的人肯定会提前猜到答案的，我也没指望能给你什么惊喜。"莫默耸耸肩。

"不过。"桀功卿抬起头来看着莫默，"谢谢，我很喜欢。"

莫默微微一笑，很快就又把笑容收起来了，对桀功卿说："如果没猜错的话，你也有什么东西要送给我，对吧？虽然我没期待是什么好东西。"

"被你这么一说，我可一点都不想送给你了。"桀功卿微微地摇摇头。

"其实我也不太想要的，但既然你已经准备了，我就勉为其难地接受吧。"莫默说着就把双手伸到桀功卿面前。

桀功卿也往莫默手上放了一个小盒子，和莫默那个装打火机的盒子差不多大小，桀功卿放的时候心里就在想着，能否给莫默一个惊喜。

"打开之前我来猜猜看？"莫默捧着盒子问。

"猜错了会没面子，猜对了会没惊喜。"桀功卿微微摇头。

"那我就不猜了。"莫默说着打开盒子，盒子里放着一个玻璃瓶，里面装着纸折的星星，满满一瓶。

"我真没猜到。"莫默说。

"惊喜吧？"桀功卿问。

"真没猜到一个成年人会选了这么幼稚的礼物。别告诉我你是像小孩子做手工那样自己叠出来的噢？"

"答对了，我这个小孩子就是傻乎乎地充满心意一颗一颗亲手把它们叠出来然后装进瓶子里来你这里接受嘲讽的。"

"别这样啊。"莫默把瓶子捧在手心里说，"虽然有点蠢，不过我还是挺喜欢的。"

在钟全听来，莫默是说喜欢礼物，但了解莫默如桀功卿，便能听出其中的深意。

"我哪里蠢啦？"桀功卿在心中反驳。

莫默和桀功卿、钟全一起去了事先安排好的那家小酒吧，很安静的那种。这家酒吧的店长和莫默认识，加上预先打了招呼，来去几句话，事情就说清楚了。莫默挑好了位置让桀功卿和钟全坐下，然后就开始和几个店员一起布置场地，很快，气球和挂饰一类的东西就让酒吧的这个角落显得不一样了，有欢快和温馨的氛围。桀功卿接了个电话，然后就出去了一会儿，回来的时候双手捧着个大蛋糕盒子。钟全问自己是否也能帮上忙，莫默说你待着就好，他又去问桀功卿，桀功卿说你待着就好，钟全就回到座位上坐着，看着两人忙来忙去，觉得他们很有些小夫妻的样子。

场所布置好了，桀功卿和莫默的朋友也陆续来了些，他们彼此打过招呼，然后桀功卿和莫默就向朋友们介绍钟全。桀功卿和钟全很快就被围了起来。大家七嘴八舌地向他们询问着军校生活的各种细节。

石良玉看看钟，稍微准备了一下，就出门了。桀功卿竟然向自己发出了聚会的邀请，这是石良玉之前全然没有想到的事情。这次的机会很重要，如果好好把握，或许桀功卿就对自己改观了。

　　想到这里，石良玉就觉得事情会从这里开始变得顺利起来。他看看天空，虽然略有些阴霾，但完全不觉得扫兴，反而感觉这种低沉的天空别有一种美感。

　　就在这时候，石良玉的电话响了。他拿出电话一看，是串再熟悉不过的数字。当然，比那串数字更快映入眼帘的是那个人的名字，已经一年没联系了的那个人的名字。

　　石良玉接了电话。

　　"喂？"那头传来声音。

　　"我是石良玉。"

　　石良玉没有问对方是谁，因为他再熟悉不过那人的声音，听到一声"喂"就足以确认，他很快报出了自己的名字，是想让对方放下心来。

　　"我是林雨霏。"她说。

　　已经一年没联系了。

　　本以为一生也不会再联系。

　　"我在高中那条路拐角的那家咖啡厅，你快点赶过来。"林雨霏说完就挂了。

　　是该见见她了，既然断了的命运之线又被重新连上了的话。石良玉想着，动身向高中的方向赶去。

　　桀功卿看看表，已经到约定的时刻了，人还没有来完，不过这也理所当然，出来玩嘛，时间没必要卡得太死，再看看窗外，天有些黑了，夏天本来天黑得晚，只是今天的天气有些阴沉。

　　"你在等人？"莫默问。

　　"是啊。"桀功卿微笑，"也差不多该开始了。"

　　"嗯，今晚要大闹一场。"莫默说。

　　钟全仍旧被人围着问这问那。

　　"那你们怎么和外界联系啊？"有人问。

　　"手机被收上去以后，周末会发下来，而且平时有公用电话，虽然抢着打的人挺多。"钟全说。

　　"你们学校有多少人？"又有人问。

　　"这个保密。"钟全回答。

　　"唉，说说看嘛，就别保持什么神秘感了。"那人说。

"这可不是保持神秘感。"钟全耐心解释，"人数，枪支弹药的数量，编制体制，这些都是军事秘密，不能说的。"

　　钟全在回答的时候很细心地在脑子里思虑了什么话可以说什么话不能说，他说的内容大家都很感兴趣，都感觉军校是个充满朝气又略带神秘感的地方，但真实的军校，其中的酸甜苦辣，只有身在其中才能体味。比如说吧，别人问他，你们平时最常搞什么训练，他说，器械，跑步，别人就想，噢，器械，跑步，但只有他才知道，器械是指双手在单杠上磨出了血泡，肌肉酸痛却仍要坚持着完成动作，跑步是指在炎炎烈日下挥汗如雨，在跑了一圈又一圈后看见终点即使筋疲力尽却仍要冲刺。

　　他在回答别人的时候，也间或提出些疑问，在得到回答后他悄悄做出对比，也对其他大学心生向往。那又是一个全然不同的地方，自由，丰富的生活，充满了自主性和可能性。

　　但钟全走在他的道路上，虽然道路险阻，虽然也想看看旁的路的风景，但他没有后悔，他知道，他在这条路上会一直走下去。

　　石良玉赶到指定的那家咖啡厅时，林雨霏已经在里面等着了，林雨霏点了两杯咖啡，一杯焦糖玛奇朵，一杯拿铁，拿铁是为石良玉点的，她猜想石良玉不想喝太热的。石良玉在林雨霏面前坐下，手握着咖啡杯时，感受那温度，他知道林雨霏已经待了好一段时间了。

　　"好久不见。"林雨霏微笑着说。

　　"是啊。好久不见了。"

　　石良玉拿起杯子，饮了一口，趁此期间他在考虑要怎么将谈话进行下去。一个学期没联系，自己有了不少变化，不难想见，林雨霏肯定也变了，虽然这样想不免有些令人伤感。他曾经有过那样的希望，希望时间能在他们彼此熟悉，在他认为彼此还有可能，在他充满憧憬的时刻暂停下来。但是现在想来，那种愿望是多么的天真和不切实际。时间是不可能静止的，人的关系也是这样，石良玉想，要么走近，要么远离，只是隔着一步的距离就这样保持下去，这是无法实现的。

　　其实在石良玉的潜意识中，早就有着这样的想法，因此他在和同学吃散伙饭的那一晚，就带着许多的无奈、伤感和一点点的期望做出最后的努力，去向林雨霏表白。说是表白，也并没有表达更多的要求，只是简单地告诉林雨霏自己喜欢她那件事。事到如今再去看当时的举动，石良玉也不知道这是否是最好的选择。

但有一点可以确信，那就是，事情无论如何都已经过去了。

　　就在石良玉想着这些的时候，林雨霏率先打破了沉默："你现在怎么样？"

　　现在怎么样？这真是最方便的一句话了，石良玉心想，既能表示关切，又只是一般礼貌性的问候语，显得可远可近，可进可退，可攻可守。

　　"不错啊。"石良玉说。

　　他这时才得以好好打量一下林雨霏。林雨霏浅浅的刘海依旧留着，头发更长了些，盖过肩膀。她穿一件白色绒毛卫衣，里面是红蓝相间，碎花格子的衬衫，下身一条黑色的直筒牛仔裤，脚上是白色的帆布鞋。这样的穿着风格略微有些男孩子气，但在石良玉看来并没有违和感，反而觉得到了大学，林雨霏就该这么打扮似的。

　　他很喜欢林雨霏这样打扮，就像他以前喜欢看林雨霏穿校服那样。但是他并不很能把两幅景象重叠在一起，好像这两个并不是同一个人一般。

　　"你呢？"石良玉发问，"大学生活怎么样？"

　　"和想象的有点不同啊。"林雨霏略微偏侧过头，用手撑着脸颊，"也没那么自由，可能是因为大一的缘故吧，课业也挺多的。"

　　"感觉课业多是因为你很认真地在学。"石良玉说，"我听说大学就是这样的地方，要是不想学，谁都强迫不了。"

　　"也许是吧。"林雨霏啜了一口咖啡，"但是你知道的呀，我肯定会认真学的。"

　　"嗯。"石良玉笑了，"这点我很久以前就知道。"

　　很久以前就知道，是因为很久以前事情就是这样的。林雨霏对学习很认真，这是大家都知道的事情。

　　这一点她并没有改变，石良玉心想，或许从内在上来说，我们都没有改变，只是到了不同的环境因而做出了一些调整和适应罢了。

　　"我们学校时间安排更紧。"石良玉说，"既要学习，又要训练。不过我很喜欢那儿，这点倒还是要谢谢你。"

　　"我就知道你会喜欢。"林雨霏笑了，"不过，应该是我谢谢你。"

　　"谢我什么？"石良玉不解。

　　"谢谢你说出来，那天。"林雨霏说。

　　石良玉脸红了起来，他的思绪又回到了那一天，他眼里含着泪，林雨霏填充满了他的整个视野，他说出了他一直想说的那件事情。

　　"如果再给我一次机会，我能说得更深情一些。"石良玉开玩笑说。

但是林雨霏没有笑，她又啜了一口咖啡，然后静静地看着石良玉，眼神认真。石良玉被盯得有些不好意思，低下头去，回避林雨霏的目光。

"你知道吗？"林雨霏问，"你知道我是怎么想的吗？"

"什么怎么想的？"石良玉仍旧低着头。

"我在大学里啊。"林雨霏说，"大一，仿佛所有人都一下子陷入了恋爱症候群。"

"追你的肯定不少吧？"石良玉说。

"不敢说多吧。"林雨霏笑了。

石良玉隐隐猜到了林雨霏要说些什么，可是他的心里并不太相信。他不知道要怎么办，感觉有些烦乱。

"我没有再多一次机会了吗？"

石良玉咽了口口水，看着林雨霏，等待她的回答。

好像空气忽然凝结了一般，周围本来就不喧嚣的声音更加静默了下来，咖啡的气味也传达不出来。一切感觉都被消减了，只剩下视觉异常的敏锐。视野中的一切都非常清晰，尤其是，眼前的那个人。

"你是说，我们有没有必要开始？"林雨霏问。

有没有必要？这样的问题让石良玉感到有些奇怪。感情这种事情，难道真可以用理智来剖析吗？石良玉想要反问林雨霏，想要说不是有没有必要，而是你是否喜欢我，但是话到嘴边，说出来却又成了另一个样子。

"我不知道。"石良玉说。

其实，石良玉何尝不想和林雨霏在一起，毕竟那是他喜欢过的唯一一个女生，可是，他并不相信这种可能性会实现。以前不可能，因为他和作为优等生的林雨霏差距太大，现在更不可能，因为他们已经身在两个世界当中。

"你是对的人，但不是对的时候。"

林雨霏喜欢我？

其实要不是石良玉太迟钝，他早该看出来的，从那个雨夜，林雨霏跳上他自行车，用伞为他遮盖住风雨的时候，他就应该看出来的。可直到那很久以后，直到他在军校，意识到身处的学校也是她为自己选的，直到他每每回想从前，他才终于隐约明白林雨霏的心意。

而这份心意，在今天再一次得到了证实。

"我……"石良玉欲言又止。

他硬生生地把"喜欢你"三个字咽了回去。他知道林雨霏后面还有话要说。

"我今天叫你出来，就是想看看你。你看起来更成熟了，真好。在大学里我没谈恋爱，我还是个学霸。我想，有把事业放在爱情之上的男人，也就应该有把学业放在爱情之前的女生。这没什么不公平吧？不过，石良玉，我今天又见到你了，这真好。"

沉默良久。

石良玉想，时间倒退一些的话，我们还可以在一起。

时间倒退更多一些，你早早开始激励我，我早早开始发奋，我们说不定还能考上同一所学校。

如果不能够，那么像现在这样也不错，我们喜欢过对方，也知道对方喜欢过自己。现在我们在各自应该在的地方，走方向不同的路，也还可以彼此祝福。

也就没有遗憾了吧？

石良玉打破沉默："就当我没问过吧？"

林雨霏点点头。

此后他们聊了很久，像两个老朋友那样，他们之间第一次有了那么长的对话。两颗心交换彼此的世界，没有什么多余，没有什么空缺，这种感觉也不错。

令石良玉欣慰的是，林雨霏现在一切都好。

窗外又下雨了，隔着窗能看到雨线下划。雨默默地。

因为下雨的缘故，天彻底暗下来，没有经过黄昏，没有橘红色渲染了整个天空的晚霞，只有阴霾，只是暗。在这种暗中，有些时间流逝着，有些情绪发酵着，有些谈话迸发出笑声，有些等待耗尽了耐心。

"我们开始吧。"桀功卿对莫默说。

"你好像还在等什么重要的人？"莫默问。

"不是什么重要的人。"桀功卿说，"本来希望人能来齐，那样是最好的，不过他不来就算了。"

莫默若有所思地点点头，她了解桀功卿的性格，能看出来桀功卿其实十分期待某个人的到来，不过既然桀功卿发话了，那就按他说的去做吧。

桀功卿走向钢琴，弹了一小段欢愉的，节奏轻快的旋律，琴声顺着话筒从音箱中传了出来。无论是桀功卿和莫默请来的朋友，还是其他的客人，都被这旋律吸引了注意力，这时莫默走到了钢琴旁，拿过了话筒。

"今天，是这位客人的生日。"莫默说着向钟全的方向伸出手掌，"他叫钟全，让我们为这位客人送上掌声和祝愿好不好？"

围着蛋糕坐了一圈的人们开始喝彩，其他不认识的客人也跟着鼓掌。莫默示意店员把店内灯光调暗，桀功卿开始弹《生日快乐》，大家就应和着唱起来。第一遍唱中文的，第二遍唱英文的。大家唱第二遍的时候，桀功卿就相应地弹和声的部分，一首再简单不过的歌这样听来便格外精致。

"钟全生日快乐！"大家又欢呼起来。

钟全在心里许愿，然后吹熄了蜡烛，酒吧里这一刻变得很暗很暗，但下一刻，灯光立刻亮起来，大家的情绪也被点亮了。钟全先斜着切了两刀，把蛋糕切成四大块，桀功卿过来抓起上面写着"钟全生日快乐"的那块巧克力就往钟全嘴里塞。钟全一边咬着巧克力一边继续细分。第一块递给了桀功卿，第二块递给了莫默，但两人都把蛋糕传出去了。结果是这片蛋糕还没有分完，旁边已经展开了奶油大战。

"看招！"桀功卿在钟全脸上留下了白色的一道。

空气中散发着甜腻的气味，大家的笑声荡漾在一起。

"你脸上都是奶油，我来帮你擦擦。"莫默走向桀功卿。

"嗯。"桀功卿把脸转过来。

"你中计啦！"莫默把餐巾纸往桀功卿脸上一贴，然后马上跑开了，桀功卿把纸巾拿下来一看，纸巾上面竟然涂满了奶油。

天已经完全黑了，夜已经很深，暗夜中所有星辰都被乌云所遮蔽，也没有月光。蛋糕甜腻的气味，共着朗姆酒和香槟，热烈的气氛渲染着每一份空气，连夜都沉醉了。

这样黏稠而愉悦的夜，越来越深，沉浸在其中的人们也终于意识到了这点，开始陆续道别离去。到最后，就只剩下莫默，桀功卿，钟全。三人围坐在一起，开启最后一瓶朗姆酒。

莫默又点了一瓶银色子弹，一瓶苏打水，她按比例把这三者混合，给桀功卿、钟全各倒了一杯。她做了个手势，三人一起举起杯子。

"甜蜜子弹。"莫默说，"来试试看我这个作品。"

三人干杯。

"时间不早了，你快回去吧。"桀功卿对莫默说。

"你担心我啊？"莫默问。

"别误会了。"桀功卿回答，"我只是怕你留下来再喝几杯到时候醉醺醺的还得我送你回去。"

"功卿。"莫默扶着凳子说，"我知道你有心事，不过既然你赶我走，那我就先回去了。钟全，麻烦你帮我照顾一下功卿，那混蛋有什么事又不直接说出来，就知道死撑着，又折磨自己又折磨别人的，你想办法开导开导他。我先走了。"

桀功卿朝莫默摆了几下手，意思是"你快走吧"。

莫默走后，钟全又把两人的杯子倒满，轻轻地碰了一下桀功卿的杯子，直接小啜一口，说："她调的酒味道不错。"

"她就知道一些乱七八糟的东西。"桀功卿说。

两人干杯。

"就是因为石良玉没来嘛。"钟全说，"没想到你挺在乎他的，我还以为你一直没把他当兄弟。"

"他还算不上。"桀功卿说，"只是被人放鸽子的感觉不太妙。嗳，别提他了。"

"那就不说他。"钟全说，"对了，你今天送给莫默的那份礼物很特别嘛。"

"有特殊意义。"桀功卿笑，"不过不知道她还记不记得。"

"什么意义？"钟全问。

桀功卿举起杯子，轻轻摇晃，苏打水的泡沫碎裂又形成，形成又碎裂，把甜蜜子弹的味道散发到了空气中。桀功卿深深吸了一口气，然后缓缓开口："小时候，我和莫默还有一群小朋友一起看星星，有一次恰好流行划过，大家都闭上眼睛许愿。但是我睁眼后，莫默问大家闭上眼睛做什么。许愿啊，我告诉她，她这时候才知道，看到流星是可以闭上眼睛许愿的。她只是跟着大家一起闭了眼，却没许愿，她很遗憾，就说，要是谁能把落下来的流星找到送给她，她就嫁给那个人。"

"哈哈，她是想对着落下来的流星补上一个心愿。"钟全猜。

"答对了。"桀功卿笑，"后来，大家就一起去找落下来的流星，找了很久，当然咯，是不可能找到的。这件事情就不了了之。不过，时隔多年，我终于想到了办法。"

钟全笑。

莫默回到家的时候没有开灯，轻手轻脚进了房间，她的父母已经睡了。她拿出那个盒子，想好好看看桀功卿送她的礼物。今天很累，但也玩得很疯，很开心，唯一令她担忧的是桀功卿现在的心态。不过，会过去的，她知道桀功卿虽然不太会调节情绪，但她相信他心性顽强，不会轻易被打倒。

莫默打开盒子，然后她就被那个玻璃瓶牢牢抓住了目光。她微微轻叹，微笑着，心里被幸福感填满。

玻璃瓶中的折纸星星，正散发着荧荧的光。是夜光涂料。莫默捧着玻璃瓶子，就好像闪着光辉的流星坠落到了她手里似的。

对着玻璃瓶里的星星，莫默许了一个心愿。

石良玉和林雨霏从咖啡厅离开时，已经很晚了。石良玉说要送林雨霏回去，却被拒绝了。石良玉于是不再坚持，他知道，现在自己已经没有了送别人回家的资格。他们正准备各自回家，但迈开脚步，才尴尬地对视，然后突然爆发出笑声。

怎么忘了呢？我们的家，明明在同一个方向上。

他们一起往回走的时候，就好像又回到了从前，这条路是从高中放学回家的路。

雨细细密密地下着，林雨霏的伞又举过了石良玉头顶。他们两人这时候都沉默了，只是慢慢地走着。雨洗刷着他们的青春。

路再长，步伐再慢，也终于走完，林雨霏在路口转向回家以后，石良玉依旧沉浸在一种不可言说的心情中无法自拔。直到他也走到了家门口，才想起另一件重要的事情：他忘了钟全的生日宴会！

石良玉瞬间就感到一阵电流在脑子里流转，整个身体都变得麻酥酥的，他愣在原地，手握门把，却没有推门进去。他拿出手机来看，上面没有钟全的来电，也没有桀功卿的来电。他稍微放心了些，又有些失落，那两人没有打来电话催促他，是把他忽略掉了直接开始生日宴会？

不，恐怕是另一种情形，钟全没有他的号码，桀功卿有，但以桀功卿的性格，即便等他很久，却不打电话催他一下，这种可能性也是存在的，他会嘴上不说，但心里憋着。

糟了，他一定很生我的气。石良玉想着，决定打个电话过去道歉，但是一看手机屏幕，现在已经是深夜了。恐怕他们都已经睡觉了，即便要道歉，看来也只能等到明天了。石良玉叹了一口气，扭转门把，走进去，家里人已经睡了。

他洗了个淋浴，一面想着桀功卿和钟全这边的事情，一面又不自觉地想到林雨霏。和林雨霏重逢的喜悦，接近却没能在一起的遗憾，对桀功卿是否会生气的担心，对没能参加钟全生日宴会的抱歉，各种各样复杂的情感交织在一起。他想用热水把这些思绪全部冲走，但水在身上流淌时，思绪在脑海涌动，未曾断绝。

洗了个澡，石良玉就早早上床，但睡不着。辗转反侧许久，终于觉得有些倦意，再一看表，早已过了凌晨。他闭上眼睛，想着明天能快点到来就好了，明天，他就可以打电话去道歉了。

干杯。

雨停了，夜深了，桀功卿和钟全都微微有了些醉意，桀功卿看看表，早已过了凌晨，但他还不太想走。钟全使劲地摇晃了一下脑袋，尽量保持清醒，莫默叫他照顾好桀功卿，其实即使她不说，钟全也会这么做的。

"你是不是有些醉啦？"钟全笑着问。

桀功卿点点头，想了想，又摇摇头，他的视线模糊起来，觉得眼前的这个人一会儿是钟全，一会儿是莫默，一会儿是戴铭，一会儿又是石良玉。他闭上眼睛，画面就消失了，再睁眼时，钟全又变回了钟全。

"我真的醉了。"桀功卿说着却举起了酒杯，"那就索性醉个痛快吧。"

干杯。

干杯。

干杯。

"甜蜜子弹"已经一点不剩，钟全也觉得自己再喝下去就真醉了。也许是他酒量比桀功卿好些，也许是因为他并没有陷入像桀功卿那样的情绪里，钟全并没有像桀功卿那样显示出强烈的醉意。他向酒吧老板打个招呼，就拉着桀功卿要把他带回去，说到回去，桀功卿又是一会儿点头一会儿摇头的，让人摸不清楚是什么意思。不过钟全没有理会，硬是把他拉回家了。

回去以后两人倒头就睡，钟全觉得自己做了一个很长很长的梦，梦里似乎是看到了桀功卿和莫默吵架，吵着吵着却很甜蜜的样子。钟全以前没想过，但这会儿，他突然有些想恋爱了。

第二天钟全早早醒来，洗漱完拿了钥匙下楼买了早饭上来，桀功卿还在睡。钟全就搞搞体能，做做俯卧撑和仰卧起坐，做做深蹲，满身大汗再去冲了个热水澡。出来一看，桀功卿还是没起床。桀功卿的手机响了，这样想来，应该是昨晚喝醉了就一直没关，钟全拿过来一看，是莫默，就接下了，简单地说了桀功卿还在睡，自己会照顾他之类的，想着莫默差不多能放心了。过了一会儿又有电话打进来，再一看，是石良玉，钟全就拿着手机慌了。

"喂，起床啊！"钟全试着叫醒桀功卿，他一边喊一边推，但桀功卿一点要醒来的意思都没有。

钟全想着没办法，正准备接电话，那边却挂断了。

钟全拿着手机坐在床边，望着屏幕上"未接来电"的界面，想着要不要回拨，但想想又觉得算了，他觉得过一会儿桀功卿醒过来，石良玉再打过来，让那两人把事情说清楚。

最开始的时候，钟全好奇石良玉为什么对桀功卿那么执着，后来，他和桀功卿的想法一样，认定石良玉和桀功卿是两个世界的人，再后来，他看到两人的关系渐渐变好，他由衷地高兴，那时候他觉得，或许这两人本来就应该成为好兄弟似的。可是现在，他望着手机屏幕，努力思索着究竟出现了什么差错，让差一点就交错的两条线大概又要远远分离。

大概，他们终究不该是一个世界的人吧。

一个单纯，阳光，浑身充满着热血和朝气，正向着前方飞驰。

一个敏感，内向，用冷漠和高傲包裹起自己，沉默着却背负着巨大的重量缓慢前进。

一个是用幸运和幸福灌溉出来的，爱笑，用自己的热量渲染着身边的空气。

一个经历坎坷，总是皱着眉头，用拒绝去抵御所有潜在的伤害。

本来石良玉就快成功了，用他的热量去融化裹覆在桀功卿身上的坚冰，可当他将桀功卿用来防御自身的冰块融化的那一霎，却亲手给桀功卿施加了一道伤害。

让他满心的期望化为失望，让他精心的策划没能成功，让他的信任失却，让他心情不好只好用酒精麻醉自己。恐怕现在沉睡的他，做着的也不会是美梦。

手机又响了，还是石良玉，这一次钟全决定接下来，问问看他昨晚为什么缺席，正当钟全要按下接听键时，身后一只手把电话拿了过去。钟全回头一看，桀功卿已经醒过来了，桀功卿揉揉惺忪的眼，仔细看看手机屏幕，然后用力按下了挂断键。

钟全叹了一口气。

桀功卿在手机上按了几下，如果钟全没猜错的话，他应该是在把石良玉的号码设为拒接来电。按完之后，桀功卿抬头看钟全，问："我饿了，我好像闻到了早餐的味道？"

钟全无奈地点点头。

真的就只差一点点。

他不接电话。

石良玉坐在椅子上，怔怔地看着手机屏幕，屏幕上的光已经暗下去。第一次拨的时候是无人接听第二次拨的时候被挂断了，第三第四第五次直接被告知"您拨打的用户暂时无法接听"，看来是已经被加入拒接名单了。

真糟糕啊，石良玉想，就差一点点了，本来就差一点点，就能和他成为好兄弟了吧。

石良玉放下了手中的手机，他知道，事情已经被他搞砸了，看来这一整个寒假都没办法去道歉，那就只有等到开学了，希望到了开学桀功卿的气就会消。可是经过这么一段时间，他多少也明白了，以桀功卿的性格，恐怕不是那么容易消气的。

石良玉又想打电话给林雨霏，想想又作罢了，以什么身份打过去呢？好朋友吗？如果只是好朋友，昨晚才见了面到深夜才分开，今早又打过去，未免殷勤了些。他就打电话约了许健和另外几个朋友，决定打打球流流汗。

昨晚下了雨，今天天空似被洗刷过了，就晴朗很多，空旷了很多。和桀功卿那喜欢憋着情绪的性格不同，石良玉往阳光底下一站，就觉得坏心情被蒸发走了一大半。他踩上那辆陪他度过了整个高中的捷安特自行车，向着球场出发了。有那么一瞬，他觉得，桀功卿要是也学着打打球运动运动来调节情绪，或许他不会过得那么压抑，但是旋即他又想，或许桀功卿连形成这样习惯的机会都没有。

他还记得钟全以前和他说的那些，知道桀功卿一直在和命运辗转作战，知道他不爱笑，是因为他要用一张更为冷酷的脸，去漠视冷酷的命运。

第十二章　意外风景

桀功卿和钟全上了火车，把行李安置好，就坐下了。桀功卿坐在靠窗的位置，钟全坐在他旁边。桀功卿往窗外看去，不时有推着贩卖东西的小车经过，不时有人向车上的亲友挥手告别。他把视线扭回了车厢内，百无聊赖地摆弄着手机。钟全看着桀功卿这个样子，觉得自己应该说些什么，但又不知道说什么才好，于是也沉默着。

桀功卿时不时往窗外看，但都只是瞄一眼就很快地收回目光，好像在寻找什么的样子。他是在等那个人吧，钟全猜测，他是在看那个人会不会来送他。

时间一分一秒地溜走。

钟全看看手机，离火车发动的时刻已经不远了。他又看看桀功卿，桀功卿面无表情，继续摆弄着手机。车厢内喧哗着，有人踩在座位上往行李架上摆行李，却怎么也码放不稳，有人正试图把巨大的箱子塞到座位底下，有人在一边和身边的人聊天一边嗑着瓜子，有人在斗地主，就是没有人，像现在的钟全和桀功卿一样这么安静，安静得有点寂寥。

手机铃声打破了这寂静。

桀功卿飞快地接下："喂。"

钟全看桀功卿的表情，有些温情。

"嗳，你不觉得你的叮嘱过于详细了吗？要是一条条都记下来，可以出版一本《火车出行指南》了吧。嗯，我知道啊，我又不是第一次坐火车。好啦，好啦，就算你不吝惜口水，至少也注意一下话费吧？就算你不吝惜话费，至少也考虑一下打手机太久会有辐射的吧？皮肤说不定会变差的啊？你本来性格就差，要是连脸蛋都不漂亮了，以后该怎么办啊……"桀功卿向着电话应答。

一听这又损又带点关切的话语，钟全就猜到电话那头是谁了。

但是挂了电话之后，桀功卿脸上的温情就消失了，反而有种淡淡的失落。钟全看在眼里，心里有些惊异，难道桀功卿在等的那个电话，不是刚才打来的这一个？难道他在等的人，不是莫默？那么……

石良玉？

桀功卿是在等石良玉，等着石良玉来给我们送行？可是怎么可能呢，第一，石良玉并不知道我们坐这班火车离开的事情；第二，桀功卿不是把他的电话加入拒接名单了么？又或者有另一种可能……不，那家伙的心思不好猜，还是直接问他好了。

于是钟全开口："桀功卿，你是不是在等石良玉的电话，或者等他人？"

"如果他来给我们送行的话。"桀功卿缓缓地说，"我就原谅他之前犯下的错。"

"可是他并不知道我们今天离开这件事情啊？"

"那就看他运气了。"桀功卿撇过脸。

"运气？"钟全吃了一惊，要有什么样的运气，才能刚好在寒假的某一天突然跑到火车站这样的地方来然后正巧撞见之前得罪过的人啊？不过，桀功卿的逻辑一旦被情绪因素染上，就会变得不太正常，想起这点之后，钟全的惊讶又消退了。

"那，你是不是也在等他电话。"钟全问。

"如果他能在火车开动之前打电话来送别，那么我也可以原谅他。条件已经放宽很多了。"

"你不是把他的号码设为拒接来电了吗？"

"在我上火车以后就已经解除了。"

"可是石良玉不知道你解除了啊？"钟全诧异。

"那就只能怪他运气不好了。"桀功卿看着窗外说。

钟全叹了口气。

除了钟全对面的那个座位，所有的位置都已经被坐满，钟全看着桀功卿，桀功卿一直看着窗外。钟全又把目光收回来，他在想，面前的这个位置会来个什么样的人。就在这时候，一个穿着绿色外套和蓝色修身牛仔裤的瘦瘦小小的女生走了过来，她左手戴着玛瑙的手链，手上拿着一个硕大的红色袋子，背上背着休闲款的背包，头发微微地卷，不知道是天然卷还是烫的。

钟全跳下座位，帮着这个女生把那个很大的包弄上行李架，女生很礼貌地说了声谢谢，很腼腆的样子。钟全回以微笑，心中暗暗地想，这女生打扮看起来挺时髦，原来这么害羞。

火车发出汽笛声，然后缓慢地加速，行驶了起来。看来石良玉"运气不好"，钟全想。桀功卿仍然愣愣地望着窗外，站台从视野里消失了，送行的人们从视野里消失了。再过不久，连这座城市也会从视野里消失吧？他想。而下一次再回来，又不知道是哪番景象了。

钟全对面的女生正在摆弄手机，钟全也在摆弄手机，桀功卿在发呆。坐在桀功卿对面，也就是那个女生旁边的是一个大妈，正在一边嗑着瓜子一边看杂志，看模样不是个话少的人，但令人出乎意料地却一直没说话，大约是忙于嗑瓜子的缘故？

钟全的指尖在屏幕上滑来滑去，愤怒的小鸟已经在屏幕上划过了无数道抛物线，水果忍者也已经切开了无数苹果香蕉，他看看电量，只剩一半，就把手机关了。抬起头来的时候，那个女生抱着一本绘本，好像是阿狸的。

说说话吧？

钟全这么想着，可对方却没有主动开口的意思，钟全用手肘捅捅桀功卿，桀功卿回过头来看他，他压低声音问桀功卿："你说我和那个女生聊聊怎么样？"

"去啊。"

"有没有什么理论指导要说？"

"没有。"桀功卿的头又扭回窗外。

看来是不能靠他了。钟全想。钟全假装看杂志，时不时往对面瞄几眼。对方一直低着头，目光落在书上，没有移开。钟全在等，等到女生看完书的时候，他想，那时候他就要开口了。

火车匀速地前进着，掠过无数风景又迎来无数风景。桀功卿始终看着窗外，不去理会身边发生什么事情。其实他不只是在因为石良玉的事情而生气，在他的心中，各种各样的感情和情绪在交织着，他也在思索自己是否太苛刻了，也在想陪莫默的时间是不是太少，也在思索和家人的关系，也在想自己的明天。但是他太过于擅长隐藏心思，他隐藏不住情绪，但他可以隐藏导致这种情绪的缘由，他的喜怒哀乐都在脸上，但是你摸不清楚这些喜怒哀乐是从何而来，你猜测到的原因，大抵只是其中之一。他把一切情感都混杂在一起，只是简单地，用一种冷的外表把一切都隐藏起来。

那个女生合上了手中的绘本，然后放到包里。是时候了，钟全想，他鼓起勇气，决心开口说话，但是忽然间想起来他还没有准备好台词。

真是……糟糕。

钟全叹了口气，看着对面的女生，她在书包里摸索着什么，大概是要拿出另一本书出来？又或者是准备听歌？无论是哪种情况，一旦发生了的话，现在的机会就要失却了。不行，不想再等下去了。钟全深吸一口气。

"嗨。"钟全用最简短的方式开始了。

"嗯？"女生一愣，抬起头来，看了面前的人一眼，又微微低下头去。

"没什么事情干啊。"钟全微笑，"火车上真是无聊，不如我们聊聊吧？"

"嗯，好的。"女生说，她还是没有抬起头来。

"你也是在读书吧？"钟全问。

女生点点头："嗯，我大二。"

"比我大一级啊。"钟全说，"不过你们学校放寒假还真晚。"

"不是啊。我早就放假了，来这边和同学玩了一段时间。"那女生说，"我的学校在……"

女生说了个地点，钟全一听，略有些意外，女生的大学和自己所读的军校在同一座城市。

"噢，那你家在……"钟全问。

"终点站。"女生说。

"太巧了！我们是同一个地方的。"钟全说，"我也是正在回家的路上。"

"那你们学校放假才真是晚。"女生说。

"不，我们学校不在这儿，我是先跑来同学家玩了一段时间，然后才回去的。"钟全说。"我的学校，说起来还真是巧啊，和你的同一个地方。"

女生点点头。

"我说，你怎么老是低着头啊。"钟全说，"害羞？"

"不是……啊。"女生的声音有些犹豫，"也不是害羞啊，就是不太习惯和不认识的男生说话。"

"哈啊？"钟全有些诧异，"那你平时在学校里也很少和男同学说话的吗？"

"嗯，不经常。"女生说。

"这样，会不会……有点不方便啊？"钟全问。

"不会啊。"女生说，"平时都是和女同学在一起嘛。我们学校又是师范大学，本来大部分就都是女生。"

"噢。"钟全若有所思地点点头，"我们学校刚好和你们反过来。大部分……嗯不，基本上全部都是男生。"

"全都是？"这次换那个女生诧异了，"你读的是哪所学校？"

"军校。"钟全笑笑。

"哈？"女生轻轻惊叹了一声，这大概是她第一次亲眼看到军校生吧，而且那么近距离地，就坐在她的对面。

"没想到吧？"钟全笑笑，似乎挺满意这种效果。

"难怪你们的发型……头发那么短……"女生说着又看了看坐在钟全旁边的桀功卿，"这个是你同学吧？"

"嗯，是啊。"钟全说着用手肘捅了捅桀功卿。

桀功卿缓慢地转过头来，看了那女生一眼，然后又把头扭向了窗外。

"他……心情不太好？"女生问。

钟全感到有些尴尬，看了看桀功卿，桀功卿依然看着窗外。钟全只好解释："是啊，他最近心情不太好。唉，他这样就先别理他了，让他一个人静静吧。"

女生点点头。

"对了，我还不知道你名字呢。"钟全说。

"我叫梁珏。"女生说，"你呢？"

“我叫钟全。”钟全回答。

钟全和梁珏聊着，梁珏就慢慢地抬起头来，似乎没那么害羞了。天色渐渐暗下去了，周围的风景逐渐消融在黑暗之中，开始是剩下模糊的轮廓，后来就整个地被黑暗埋没。桀功卿再看着窗外，就只能看到满眼的黑暗，但是他没有收回目光。其实看什么并不重要，他只是在思索着什么。

聊着聊着，钟全也饿了起来，叫了两份盒饭，又问梁珏要不要，梁珏摇摇手拒绝了，从包里拿出了方便面。钟全没想到那个看起来不大的包里面既装了绘本又装了方便面，里面说不定还有更多的东西吧。

这样的时光看起来虽没有爆发着什么特别喜悦的事情，但是很平静，也很轻松。想到这里，桀功卿笑了起来，他把目光收了回来，看向车内，看着人们闲聊，欢笑，吃东西，打牌。还有推着小车贩卖东西的列车员工，那员工先是用水把头发弄湿，然后向乘客演示怎么用“干得快”毛巾迅速把头发擦干，没多长时间，一小车的毛巾就推销得差不多了。

多好啊，这样的时光。

其实能这样一直平静下去的话也不错。

桀功卿看着车内，微笑着，但他知道，人生不会一直这样平静下去。而且，他也知道，他背负着的重量不会让他停在这里，而是要压迫着他一直前行，历经无数曲折和坎坷地一路前行。

“那次去鬼屋的时候，我们当中还有几个男生，就是我闺蜜的男朋友嘛，哎呀，他们真胆小，真的！都往后缩着，就我一人在前面带队。其实那些机关什么的倒不可怕，就是有些真人扮的鬼，会突然冲出来吓人，这种我就有点害怕。不过我都没表现出来。”梁珏笑着说。

她已经把头全抬起来了，看起来也不再害羞，开始说着自己这个寒假去玩的经历。钟全也饶有兴趣地听着。梁珏和他以往遇到的女生都不一样，看着挺时尚，但遇见陌生人会害羞，但是胆子还挺大，至少在表面上能装作挺勇敢的样子。其实抬起头来看的话，她人长得蛮漂亮的，钟全想。

“我觉得吧，我胆子真的挺大的。”梁珏讲，“坐过山车那次也是啊，所有人都在尖叫，我就一开始的时候叫了一声，然后就一直没叫出来。”

“过山车不是就要叫出来才过瘾吗？”钟全问。

梁珏摇摇头：“不会啊，我也玩得很开心。下车之后一看照片，就我一个嘴巴是闭着的，哈哈。”

“我可不像你那么勇敢。过山车那么刺激的东西我很少坐的。”

"我还以为你们军校生都很勇敢啊。"梁珏说。

"嗯，这个……"钟全想了想，"除了过山车这种事情吧。"

"哈哈。"

不知不觉，时间已经不早了，因为买不到卧铺票的缘故，只能坐硬座，而坐着又不太好睡。樊功卿开始翻杂志，翻着翻着就打哈欠，没多久，就从包里扯出一件衣服盖在身上坐着睡了。到了夜里，还真觉得火车里的暖气没有那么管用了。梁珏拿出一件条纹衬衫当毯子盖在身上。钟全倒不怎么怕冷的样子。

"你不困啊？"钟全问梁珏。

"我坐火车夜里不太睡的，平时就看看窗外，听听歌，一夜很快就过去了。你呢，你不困么？"

"我过会儿再睡，现在还精神得很。"钟全笑着说。

"你同学倒是很早睡了啊。"梁珏说。

"他生了一天的气了。大概很累吧。"

"因为什么事情这么生气啊？"

"人际关系的问题咯。这种问题总是很复杂的。"

"嗯。好在我们寝室里大家关系都很好啊。"

"是吗？那不错啊。"

"我们经常晚上一起出去吃东西啊。别看我那么瘦噢，其实我是个吃货。哈哈，刚到这边大学的时候我吃的方面还不习惯啊，现在已经习惯了，特别是这边的早茶，很棒啊！"梁珏笑着说。

"你经常和舍友一起出去吃东西啊？"

梁珏点点头："是啊，经常一起出去吃东西。别的我也不太会玩，出去一般就是到处逛，吃些不一样的小吃。刚好这边小吃特别多呀。"

"出去玩就吃东西？不唱唱歌什么的？"

"我不太喜欢唱歌啊。"梁珏微微摇头，"而且我晚上也不会在外面玩到很晚。现在还宽松些了，以前高中在家里面的时候，家人都要求我在晚上八点之前必须回家的。"

"管那么严？"

"是啊，女孩子嘛。你们男生应该不会这样吧。"

"这是宵禁啊！"

梁珏被说得有些不好意思了："也不是。只是女孩子在外面玩得太晚也不太安全嘛。而且KTV啊对我来说也不是太有意思。"

"其他的呢？打台球啊，玩桌游啊，去酒吧什么的？"

"酒吧我一次也没去过。"梁珏摇头，"而且我觉得台球也不太适合女生吧。男生出去运动运动还好，女生要一起出去的话可能会逛逛街吧。"

钟全"噢"地轻叹了一声。

他对梁珏产生的好奇心已经不只是一点点了，一个看着时尚的女生，却很腼腆害羞，明明都已经大三了，却不会在外面玩得太晚，身材很苗条，却是个吃货……她根本就是个矛盾体嘛？

对的，就是充满矛盾，但这么多的矛盾，就在这一个人的身上实现了，而且还是个漂亮的女生。要是能和她再熟络些就好了，不只是在火车上聊聊天而已，真想以后也和她成为朋友啊。钟全看着面前的梁珏，暗暗地想。

时间分秒流逝，车厢内大部分人都已经睡了。钟全和梁珏还在有一句没一句地聊着，好像昼夜的更替并不能对他们产生什么影响似的。每到一个小的站点，列车员都会敲着金属的行李架把大家叫醒，并且喊着"某某站到了有没有谁下车"一类的话。大部分乘客睁开蒙眬的眼只几秒，就又不耐烦地闭上眼回归到梦乡里去。虽然坐着睡觉并不很舒服，但若不睡去的话，时间过得未免缓慢了些。又过了几个小时，钟全终于也困了，和梁珏说了几句，就闭上了眼。梁珏看见钟全睡了，就塞上耳塞，把头偏向窗外。窗外是整个的黑，什么也看不见，但是她似乎看见了什么似的，认真地看着，仿佛满眼都是风景。

这个漫长的夜啊。

其他人都还在睡着的时候，桀功卿醒过来了，他看看表，五点多钟。打开手机，上面两条新短信，都是陌生的号码，再打开看，一条是诈骗信息，一条是广告。他把手机塞进口袋，然后又把目光投向了窗外，他看着暗夜一点一点变成晨曦，风过了雾遮盖着这片大地。

又过了一些时候，就陆续有人醒来了。

钟全醒来的时候，梁珏早就醒来了，她睡得晚，但是没睡很深。梁珏醒来后看到桀功卿也醒着，知道他是钟全的同学，但她没和桀功卿说话。梁珏不是什么会主动和人说话的性格，尤其对方还是桀功卿那种看起来板着个脸不怎么好说话的样子。

"早啊。"钟全用还没完全睡醒的口吻向梁珏打招呼。

"早上好。"梁珏也微笑回应。

大家排着队去盥洗室略加洗漱，就回到座位上吃早餐，钟全拦下推过的小餐车叫了两份面条，一份自己的一份桀功卿的，梁珏就从那个看起来不大的包里摸出了一罐八宝粥一袋面包。吃完过后钟全和梁珏沉默了一段时间，钟全不知道要说些什么，梁珏也不是那种习惯主动开口的人。桀功卿不再看着窗外了，在翻昨天那本杂志，翻来翻去，觉得没什么好看的，算着时间也差不多了，就开始发短信提醒莫默让她早餐多吃点长胖点。

钟全绞尽脑汁，终于想好了话题："对了，我还不知道你哪个系的呢。"

"我是学数学的。"梁珏说。

"数学？"钟全有些惊讶，"一个女孩子，学高数？"

"是啊，高数。"梁珏说。

"高数很难啊。"钟全说。

"你们是作为一门基础课程来学，其实还不算难。我们作为专业课来学那才难呢。而且高数其实分得很细啊，像是概率学之类的都能单独拿出来列一门课程。"梁珏说。

"我真佩服你啊。"钟全用认真的语气说。

被钟全这么一称赞，梁珏有些不好意思了，又稍微低了一会儿头，才抬起头来，问钟全："那你是学什么专业的啊？"

"我的专业啊。"钟全想了想，说，"这个保密。"

"那么神秘啊？"梁珏好奇地问。

钟全只是笑，没有回答。

"对了。"钟全说，"你在外面不能玩到很晚，那平时都在干些什么啊？"

"回到宿舍加班加点学高数啊。"梁珏说。

钟全摇摇头："那还真是辛苦。就没点娱乐活动吗？"

"在宿舍里看电视剧算不算？而且也没太多时间去玩，我还有家教的工作呢！"梁珏说。

"在宿舍里看电视剧……"钟全想想，然后说，"勉强算一项吧。可是没什么意思吧。"

"外面宿舍的风格就是这样啊，有两个谈恋爱的，还经常和男朋友出去玩，其他人就都是宅女了。她们宅得很啊，有时候周末了午饭时间也懒得出门，等到有谁饿得受不了去食堂吃东西的时候，其他人就拜托她带饭，结果经常是一个人去吃饭，回来的时候手里拎着四五个装着饭盒的塑料袋。"梁珏说。

"我猜你大概经常当那个最先饿得受不了的吧？"钟全说。

梁珏点点头："你猜对了。我算是比较勤快的，也不是特别宅啊。有时候在宿舍闷得受不了了，拉她们去逛街她们又不肯动，我就自己一个人坐公交，绕着这座城市转圈。到了某个地方，可能会下车，逛逛，看看能不能发现一些以前没见过的小吃，哈，没办法，我是个吃货嘛。"

钟全想象着那样的画面，想象着梁珏一个人在公交车上，周围的人都有着特定的目的地，只有她，到了某个站点就突然跳下车来，买一串小吃边逛边吃完，然后在下一个公交车站又上车，同样没有什么一定要去的方向。钟全也想那么做试试看，如果可以的话，他想坐在梁珏旁边，两个人一起做这件事情，吃遍那座城市的小吃。不过，他知道自己是不太可能有这种机会的。

桀功卿终于翻完了那本杂志，也不想再看窗外，给莫默发的短信没回，看来她还没睡醒，难得自己算错了一次。

桀功卿转过头来看着钟全，钟全看看桀功卿，又看看梁珏，说："我们来玩斗地主吧？"

然后，时间就在一轮轮的牌局中度过了，梁珏终于听到了桀功卿开口说话，但来来去去也只听到两个句子，一句是"不要"，一句是"我只剩最后一张了"。但是她看桀功卿的眼神，似乎玩得很开心，虽然表情上仍旧只板着个脸。钟全则常常故意输给桀功卿和梁珏，他知道前者心情不好，想让他多赢一些转换情绪，输给后者，则只是纯粹想让她开心。

虽然钟全并不想时间走得那么快，但火车还是到站了，终点站。其他乘客匆忙地往出口移动，钟全他们却排在最后才下了车。钟全要帮梁珏拿那个大包，梁珏一开始不同意，拗不过钟全，包还是到了钟全手上。出站了，钟全停了下来。

"我们留个联系方式吧。"钟全鼓起勇气说。

"好啊。"梁珏微微地点头。

两人互留了电话号码，钟全又说了些什么"有空一起出来玩"之类的话，梁珏没有回答，只是笑。梁珏走后，钟全望着她的背影，直到她搭上公交从视野里消失。

"桀功卿，你觉得她怎么样？"钟全问桀功卿。

"谁？"桀功卿问。

"当然是梁珏啊。"钟全说。

桀功卿想了想，仔细地回答："牌打得不错。"

钟全带桀功卿回家的时候，钟全的父母都在家里，很热情地欢迎桀功卿。桀功卿显得很有礼貌而且乖巧的样子，脸上总挂着淡淡的微笑，声音轻柔，略显拘谨。钟全感觉桀功卿就像个魔方一样，能变成很多个面，大多数时候他是冰，但现在如水般柔软。

等进了钟全的房间，门一关，桀功卿脸上的笑容就迅速消失了，他坐在了床上，闭上眼睛，很轻地叹了一口气。钟全知道，桀功卿要变回本来的样子了。

"你刚才那副乖乖仔的样子，挺可爱的。"钟全说。

"那个样子是专门用来给长辈看的。我有很多个样子，能应付一些常见的场合。"

"你把自己说得像机器人似的，到了不同的环境按下按钮就能突然变形。其实你那个乖乖的样子挺好嘛，相信我，在其他场合那也适用，反正比你板着个脸的样子好多了。"钟全笑着说。

"我还以为你习惯了呢。"

"习惯了也可以有更好的嘛。"钟全笑。

"不要有期待。"桀功卿说，"不然会受伤害的。"

钟全知道他是在说石良玉的事情。

"这其中也许有什么误会，你要给他解释的机会。"钟全耐心地对桀功卿说。

"误会就误会吧。"桀功卿装出满不在乎的口吻说。

"你甘心？好不容易快要结成的一段友谊，就因为一点小误会使一切都前功尽弃，难道你甘心吗？"钟全问。

"他也许会为此不甘心。但我不会。"

"有些时候我觉得你是个混蛋。"钟全说。

"我本来就是个混蛋。"桀功卿毫不否认。

两人把东西放好，然后都倒在了床上，略作休憩。桀功卿在床上发了条短信给莫默，告诉她自己已经到钟全家里了，想了想，又将同一条短信转发给了母亲。

"功卿，我们在火车上遇到的那个女孩子，挺特别的，对吧？"钟全躺着问。

"不知道，我没注意观察。"

"你不是一直都在场吗？"钟全又问。

"我可不像你，心思一直在她身上。"

钟全有些脸红了："我哪有全部心思都在她身上？只是坐火车无聊，就跟她聊聊罢了。"

"少解释。我又不是不了解你。想做的事情去做就是了。"

"我想做什么？"钟全问。

"约她出来玩吧，趁现在，开学就没什么时间了。"

"对的，到时候就没机会见面了。"

"才刚分开不到一天就想着见面了噢？"

"哪有。"钟全的脸又红了些。

桀功卿凑上来，一把抓住钟全的下巴，说："都写在脸上了。"

钟全愣着，默不作声。

"下午我们出去转转吧。"

"好啊。"钟全松了口气，答应下来，"我来安排。"

两人休息了一下，再睁开眼睛时，已经是傍晚了。天空是橘红色的，感觉好像有人不小心把橙汁洒在了云朵上的那种感觉。还没到吃饭的时候，桀功卿执意要出去走走，钟全就带他出了门。钟全说带着他到邻镇看看，桀功卿点点头。

当钟全跨上摩托车的那一瞬，桀功卿觉得他简直帅呆了。桀功卿也跳上摩托车，看着钟全将车发动起来，感受马达的震动传递到身上来。发动机发出了轰鸣，摩托电光火石般地驶出，桀功卿感到体内的血液霎时热了起来。

"很拉风啊。"桀功卿搭着钟全的肩膀，"没想到你还会开摩托。"

"速度，风，还有驾驭猛兽的感觉。"钟全说，"摩托让我享受这些体验。"

风从两人的脸上擦过，发出呼呼的响声，北风如刃，割得人生疼。但是疼痛的感觉此时是无谓的，就像青春一般，虽然充满了伤，但我们仍在不断向前。

"我们去哪儿？"

"去邻镇转转。"钟全说。

似乎是到了，钟全将车速降下来，一边阅尽周围的风景一边前进。在这时候，风只是轻轻地掠过，虽是北风，却竟也温柔了下来。桀功卿喜欢这样的风。

"这个镇子经济不发达，不过也正好可以让你看看旧时的建筑。有些时候我看到这些砖瓦房和低矮的油漆已经剥落的楼房，我就感觉，这里的时间是静止的。的确，这个地方似乎就静止在过去的某刻了，发展也已经停滞了下来。晚上闭上眼睛的时候，这里的人们大概在想，再重复一个今天吧，而不是思考着怎么开创崭新的明天。这里曾经辉煌，但是，一味地沉浸于以前的旧光辉，反而让人向前的脚步无法迈开。"钟全说。

桀功卿想了想，说："和我说说看吧。"

"那得追溯到很久以前。"钟全微笑。

"说吧。"桀功卿也微笑。

"几十年前，市里要在附近开设皮革加工厂和塑胶加工厂，在那个时候，这两种工厂的经济收益都是非常可观的，不仅如此，工厂的创办还能带动相关产业链条的发展，并且创造相当数量的就业岗位。因为这些显而易见的利益，邻近的几个镇子都在争抢开办这两个厂的指标。我们镇因为地理位置等因素，没有参与到这场争夺中，而又因为我们镇与这个镇子相邻，无论是从利益还是从情谊的角度来看，都应该支持这个镇子。其余的几个镇子也各自结成了同盟。在这场争夺当中，我们镇倾注了大量的人力、财力，终于帮助这个镇子取得了胜利。"钟全说。

"取得了创办这两个厂的资格，其实也就是取得了市里的扶持，利益当然可观。"桀功卿说。

钟全继续说下去："对的。我们镇子很为这次争夺的胜利而骄傲。可事情并没有一帆风顺下去。后来，因为众所周知的原因，国营工厂受到了市场的冲击，不再那么好办了。可这个镇子仍留恋于过去办厂到来的利益，在这个浪潮中没有及时转型。这附近有条河，有很好的自然景观，其他几个镇的同盟关系持续了下来，资源共享，将旅游业办得很好，相对而言，这个镇就封闭多了。时至今日，我们镇也因为商业上的繁荣而获得了长足发展，可这个工业镇却落后得很，因而也被我们镇上的人拿来作为笑料。"

"曾经的同盟，如今被你们当作笑料？"桀功卿问。

"是的。笑他们的落后与封闭。"钟全说，"可即便如此，我们还是很为当年争夺的胜利而自豪。"

"人们没有想到其中的关联吗？"桀功卿说。

"我也很奇怪这一点。就是因为办厂，才将河流在这一段的水质搞坏了，其实上流的那一段还是很清澈的，别的镇子也将这作为了旅游资源的一部分。而且，因为之前办厂指标的争夺，这个镇子已经和其他那几个失利的镇子关系搞坏了。"钟全说。

桀功卿想了想："后来呢？"

钟全回答："后来这个镇子换过几次镇长，表面上是一届届地轮替，实际上权利都在一个大家族里。不过现任的这个镇长，好像是个激进派，看到镇子现在不发达，下定决心要变革，也不知道他能弄出什么成绩来。"

"那你希望他弄出成绩来吗？"桀功卿问。

"我没想过。"钟全笑。

桀功卿也跟着笑起来："我们去看看那条被搞脏了的河吧。"

后天就是除夕。钟全提议去打桌球，桀功卿同意了，钟全说，把梁珏也叫出来吧，桀功卿笑着同意了。

钟全打电话给梁珏："出来玩吗？"

"不了。"梁珏说，"你们好好玩，我在家休息一下，前段时间玩得太累了。"

"嗯，那好。"钟全挂断了电话。

"怎么样，她？"桀功卿问。

"直接拒绝了。"钟全说。

"那就别管她了。"桀功卿说，"我们先过去吧。"

"改个时间吧，突然没什么心情了。"钟全说。

"我还以为你是真想打球呢。"桀功卿轻轻地摇了摇头，"原来你只是想见她了。"

"算是吧。"钟全出乎意料地毫不掩盖。

楼下忽然传来了鞭炮声，桀功卿有些讶异，觉得现在开始放炮怎么都早了点儿。钟全解释说这里的习惯就是这样。桀功卿回忆起从前，就觉得自己以前过的那些年气氛真是淡了些。

桀功卿并不喜欢鞭炮声，自然也不喜欢放鞭炮，小的时候，除夕夜响彻鞭炮声时，他就用手捂着耳朵，躲在被子里把自己闷起来，创造一个与世隔绝的小世界。这个世界，就再不会被任何的喧嚣侵扰。

长大后，他才明白，这是因为他骨子里就有种孤寂，因而无法享受太过于热闹和喧嚣的那种快乐。但不知为什么，他不喜欢炮竹，却喜欢烟花。喜欢烟花高升绽放，绚丽的色彩在空中绘成好看的形状，更喜欢烟花凋零，迅速黯淡的最后光彩在空中留下浅浅的弧线，有种悲凉的美。

"下雪了。"钟全看着窗外说。

桀功卿也向窗外看去，看到空气中似乎有什么很细小的东西在下落，这是他第一次见到雪。亲眼看见的时候，才发现这和想象当中的并不相同，不是那种白色的缓缓飘落的六角形雪花，而是极小的透明的冰粒，伸出手掌去接的话，还没等把手收回来了看，雪就已经在掌心里融化了。

"这是我第一次看到雪。"

"我知道，你们那边不下雪的。"

"总算是看到了。"桀功卿不无庆幸地说。

"下次带我到你们那边看看海吧。"钟全说。

"好啊。"桀功卿点头。

这天，钟全就带着桀功卿去看雪，摸雪，还傻乎乎地对着对着天空张开口，让雪落入口中，尝雪。他们体味着这冰凉。

"你说，人们为什么要过年？"桀功卿问钟全。

"你小时候没有听过相关的传说吗？年兽什么的。"钟全说。

"听过，我要问的不是那个，我是说真正的原因。"桀功卿说。

"噢。"钟全说，"传说只是人们编出来的借口吧，人们想过年，是要找个理由好好团聚，好好休息，好好玩乐。"

"干嘛选在这种季节？冷冰冰的。"桀功卿说。

"就是冷冰冰的时候，大家聚在一起，才感觉暖和。"钟全笑。

"是吗？"桀功卿也笑。

他想家了，他也想，想要一家团圆。但是当脑海里浮现这样的画面时，桀功卿不知道自己是该笑，还是该哭。

除夕前一天，钟全跟着父母去走访亲戚，桀功卿不想跟去，就待在房间里给莫默打电话，就看看杂志，玩玩游戏。桀功卿还尝试了自己做鸳鸯奶茶，方法是莫默教给他的。他在钟全家里的橱柜和冰箱里找了找，原料大概都有，有纯牛奶，立顿红茶，麦氏的咖啡和咖啡伴侣，还有袋装砂糖。就用这些最简单的材料，桀功卿反复试验，终于掌握了恰当的比例，他的手法也很棒，是从前莫默手把手教的。奶茶和咖啡充分混合，既有咖啡的香醇，又有牛奶的滑润。

一天很快就过去了。

除夕那一天，桀功卿和钟全一家人一起度过，桀功卿表情上虽然只有那种淡淡的礼节性的微笑，但是他的心里，暖暖的。他原本还以为在别人家里过年会很尴尬呢。

一年就这么结束了，有喜，有悲。

有过希望，也有过失望。

对于新的，即将到来的这一年，其实桀功卿内心是充满期待的。

过年时，桀功卿和钟全一家在一起，他本以为这样会尴尬，没想到却融洽得很。这份融洽，甚至勾起了他的记忆，让他想起了哥哥还在家里的时候，他和莫默、哥哥还有伯伯、伯母在一起，也像家人那么融洽，甚至，比自家人还要融洽。桀功卿知道自己不是好相处的人，知道在家里面，和家人的关系搞得很糟糕，他虽然不觉得这全然是自身的错，但是知道这一定也有自身的责任在里面。

在这个年夜，他们一起吃了饺子，一看放了烟花，一起看了雪，他和钟全躺在一张床上，谈了很多。他说，过了这个年，他应该要学着长大一些了，可是他不知道该怎么做。钟全默默地笑，这有点不太像他的风格了，平时的钟全，应该会认真地提出些中肯的想法和建议。桀功卿隐约能猜到钟全这样的笑是什么意思，钟全是在欣慰，欣慰自己能产生要成熟起来的想法，但他不说话，这意思是，第一步必须要由桀功卿自己来迈出，在这一步当中，任何人的推动是没有意义的。

第一步是什么呢？其实不难想到，桀功卿拿起电话，打给了母亲，很温柔地，给她道了声新年快乐。

有些雪花还在飞舞，有些雪花已经融化了。

这个年便这样过去。

钟全接到电话，没多久，脸色就变了，他又答应了几句，然后就挂断。

"怎么了？"桀功卿问。

"听到了个消息。"钟全说，"不是什么好消息，你得做好心理准备。"

"你别吓我。不过，说吧，我听着。"桀功卿说。

"我们的寒假看来要提前结束了。"钟全说，"我刚才接到队里打来的电话，说是要求在三天之内回到学校。"

听到钟全说的这句话，桀功卿的心顿时就凉了，好不容易盼来的假期，本来就不长，现在却还要因故提前结束。他本想问问钟全为什么要提前召回，想想还是作罢了。他知道，钟全大概也不知道事情的详情，因为这些信息往往是不能在电话里传播的，属于秘密。

本来桀功卿还心怀侥幸，认为钟全这样说只是恶作剧，在桀功卿接到电话之后，这种侥幸就被打破了。电话是周鹏要来的，只要求桀功卿三天之内返回学校，其他什么都没说，就挂了。

"我也接到通知了。"桀功卿说。

钟全也无奈地点点头。

现在，两人已经没有心情继续吃东西了。三天时间，这的确很尴尬，要说趁这个时间最后疯狂地玩会儿，两人也找不出那种心情了。钟全当即打电话，订下了后天的机票。

"猜猜看吧，是什么原因？"

钟全摇摇头，一副全然无知的样子。

"是只有我们被召回，还是全校都得回去？"桀功卿问。

"估计是全校吧，没理由只让我们回去的。"

桀功卿点点头，然后微微一笑："假期就要结束了，有什么感想？"

"没什么感想。"钟全说，"两张机票我已经订好了，后天启程，当晚就能到，在机场附近的小宾馆随便住一晚，然后第二天一大早就回学校，看看到底发生了什么。而还剩下明天一天时间，我们可以收拾收拾东西，打电话给朋友道别。"

"你接受现实的速度还真快。"桀功卿感叹。

"毕竟适者生存。"钟全说。

寒假就这样被迫中断了，很多的计划都还没有实现，很多的小吃还没有尝试，很多的电影来不及观影，但是现在已经没有机会了。桀功卿和钟全知道，军校就是部队，遇到部队紧急召回，恐怕发生了的不是小事。两人的心情很快从寒假的状态当中转变过来了，而变得有那么些紧张。当他们坐在飞机上时，向窗外投去目光，钟全的家乡很快就消失在他们的视野里。但是他们眼见的还是这个国家的领土，还是这个国家的领空。这时候，他们才真正明白，军人，只能以国为家。

桀功卿向钟全说，有些东西，迫不得已，我们只能放弃，我们的放弃，是为了更多人的获得，是为了守护更多人的拥有。这不是一句空话，不是一句说说就算了的漂亮话，而是的的确确地，付出了休息的时间，付出了感情，付出了汗水，付出了青春。

但是无悔地，我们带着什么更深刻的东西，飞过了山川与河流，这份更深刻的东西，说不出那是什么，有人说是责任，有人说是荣誉，有人说是忠诚，这些答案都对，但是叫我来说，又都差了点什么。我想，那应该是已经根植于我们灵魂深处的东西，用任何具体的形容都无法描绘，虽然它无形，却又无比坚硬，那就是军魂。

自卫哨上的哨兵穿着迷彩服和战靴，一看到这副景象，桀功卿和钟全就明白了过来，战备了。

两人回到宿舍，立刻换上了迷彩服，钟全边换边问宿舍里先回来的人，到底是发生什么事情了。

"战备了。二级战备，附近地区形势紧张。"

"具体怎么回事？"钟全又问。

"听说是有敌对分子煽动群众闹事，我们学校作为这一地区武装力量的一部分，可能要出动维持秩序，现在把人员召集起来在学校里待命。"

钟全点点头，算是大概明白是怎么回事了，这时候戴铭拉着行李箱，也回到了宿舍，钟全又把刚才听到的消息复述了一遍。戴铭并没有多惊讶的反应，好似这一切都在意料当中。他只是静静地换衣服，把东西收拾好，然后说要去理发。

的确，没理发，就好像寒假还在延续似的。戴铭这时候留着略带朋克风格的发型，两边的头发很短，中间略长，剪碎。不得不说，这样的发型，再配上戴铭那张在部队里异常亮白的脸蛋，看起来还挺帅气的。戴铭剪掉头发之后，假期的感觉也就一同被剪掉了，那张漂亮脸蛋还在，不过配上小平头，就显得刚健了很多。

"我都知道了，一到学校，我就把事情问了个清楚。对于打断我寒假的事件，不明不白可不行。"戴铭说。

第十三章　冰与火焰

石良玉卧倒在地上，双手狙枪，竖起耳朵在听。

"低姿匍匐——前进！"区队长发出口令。

石良玉紧绷的神经网络忽然伸展弹开，他整个人像弹簧一样向前射了出去。右手持枪，左手尽量前伸，两脚向后蹬地，很协调地往前方迅速移动。

"加油！加油！加油！"

他听到大家都在为他鼓劲，这种呼声也转化成了力量的一部分，推动着他前行。好，到现在这个位置上了，石良玉略一抬头，右手反转，将枪翻了个面，同时身子也跟着翻面，变成了侧姿。他把右脚收到腿后，然后用力后蹬，配合着左手的前拉，一下子能跃出好长一段距离。没几下，这段也爬完了。

石良玉站起来，向前冲刺。

"右方发现敌火力！"区队长大喊。

石良玉迈出右脚，向左滚进，然后起身，又往前跑了四五步，然后靠着树木，出枪，瞄准，收枪，往前跑，通过终点线！

"石良玉，18秒21！"区队长报出秒表上的数字。

"好！"众人的喝彩声从一旁传来。

石良玉笑着从一旁绕开战术场走回来，拍了拍身上的泥土，爬战术对于他而言不是太辛苦的事，相反，这样的运动量正好可以让他把身体活动开，让血液流动起来，让心情舒畅。

"是第一名。"何庆峰也为石良玉高兴。

"哈哈。"石良玉笑。

到林森准备了，随着卧倒的口令下达，林森向前跨步，左手前探，把重心降低，趴到了地上。林森身高不高，而且很瘦，这样的身材看起来一点都不壮，但这样小巧的个子倒是很适合爬战术的。

"低姿匍匐——前进！"

林森飞快地前进，他每爬一下，距离不如石良玉远，但他的频率更快，因而整体速度毫不逊色于石良玉。爬完低、高端网后，跟着口令，林森来了一个滚进。林森滚进的时候很有特点，一边滚，还一边借助一只脚蹬地的力量把身体往前送了一下。然后林森完成剩下的动作，通过了终点。

"林森，17秒09！"区队长大喊。

掌声响起！

"被超过啦。"石良玉的语气中透露出了些许不甘心，但看表情，他还是在为林森高兴。

"石良玉，我可超过你了噢！"林森走过来。

"你小子，干得不错！"石良玉轻轻在林森右肩上捶了一拳，林森笑嘻嘻地。

石良玉仍旧是火焰，在很多地方散发着光与热，这种火焰遇到温暖，就能燃烧得更加热烈，可是当遇到桀功卿这种冰块的时候，就不知道该如何是好了。石良玉回到学校以后，第一时间就去找了桀功卿，可是桀功卿只是甩给他一张冷脸，没有听他解释。其实后来仔细回想，石良玉也觉得自己没有什么好解释的，是他错过了机会，他总不能说，因为要和曾经喜欢过的女生在一起，才一声不响地放了钟全生日宴会的鸽子吧？这是真实的理由，但无论如何都说不上合理。

那次挫败之后，石良玉就把这件事情暂时抛到了脑后，他知道有些事情还是要找机会解决，但是现在还面临着其他的问题。现在，学校每天都在进行战备训练。石良玉的心思大部分都放在了这件事情上，他想练好这些本领，等到集结号真的吹响时，他要冲在最前面，让自己的身躯和力量成为守护这片土地的铜墙铁壁。

战备训练了几天，气氛愈发地紧张，可紧张过后忽然又平缓了下来，最后传出消息，说事件已经完全平息。但战备还是没有正式结束，在结束之前，大队要举行一次演练，模拟处理突发事件的实际情况。石良玉和桀功卿是同一个大队不同队的，这次演练两个队分别充当不同角色。

"三步前推！"石良玉这边的指挥员下令。

"退！退！退！"大家一边喊着一边迈着整齐的步调向前推进，战靴在地上践踏，扬起了厚重的灰尘。

"成防护队形，散开！"指挥员大喊。

"杀——"队列里拖着长音，一边用小碎步调整队形，并架设盾牌。第一列的人蹲下，盾牌之间没有间隔，紧紧靠在一起，下端抵在地上，第二列的人盾牌抵在前排盾牌上，弓步站立，第三排的人向上平举盾牌，与前列共同组合成两个面。这两个面是阻止攻击时承担大部分力量的两个面。最后一列的人向后转，举盾防御后方。

"进攻队，准备！"桀功卿这个队的值班员大喊，桀功卿他们走向前方，手中握着警棍。

"预备——投掷！"

黑色的胶质的短棍在空中飞舞了起来，划出一道弧线后落到了盾牌上，打击着发出了沉闷的响声。警棍外表虽然是橡胶的，但内里包裹着钢筋的轴，加上投出去之后在空中旋转着，打在盾牌上时已有不小的冲击力。

桀功卿擅长射击，他做些变通，把瞄准的技法运用了起来，他锁定了石良玉所在的位置，朝着空中斜向上的方向，用力一扔……

这说不上打击报复，只是小小地发泄罢了，桀功卿这样告诉自己。

警棍在空中飞行，承载着泄愤的情绪，飞得稍微有些沉重。当它触碰到石良玉的盾牌时，石良玉先是感到握着盾牌的虎口一震，然后才听到撞击的响声传来。这一击充满了力量。

桀功卿把钟全的警棍也拿了过来，第二击。

"砰！"

石良玉的虎口又是一震。

这次他看清了，看清了向他投出警棍的那个人是桀功卿。一瞬间，他的心内甚至有那么些喜悦，他想，桀功卿刻意和自己过不去，就说明他还在乎自己。如果石良玉冒出的这种想法被桀功卿察觉到的话，桀功卿一定很后悔刚才的行为。

"停止攻击！"值班员下令。

石良玉这边的指挥员也发出口令："成原队形，靠拢！"

……

演练结束后，石良玉连装备都没放下，就跑来找桀功卿，桀功卿自顾自往楼梯上走，同时一边把玩着手上的警棍，完全没有要理会石良玉的意思。石良玉知道自己又自讨没趣了，但是他执着得很，拿着盾牌往桀功卿面前一拦，不让通行。旁边的人走过时，都向这两人投来好奇的目光，这目光让桀功卿觉得不太舒服。

"你要做什么？"

"是我错了，我道歉，你原谅我吧。"石良玉诚恳地说。他已经想过了，比起做什么解释，找什么理由，老老实实地承认错误或许才是最有诚意的做法。

"你做错什么了？"

"钟全生日的事情，是我错了。"石良玉说。

"你有什么错？"桀功卿再问。

"我不该缺席，就算因为有别的事情来不了，也不该忘了打声招呼。"石良玉说。

"不用道歉，你没做错什么。"桀功卿说，"你不想去就不去咯，用不着解释什么，反正你没把我和钟全当回事。我和他也没把你当回事。我们井水不犯河水，也挺好的。"

"总不能犯一次错就把我打入天牢吧？多少给我一个挽回的机会。"石良玉说。

"麻烦你让开，现在我要回宿舍去了，拿着警棍盾牌戴着头盔站这儿，我觉得累得很。"桀功卿说。

"我觉得我们好不容易把话说到这份上，要是让你一走，这些口舌就白费了，下次又要从头说起。干脆现在我们就好好谈谈，把事情彻底说清楚，来场交心，你看怎么样？"石良玉说。

"那我们就把话说清楚。我并没有把你当朋友，所以不希望你一直烦我。我知道你的出发点是好的，也知道你那次放我和钟全的鸽子或许是因为临时遇到什么重要的事情，还知道你这个人执着得很，不达目的不罢休。但是你现在给我好好听清楚了，我们是两个不同世界的人，物以类聚，人以群分，而我们无论怎么分都是分不到一个圈子里去的。你很优秀，因此值得拥有很好的朋友、兄弟，但那个人一定不是我。你这样纠缠我，对你、对我都没什么好处，你得受我的气，看我这张冷脸，我也要被你过分的热情骚扰，不胜其烦。我想，这也就够了吧，我们就到此为止，不再纠缠对方，准确地说，是你别再纠缠我。你说要把话说清楚，那么你觉得，我的话说得够清楚了吗？"

樊功卿一番话说得石良玉愣在原地，哑口无言。

"没别的事情的话，我要走了。"樊功卿说着就往上走。

"什么这个世界，那个世界的，我不知道，我只看到了一个世界，就是眼前的这个，有你，也有我在的世界。在这个世界里，不太一样的人，也都生活在一起，在这个世界里，有冰霜，也有火焰。有时候火焰融化了冰霜，有时候雪水浇灭了火焰，有时候它们却相得益彰，火焰给寒冰带来温暖，寒冰映射着火焰的光芒。我不觉得你应该继续把自己禁锢在成见之中，不觉得你否定一切可能性是对的，你明明可以伸出双手，去接纳更多的东西。"良久，石良玉想出了这些话。

"也许你是对的。"樊功卿回答，"但你的正确答案并非对于每个人都成立。我没有那么好的命，这份友谊，我不配。"

石良玉望着樊功卿的背影，久久不能言语。

樊功卿缓慢地往上走着，一次也没有回头。

战备终于结束。

石良玉并非那种只知道一头往前冲而不睁眼看方向的人，他也会思量要采取怎样的策略才能使行动的效益最大化。所以他改变了往常的方针，不再一个劲地对樊功卿死缠烂打。何庆峰看到石良玉这样，有些惊讶，他以为石良玉这么执着的人终于也学会放弃了。其实，石良玉在行动上暂时休止，可心里是绝没有放弃的。现在，他需要静下来，或许也考虑一些别的事情。

"何庆峰。"石良玉从背后拍了拍正在做高数习题的何庆峰，"在做什么呢？"

石良玉是明知故问，他不过是想用这种方式开启话题罢了。

"在看高数啊。"何庆峰抬起头来说，"你好像有心事？"

"有点儿，陪我聊聊吧。"石良玉说。

"嗯，聊什么？"何庆峰放下了手中的笔。

"聊聊现在，也聊聊以后。现在战备结束了，我们的生活也渐渐回到了正轨上，说是正轨，也就是指学习、训练这两项中心工作吧。训练我是没感觉压力，可学习这事情，的确让我有些烦。如果我问你我们学习微积分，学习线性代数这些生活中用不上的东西有什么意义，你肯定会回答我，我们学习不仅是为了知识本身，更是为了培养学习的习惯，形成学习的方法，对吧？这些我都知道。可知道和做到是两回事，就像从前桀功卿曾对我说过，每个人擅长的方面是不一样的，有些事情并非努力就能达成。我对高数确实一点兴趣都没有，现在没兴趣，将来也用不到，你说，我要拿它怎么办？"石良玉说。

"除了好好学，你拿它别无办法，因为你别无选择。人生，本就是由许多的选择和许多的无可奈何构成的。高数大概就是你近期生活中无可奈何的那一部分，是无法选择的。桀功卿或许说的对，但是有一点他没说，那就是不论擅长与否，有些方面我们必须投入精力，甚至是汗和血。"何庆峰回答。

"那我们再来看看将来。等将来毕业的时候，我们会被分配到基层中队，从区队长开始干起。用学校的说法，就是一名一线指挥员。等到那时候，我们可以过上比现在稍微自由一些的生活。我很向往那样的生活，一想到每天都在向着毕业那一天一步步地前进，我就感到欣喜。当然，现在的生活我也是十分喜欢的。但是，有些时候我也会感到遗憾，那就是我的路已经定下来了，虽然这是一条光明的路，但是我也因此不能去看旁路的风景。我喜欢安稳，可同时也喜欢刺激，我希望我的人生多少有那么点儿轰轰烈烈的成分，而不是那么平淡地走完这一路。我想，我是有那么一些热血的，可现在这太过明确的未来，让我不太热血沸腾得起来。"石良玉说。

何庆峰笑："你就是活得太舒服了想要些刺激。其实平稳的生活挺好的，在这样的生活中，你也可以过出些不平凡来。武警，本来就是一个要求我们在平静的日子里默默奉献的职业。我们和解放军是有区别的，虽然我们也在为潜在的战争做着准备，但，在和平时期，我们也还有维稳处突、警备执勤等任务要进行。当然，这些任务同样也存在风险，甚至风险并不亚于战争。今后，这都是我们所要面对的，既是挑战，也是你所说的轰轰烈烈的经历啊。"

"我明白了，其实，这些我也并不是没有想过，但有些时候，就是需要别人来告诉我。通过别人来给我的想法带来印证，给我的内心带来坚定。"石良玉说。

何庆峰点点头："我知道的，每个人都会有心生怀疑的时候，区别在于，有些人怀疑了，脚上的步子也就停下了，犹豫了，徘徊了；而另一些人，知道主动去寻找答案，去解决疑惑，然后大踏步继续走在路途上。而你，无疑是后者。"

"嘿。"林森走过来打招呼。

"林森。"石良玉冲他笑笑，露出两颗小虎牙。

"我有件事情想拜托你。"林森略有些不好意思地说。

"说吧，什么事情？"石良玉问。

"战备训练结束了，但是我警棍盾牌操还是没练到位。要说动作，每一个招式我都会了，但是对着镜子比划比划，总还是觉得不太标准。我想找人学学，就想到你了。我上次看到你打警棍盾牌操，动作很好啊。"林森说。

"别这么夸我，我会骄傲的。"石良玉笑，"不过我们一起交流一下，一起练练倒是没问题。要不，现在就下去试试看？"

两人拿起警棍盾牌，就往楼下走去。营区前就是操场，现在是休息的时候，上面有些人在打篮球。两人就在一旁空着的地方练习，先是一起打了一遍，而后石良玉在旁边看着，林森单独打了一遍。

"你的动作太小了，把步子拉开。"石良玉对林森说。

林森用力往前跨了一步。

"练警棍盾牌操，步伐是很重要的，弓步、马步到位，下身才稳，上身的动作也才伸展得开。我看了一下，你手上的动作挺标准的，就是脚步还需要再练练。"石良玉说。

林森点点头。

林森学东西很快，这既和悟性有关，也和协调性有关。看看林森，石良玉在心中想着，他和自己应该是同一类人。人是很奇怪的动物，有时希望能寻找具有共同点的朋友，比如林森和石良玉的相识，有时又会被和自身截然不同的人所吸引，比如桀功卿之于石良玉。寻找相似者，是因为彼此可以互相理解，寻找相异者，大概是对对方身上不同的部分多少有些好奇吧。

"进步很大啊，休息会儿吧。"石良玉说。

"好。"林森点点头，放下了警棍盾牌。

"累不？"石良玉接过林森手上的装备，放在地上摆好，两人在训练场边找了个沿子坐下来。

"不累。"林森说着一把抹去额头上的汗，"倒是你啊，要麻烦你用休息时间帮助我练习。"

"没事，反正也是闲着。"石良玉笑，"你也很努力啊。"

"当然要努力，我想你也能明白这种努力的心情，这种不服输的态度，因为我们是同一类人。"林森说。

林森说出来的话让石良玉心中一惊，原来他也有着和自己一样的想法。

"其实战备结束了，战备训练也随着结束了，警棍盾牌操在近期之内也不会再训练，如果是别人，大概不会在这种时候练习吧。"石良玉说。

　　"是啊。"林森笑，"可能在别人眼中，我们就像是傻瓜一样吧。"

　　"是啊，就是傻瓜。"石良玉点点头，"可是我想，有些时候，我们这样的傻瓜是很有存在的必要的。"

　　"对的，有我们这样的傻瓜在，才有人在别人都放弃的时候坚持下来，有些时候这样的坚持或许没有必要，但有些时候这样的坚持却像是火星，如果遇到合适的机会，我们或许能感染不少人，能燎原。生活中也的确发生了这样的例子，不谦虚地说一句，我觉得我的努力，确实给了班上一些人触动，在干工作或者是训练的时候，他们变得更加积极起来。这些并不是我最初的目的，但是如果能在进步的过程中还能给他人带来鼓舞，这种感觉是再好不过的。"林森说。

　　石良玉笑："哈哈，你说的对，把我心里面的一些想法都说出来了。我们的确是傻瓜，却也是火种，是能够感染很多人的傻瓜，是能够燎原的火种。我们这样的人……也许只有我们，才能融化寒冰吧。"

　　石良玉说完之后自己的思绪又被拉了过去，聊着聊着，在不知不觉中，他提到了桀功卿，他都没想到为什么无意识间又把这个名字说了出来。

　　也许，还是放不下吧。

　　林森和石良玉坐在风中，风过，刺骨的寒冷，但两人微笑着，似乎自己是能把这寒风都燃成暖风的烈焰。

　　时间流逝，转眼五一就要到来，石良玉所在的大队决定组织一次文艺晚会，号召学员报名参与。石良玉想了想，决定报名。

　　石良玉身上的文艺细胞不多，仅有的那些，他用来学了吉他。石良玉学吉他是初中时候的事情了。那时候他听人说学吉他很帅，追女孩子也方便，就买了一把来让同学教他。技术算不上多高，但多多少少算是学会了，之后却发现自己并没有哪个女孩子想要追。最初的目的放弃了，但是弹吉他却没有终止，他间或弹弹，也说不上练习，大抵是自娱自乐吧，但是技术却慢慢有所进步，到了高中的时候，也算是弹得挺不错了。他唯一遗憾的是，林雨霏还没听过他的弹唱。

　　石良玉来军校的时候，那把吉他也跟着他来了，但是一来是因为没太多空闲时间，二来是因为精力和兴趣也发生了些转移，在读大学之后，石良玉竟然一次吉他也没摸过。他把吉他从储藏室里取了出来，袋子上蒙上了厚厚的灰。

这次晚会，石良玉决定演奏吉他，准确地说是边弹边唱，他把这个想法告诉了林森，林森一拍手，提议干脆组个小型乐队，还说自己恰好会弹贝斯。石良玉也觉得这个想法不错，通过严喧找到了严嚣，严嚣吉他弹得很好。两把吉他一把贝斯，在石良玉他们队里的学习室里一合练，又有人被吸引过来了，李云翔说自己会架子鼓。

包括不太会乐器的严喧在内，乐队现在有五个人了，林森提议给乐队起个名字，严喧想了想，笑了，说，结合我们的身份，乐队就叫"刺刀与橄榄枝"吧。

刺刀，是武器，锐利而凶狠，橄榄枝，是植物，象征和平。把这两个意向放在一起，既能反映武警部队的特征——虽然是武装部队，但却是为维护稳定和平而存在的，又能表达出一种勇猛而又刚健的感觉。

严喧说完，五人全部举手通过。

"你不报名吗？"钟全搭着桀功卿的肩膀问。

"我没什么可以表演的。"桀功卿摇摇头，"难道叫我上去诗朗诵吗？"

"也不错嘛。"钟全说。

"别开玩笑了，大家的节目都又唱又跳的，还有相声小品这些搞笑的能活跃气氛的节目，我要是上去来个诗朗诵，岂不是得立马冷场啊？我尴尬倒没什么，怕的是把大家的心情都给弄没了。"桀功卿说。

"你考虑的还真多，那你报个别的什么？"

"我真没这方面的特长。"桀功卿摇摇头，"要不我上台表演射击？给我把八一步枪，然后你脑袋上顶个苹果……"

"你要敢表演，我就敢顶着苹果。"钟全说。

"你这是看扁了我没胆量上台？"桀功卿问。

"是啊。"钟全笑着回答，"不然你就报名给我看啊。"

"激将法对我没用。"桀功卿一耸肩。

这时候戴铭走了过来："功卿，钟全，你们陪我上台吧？"

"你想表演什么？"钟全问。

"先答应我。"戴铭两手分别搭在钟全和桀功卿的肩膀上。

"我没什么表演天赋啊。"钟全摇摇头。

"我也没有。"桀功卿跟着摇头。

"钟全不上我可以放过他，你绝对要上。"戴铭说。

"威胁我？"桀功卿问。

"别忘了你还是队里的宣传委员，要是宣传委员自己都拿不出一个节目来，团支部还怎么号召大家踊跃报名啊？这次晚会是大队举办的，我们队如果不多选上几个节目的话，就会被其他几个队笑话了。"

"你这家伙。"桀功卿轻轻叹了一口气，"不过说的道理是对的。好吧，我和你一起上，你要表演什么？"

"街舞。"戴铭说完来了个坏坏的笑容。

"我反对。"林森摇摇头，"你怎么突然冒出这样的点子来？之前不是已经把歌选好了吗？我们都准备开始合练了。"

"就是因为还没开始合练，所以才来得及。"石良玉说，"而且现在这个点子不是也很好嘛？既然严喧、严嚣都在，那么发挥他们的创作特长，更能为我们的表演增加特色呢。"

林森还是不同意："增加特色我本来没什么好反对的，只是他们来写歌也就罢了，那么你说要帮那个桀功卿写首歌算是怎么回事情？你和那小子的事情我听说过，你何必为了一个根本就没把你当成朋友的人花费心力？他究竟有哪里好？"

"他以前没把我当朋友，但是以后我会让他把我当朋友的，现在不就是很好的机会么？"石良玉说。

林森再次摇头："总之我反对。我认为那样的朋友，不值得交。人应该有自知之明，他训练成绩连你一半都比不上，你主动和他交朋友，已经给了他面子的，听说他还一直爱理不理的，端着个架子。我看不惯那种端着架子，摆张臭脸的人，他的臭脸摆给谁看？你？你亏欠他什么吗？没有，对吧？既然你什么都不欠他的，就别跟他再有什么牵扯，那种人，不值得。"

"别说什么这种人那种人的，你根本就不知道桀功卿是哪种人。"石良玉有些激动了起来，"他的确不是特别好相处，可能训练成绩也不是特别好，但是他有他的优点。而且，他为人本性不坏，只是他不经常把他的好表现出来罢了。"

"好，好，好。"林森也激动起来了，"反正我是看不出来他哪里好，既然你能发觉他的好，你那么想和他当朋友，那么你就慢慢讨好他吧，这件事情，我就不奉陪了！"

"你不干就算了！"石良玉大喊。

"那你们慢慢玩儿吧。"林森扛起吉他，转身走了出去。

林森有些伤心，他感觉自己在石良玉心目中的地位远不如桀功卿。他不明白，他想，相比于桀功卿而言，他和石良玉才是一类人，是火焰。如果不是为他着想的话，本来石良玉讨好谁，是无所谓的，正是因为站在石良玉的角度考虑问题了，林森才替他觉得不值得。但是现在反而把局面弄僵了。也罢，林森叹了一口气，既然石良玉选择了那边，就像火焰不畏惧熄灭一味地往冰川的方向沉落，那么自己也就再没什么好说的了。

晚会上。

周鹏先是打了组 B-BOX，然后模仿机械的发音，倒数三二一，倒数完时，音乐旋即响起。追光灯打在许志彬身上，按照预先排演的那样，周鹏退下舞台，许志彬，戴铭，桀功卿三人站起。

先是一段机械舞的齐舞，场下响起了热烈的掌声，三人在齐舞中穿插了测移等小动作，然后在音乐第一段副歌即将到来时，许志彬用机械步走上前，开始独舞，另外两人在后面做些配合性的煽动气氛的小幅动作。第二段主歌开始时，许志彬退了回来，桀功卿滑步上场，然后转身面对观众，开始做侧滑等动作，桀功卿退回来时，戴铭用恰恰的舞步上台，此时正好音乐高潮响起，整个舞台的气氛都达到了沸腾，台底下是不息的掌声和呼声。

灯光，舞台，掌声。

桀功卿等人的汗水流了下来，却因这热烈的气氛不知疲惫，他们享受着这种投入感。观众看得也很投入，时常有掌声如潮水，一波一波地涌起……

三人的表演顺利结束。

下台以后，钟全跑过来，戴铭和桀功卿问他效果怎么样，他说棒极了。其实在台上听到下面的欢呼声时，就已经可以得到这样的结论，但三人还是想借钟全之口做个确定。

"回去休息一下吧？"许志彬说。

"接下来的节目不看了？"桀功卿问。

"看了大半场了，自己还上台表演了一个，累死了。"许志彬说，"剩下的节目估计和之前的形式也差不多，相声小品之类的，少看几个也没什么。"

"我和钟全留在这里。"戴铭说，"我想再看看。"

"好，那我们先上去了。"桀功卿说完便和许志彬一起回了宿舍。

接下来的几个节目，有相声，有小品，还有个魔术表演，反响也大都不错。然后就到了"橄榄枝与刺刀"的表演。

先是鼓手李云翔按照四三拍的节奏敲了两个小节的鼓点，然后严嚣才开始把吉他加入进去，把前奏部分弹完，这时石良玉也加进来，边弹边用粤语唱——

有人曾为你

写过首歌吗

把他的心意

融入每一句话

有人曾为你

鼓起勇气吗

第一次登上

这偌大的舞台

石良玉唱歌的时候，很温柔地闭上了眼睛，没人知道他脑子里现在浮现的是什么画面，能让他的感情如此投入，唱腔如此温情。快到副歌部分时，他突然睁眼，往台下看去，似乎是在人海里搜索着谁，他一边看一边唱——

聚光灯下

他的双腿在颤抖

但不肯退却仍然在嘶吼

挺起胸膛喊出心口那句话

我的热情

可让你坚冰

融化吗

第一段副歌结束，主音吉他严嚣来了段 solo 作为过渡。演奏的动作和奏出的旋律都很漂亮，仿佛他是个手指上都同时环绕着无数音乐和舞蹈的精灵。

石良玉又加入进来，边弹边唱——

我口齿木讷

但会弹吉他

借着这旋律

勉强说出这话

我不够优雅

能吸引你吗

借给我目光

看我为你演出

聚光灯下

他的双腿在颤抖

但不肯退却仍然在嘶吼

挺起胸膛喊出心口那句话

我的热情

可让你坚冰

融化吗

随着第二段副歌的到来，观众席上响起欢呼声，此起彼伏。石良玉的目光还在搜索，但没有找到。对于他来说，如果桀功卿没能听到的话，那么这首歌再受欢迎也没有意义。可是他也许还在听着，桀功卿也许还在听着，所以虽然没有看到他，石良玉仍然在深情地、投入地唱着。

接下来是一段变奏——

曾欺骗自己

我不是很想你

只是不小心陷入温柔空气

所以每一次深刻的呼吸

才渗透着你

都渗透着你

变奏过后，再度迎来高潮——

日日夜夜

他都艰难地等候

但不会放弃这是场战斗

挺起胸膛唱出我的心声吧

我是火焰

可让你坚冰

融化吗

石良玉用尽了所有力气，把这歌声唱得深情直到沙哑。人群里一片沸腾和欢呼，太喧嚣，石良玉没能从中找到桀功卿，但他相信桀功卿会听到的，他不仅相信桀功卿会听到这歌声，也相信他能从中听出来自己投入的感情。他知道，桀功卿是冰，是最寒冷的坚冰，但他也相信，自己是最炽热的火焰，相信自己能够打破桀功卿心内的禁锢。

拜托了，请被感动吧。

石良玉唱完之后，乐队又带来了另外一首歌，这次是严嚣负责声乐部分。严嚣唱歌的风格和石良玉不同，没有那么多的热情，而是把感情收拢，包裹在歌声内里，用一种低沉而略带厚重的腔调唱出来——

华灯初上的夜晚
音乐随风流淌
是谁在唱
悲伤中有种坚强
用暗夜当伪装
在灯光下却将泪痕
擦干

你脚下站的地方
你面朝的方向
没有硝烟
却是另一种战场
谁道晚风悲凉
你却仍然只知挺起
胸膛

你在思念的某人
也许已经走到
他人身旁
你能否将她原谅
用冷漠当伪装
在电话旁却将心伤
隐藏

你在思念的地方
你面朝的方向
几千里外
是不是你的家乡
谁道寂寞难挡
你却仍然坚守着那

哨岗

你的心中有不息的火焰
散发热和光芒
身着橄榄绿色的军装
肩上背着钢枪
左手和平右手却紧握力量
静默着捍卫这立场
……

第十四章　坚冰消融

桀功卿回来的时候，感觉有些不太对劲，但是他又说不上来是哪儿有问题。他回到自己的床位上，更是感到这种不寻常的空气已经蔓延到自己身边了。他不喜欢这种感觉，像是暴风雨的前奏，气压变低了，空气中散布着无数电荷，一切看上去都很平静却又暗藏杀机。

前几天花了很多时间排练街舞，今晚演出终于获得了成功，桀功卿松了一口气，趴在学习桌上睡了起来。等他醒来的时候，钟全回来了。

"表演结束了？"桀功卿问。

钟全点点头。

"其他人干什么去了？"桀功卿又问。

"有些人到小卖部买东西去了，戴铭去楼顶抽烟。怎么了，你找他们有事？"钟全反问。

"戴铭不是戒烟一段时间了吗，怎么又开始抽了？"桀功卿问。

"呵，这事急不得，要慢慢来。"钟全说。

桀功卿又隐约觉得，戴铭抽烟，大概和刚才感到的不对劲的氛围不无关系。但是看钟全一脸平静，又似乎什么不寻常的事情都不曾也不会出现的样子。

"我去外面看看。"桀功卿说。

钟全点点头，没有说话。

他走出去，深吸一口气，空气中仿佛写满了不祥的咒语，桀功卿阅读这些空气，通过呼吸的方式。

他读到了恐惧。恐惧来源于他自身，想了许久，他觉得，也许是自己过分敏感了，也许是他已经彻底习惯并被禁锢于一种按部就班的生活方式，一旦和平时稍微有些不同，他就因为不习惯而感到害怕。这是墨守成规的人对新事物也会具有的害怕。桀功卿往这方面想了，但是他自己又并不愿意接受这一想法，他是愿意将自己标榜成一个喜欢变化的人的。军队带给了他许多改变，他变得更刚健，更勇敢了。但是如果要说军队让他变得行为模式僵化的话，他是很抗拒这种说法的。

"对了，石良玉好像有些事情找你，要不你到他们队去一下？"钟全说。

"我不去。"桀功卿摇摇头，"我总觉得有些不对劲。你们是不是有什么事情瞒着我？其他人是故意躲着不回来的对不对？这件事情还和石良玉有关系？"

"呵，在想什么呐？"钟全摆出一副没有任何不寻常的样子，"没什么事情瞒着你。"

钟全越是这样，桀功卿就越是怀疑，如果是平常的钟全的话，看到桀功卿起疑，首先做的不会是解释着说没事情，而是推断桀功卿心绪不定的原因，并给予安慰。

"我去找戴铭。"

钟全并不担心桀功卿去找戴铭，他和石良玉商量的时候，戴铭也在场。钟全事先和班上的人说好了，让他们配合一下，现在又趁桀功卿不在，打开了他的电脑，把刚才的录像拷贝到了桀功卿的桌面上，然后去和石良玉说了一声，计划顺利。

听钟全说桀功卿回宿舍了没继续看表演时，石良玉真是失落透了，他特地为桀功卿写了这首歌并上台演唱，要是当事人反倒没听到，那么这首歌便失去了意义。还好钟全想出了解决办法，去借来了文书拍摄的录像，虽然不能让桀功卿看到现场版，但是能让他知道自己的心意，也算辛苦没有白费。

桀功卿走到楼顶，却发现戴铭并不在。其实关于这点钟全并没有骗他，戴铭本来的确打算来抽烟的。为什么有人为他付出这么多呢，戴铭本来这样想着，有些不平衡，很是想抽支烟消解一下的，又想起他和桀功卿的约定，便忍住了。

桀功卿找不到人，只好回到宿舍。钟全装作若无其事的样子对他说："功卿，你电脑桌面上是不是多了个什么文件？"

"我就说你有什么事情瞒着我嘛！"桀功卿快步走到电脑前。

"打开看看吧。"钟全笑呵呵地贴过来。

桀功卿点开了视频……

看着这视频的时候，桀功卿先是微微地笑，但是他笑容里的冷，在逐渐地消失，这点钟全清楚地看在眼里。钟全知道，这一刻终于要到来了，可是他又有一些不敢相信，不相信现在就能看到这一刻。

他看到了，看到了桀功卿用来保护自己、阻隔别人的那层冰霜正在融化，一层层地融化。钟全知道，自己没有做到的事情，石良玉做到了。其实就连桀功卿都不敢相信，在此刻，他就这样被石良玉所做的一切所打动，而愿意放下那些坚固的防御。他本以为，封锁了数年的心扉以后也不会被谁攻破。

桀功卿忍不住，笑出声音来。

"他很傻吧？"钟全也跟着笑，"为你这个混蛋做了那么多。"

"傻瓜，哈哈，这世界上怎么会有这么傻的人？"桀功卿笑着问。

"要是没有这么傻的人，又怎么能够打动你？"钟全反问。

"我知道啊。"桀功卿渐渐止住了笑声，认真了起来，"我知道，像我这样冷漠的人，的确比较难被打动。"

"比较难？简直太难了！"钟全说，"要打动你，简直就像要融化千年寒冰一样。"

"但是他竟然做到了。"桀功卿浅浅叹了一口气。

"你去找他吧。"钟全说。

桀功卿点点头。

桀功卿站起身来，走出宿舍，他出门的时候，感觉门外，又是另一个世界了。在那个世界里，他可以抛开过去，重新感受喜乐悲欢，他可以再去体验，而不必因为害怕受伤拒绝一切感受。的确，选择了感受，就选择了受到伤害的风险，但是，也只有这么做，才能张开双臂，迎接快乐。

你竟然能够打动我？

做得不错嘛。

有些时候，征服一个人，可未必比征服一个世界简单。

桀功卿想着，走了出去。

石良玉还在担心，那份礼物有没有送达桀功卿那里，他更担心的是，桀功卿看到了以后不仅不会开心，反而还发起脾气来。石良玉想，他从来没有为别人的情绪而做过那么多的设想，而那么小心翼翼。但是他没有后悔，他觉得，如果这次没有打动桀功卿，下次他还会继续下去。可能下次就不是为他唱歌，不是送给他礼物，而是为他跳舞，为他做些别的什么。什么都可以，而且一定会坚持下去，直到那块冰融化为止。

要融化这块冰，没有别的办法，只有用手捂着它，忍受着寒冷带来的疼痛，忍受着它用冷漠来回应你的笑容，你要用体温，一点点地温暖它，你要一点点地把心口最热烈的血液传递过来，把所有的温度都倾注给它。

终究能够打动他的。石良玉心想。

可是石良玉没有想到，这一天比他预计的来得更早，而这不是虚无缥缈的明天，就是伸出双手就能触摸到的现在。现在，桀功卿就来到了面前，看着石良玉，微笑着。石良玉愣了，这是桀功卿第一次对他微笑。

他感觉那笑容异样的爽朗，全然不像以前那样带着寒意。冰已经融化了，并且融化后的冰变成了水，洗刷了桀功卿的笑容，也洗掉了他心头的阴霾。

"你唱的歌，很难听。"桀功卿笑着说，"但是吉他弹得还过得去。"

"你……喜欢？"石良玉怔怔地问。

"喜欢。"桀功卿点点头。

石良玉甚至有些不敢相信了，不敢相信眼前的这个人就是那个平时总板着个脸的桀功卿。他不自觉地走到桀功卿的面前，伸出手，缓缓地抚摸着桀功卿的脸。他触摸到了，面前的这个人并非幻觉，而是实际的存在，而且，就是现在，桀功卿还在微笑着看着他。

"笨蛋，你在干嘛？"桀功卿问，但并没有责怪的语气。

"我想看看……你是不是幻觉……"石良玉的语气有点颤抖。

"哈哈。"桀功卿笑了出来，"那你摸出来咯？我是真的还是假的？"

"是真的。"石良玉认真地说。

"哈哈哈哈。"

"你……第一次对我笑。"石良玉说。

"那还真是对不起啊。"桀功卿把笑容收起来，略带歉意地对石良玉说，"心口的冰，刚刚才融化。"

"没关系！"石良玉兴奋地回答。没关系，这三个字是他在听到对不起以后的第一反应，从小养成的条件反射。

"好了，别摸了，我是真的。"桀功卿把石良玉的手拿下去，"你等到了，等到我打开心扉的这一天了。"

石良玉仍旧沉浸在兴奋中不可自拔，他声音颤抖地问桀功卿："那我们，现在是朋友了？"

"是朋友了，是好兄弟。"桀功卿说。

其实，桀功卿说这话时心内有些愧疚，要不是他以前对石良玉太冷漠，石良玉现在也不会那么惊讶和激动。但是，过去的事情就让它过去吧，现在毕竟已经到了两人关系发生变化的时刻，只要珍惜好眼前的友谊就好，没有必要再继续执着于过去。

"我们是兄弟，好兄弟。"桀功卿又强调了一遍，"过去的事情，对不起了，但是你要知道，我也有我的苦衷。"

"我知道的。"石良玉点点头，"你也没有必要为过去的事情道歉，因为我们还有明天，我们还有未来。"

"就是啊，哈哈。"桀功卿笑，"石头坚硬，玉为石华，石中玉者，顽固不化。有你这么顽固的人，一定不会被命运打倒，会有很好的未来的。"

"哈，对，我就是顽固得很。那你来说说看，你的名字又有什么含义？"石良玉问。

"这个我不说。"桀功卿故作神秘。

"告诉我嘛。"石良玉追问。

"居功而高，终为上卿。"

"是个霸气的名字。"石良玉点点头。

"哈哈。我开玩笑啦，其实名字只是个代号，哪里装得下那么多的含义？"

"但是你的名字，对我来说就有特别的含义。"石良玉认真地说。

"噢？"桀功卿有些好奇，"那我可要听听看了。"

"这个我不说。"石良玉也故作神秘。

"告诉我咯？"桀功卿追问。

"我与友君，结为兄弟，恭敬如宾，相爱相亲。"

"不错嘛，你也玩起文字游戏了。"

"是啊，不是只有你才会玩的。"石良玉笑。

钟全知道桀功卿和石良玉之间的隔膜终于化解，也很替他们高兴，这种喜悦之情在他心里膨胀，他想和更多的人分享。可谁才是那个合适的人呢？按理说如果按照逻辑性来思考的话，本应该会有不同的答案，但是钟全并没有想太多，他的脑海里第一个涌现的名字，是梁珏。

钟全跑到公用电话旁，把卡插进去，不用刻意背诵，手指在电话上很流畅地按出了梁珏的号码。电话中响起了长鸣声，正在呼叫，钟全未曾感觉电话接通前的等待竟会那么漫长。

"喂？"电话那端传来声音。

"梁珏吗？"钟全有些兴奋，"我是钟全。"

"噢，你好。"梁珏很有礼貌地说。

梁珏这么客气，反倒让钟全感觉有些不太适应，他知道，自己并非和梁珏关系很亲密，但是却也不觉得两人需要像陌生人打交道一样用些形式上的语言和语气来作为相处中的润滑。但是钟全没想太多，他现在只是想找个人分享喜悦的心情，因为什么样的事情而导致喜悦已无关紧要，他只愿将这样的情绪扩散出去，让人和他一起高兴，一起笑。

"最近过得怎么样？"钟全问。

"挺好的。"梁珏说，"你呢？"

"我也很好，最近接连遇到了一些开心的事情。"钟全笑着说。

"从你的声音里面就能听出来了。"梁珏也微笑着回应，"遇到什么喜事了？"

"替朋友高兴。两个闹了很久矛盾的兄弟和好了，我再也不用当夹心饼干了。"钟全说。

两人来来回回地说着，聊些近况，并没有什么很特别的话题，但是却聊得很融洽，很开心。

"对了，改天我们出来一起玩玩？"钟全不自觉就发出了邀请。

"啊。"梁珏略微觉得有些意外，"玩什么？"

"要不，出来吃东西吧，带我尝尝本地风味。"钟全想起了梁珏说自己是个吃货。

"好啊。"梁珏赞同，"那你来安排吧，我也不知道你们学校什么时候可以放假让学生出来。"

"嗯。"钟全笑着应了。

"在我还在肚子里的时候，我的叔叔因为事业不顺，服下安眠药想要自杀，不过因为抢救及时，性命是保住了。那时候要花大笔的医药费，但是家里没钱，我父亲就决定干脆把我打掉，把预备给我母亲生产的费用拿去救我叔叔。后来好在母亲家里的人想方设法凑够了钱，才把我生了下来。母亲因为这件事情埋怨了父亲很久。这是我听来的。自打我懂事之后，父母都未再提过这段经历。那次之后，叔叔的命虽然是救回来了，可是他脑子不再清醒，整天做着不切实际的梦。我父亲去世过后，我来到了这所学校，叔叔他是其中之一，是那些希望我走我父亲的老路的那些人的其中之一。他的目的和别人又不一样，仍旧是为了他的不切实际的梦，他希望我当很大的官，带着他一起飞黄腾达。我会走向怎样的路暂且不论，就算我功成名就，也是不会有他的份的。我看不起那种一遇到挫折，就寻死觅活服安眠药，被救过来以后不想着好好反省，反而思想陷入妄想的人。当然，不仅是这样，对于他差点间接害得我不能出生的这件事情，老实说，我记着仇呢。"桀功卿说这话的时候语气平稳，像是在讲别人的故事。

"都过去了。"石良玉说。

"小时候，父亲很久才从部队回家一次，他常常走进门就做了个'抱'的姿势，可是，我看着门口走进来的这个男人，并没有迎上去的动作，站在原地，甚至身体微微地向后退缩。我再小些的时候，甚至不认得他是自己的父亲，总是母亲扯扯我的手，在一旁说'快叫爸爸啊'，我才会怯生生地叫'爸爸'。我更小些的时候，他也是一进门就要抱我，那时候我还只能歪歪扭扭地走路。我对于那个常年待在部队，好久才回家一趟的父亲并无印象，我又认生，每次被抱起就哇哇大哭。他脾气一急起来，就把我摔在床上，甩门出去，母亲听到我哭得更大声了，就冲进房间去看是怎么回事。这些事情，有些是我记忆之中的，有些发生在我记事之前，是母亲告诉我的。"桀功卿微笑着又说起了一段过往。

"都……过去了。"石良玉又说。

"其实不只是我，母亲对于他也有所埋怨，母亲不说，但我知道。就算当官了又怎么样，连自己的儿子都不管。母亲曾经独自啜泣着说过这样的话，被我偷偷听到了。我小时候，母亲真是很辛苦，我刚背起书包，去上幼儿园，家里穷啊，她就得去工作赚钱来补贴家用。那时候实在是太苦了，没钱帮我买尿布，就裁剪旧衣服来替代，甚至连这样的资源也是短缺的，她便向别人讨来一些闲置的碎布条，拼凑在一起作为整块的布使用。随即如此，这样的尿布数量仍旧不足，但是母亲又不忍心让我受苦，悉心地照料孩子，每次都及时更换尿布。她想到了一个办法，在一个插座上放置了一个功率很大的灯泡，平时尿布就在这个灯泡上面烤着，这样干得很快，我就总能穿着干的尿布了。要只是一家三口过日子，本来不会那么难过，可是叔叔疯了，指望不上他，老人由父亲赡养，叔叔也只能是父亲养着。父亲总说，男人应以事业为重，我知道他什么意思，要是他不努力，怎么喂饱这么多张吃饭的嘴。"桀功卿语气依旧平稳。

如果是钟全，一定能从桀功卿这听起来平稳的语气当中发现其深处的不甘，但是石良玉还没有和桀功卿形成这样的默契。石良玉听桀功卿这样的语气，揣摩不透他是否真的释怀，想再给予安慰，也想不出新的语言，只是把"都过去了"这四个字又重复了两遍。看到石良玉那欲言又止，还有些小心翼翼的样子，桀功卿突然笑出来，拍拍石良玉的肩膀，也说："都过去了。"

石良玉有些不好意思，明明应该是由他来安慰桀功卿的，反倒像是自己被安慰了一样。他听到桀功卿的经历，很替他感到难过，同时也为他能把这些话讲给自己听而高兴，这说明，桀功卿是的的确确把他当兄弟了。石良玉想着，自己也应该说些什么作为交换，那同样应该是内心深处的东西，只能让兄弟知道的东西。

石良玉缓缓开口："我的家庭很美满，爸爸虽然是生意人，平时也挺忙，但是总会抽出精力和时间来交给妈妈和我。我的爸爸和妈妈都是很开明的人，平时很尊重我的看法，小的时候，身边的同龄人都被家长逼着去学各种各样的东西，像是钢琴，小提琴，舞蹈，英语之类的，可这样的辅导班我一个都没上过，家长并不逼着我去学。哈哈，也正是因为这样，我现在并没有什么特长，吉他也是自己找人学的，并没有经过太系统的训练。我之前也向爸妈抱怨过，怪他们小时候怎么没有逼一逼自己，让自己也掌握点什么可以在人前炫耀的东西，但是那种想法只是偶尔产生，更多的时候，我还是明白，这种开明的教育其实是挺好的。虽然我没有在小的时候被逼着练就什么特长，但是我自然而然地成长，没有禁锢自己的天性。我以前是贪玩的孩子，到处乱跑乱跳的，稍微大些的时候，就对篮球很感兴趣。所以现在来到这个学校，我这个优势就体现出来了，我的身体协调性很好，体能基础也相当不错。我想，这一部分是我有所天赋，一部分其实是在玩儿中练就的。人真的是各式各样的，每个人与生俱来都有一些出色的方面，不少人的天赋被抹杀了，但其实如果能保留下来，自然发展，未必就比那些辅导班兴趣班强行灌输出来的特长要差。嘿嘿，我这么说是不是不太谦虚？但我心里确实是这么想的。就像我有运动细胞，而你擅长辩论，钟全做事情有战略性，这些都是我们各自天赋的优点，恐怕并不是所有人经过后天教育都能拥有的吧。"

"你这个观点我很欣赏，可惜虽然道理说得通，但是大多数家长却仍然不愿意接受。他们为什么不愿意接受？是因为怕，怕别家的孩子在这样的辅导班中获得了领先，自家的孩子就落到了起跑线后面。其实，爱玩是孩子的天性，而且过了童年，再想找机会这么痛快地玩，就很难了。初中以后，大家就要面临中考，好不容易考上了心仪的高中，却不能喘口气，后面还有高考等着呢，就算顺利迈入了大学的门槛，一些人松了口气，另一些人却清楚地认识到，这才是坎坷征途的开端，英语四级，计算机二级，各种考试考级之后，还要处理感情、人际等问题，再接下来就是找工作，应对职场了。人这一辈子这么辛苦，也就小时候能无忧无虑地玩耍，要是早早把'小升初'和各种培训班的压力施加给孩子，那他们真是太可怜了。当然，话说回来，换个角度来看，人又真是很坚强。虽然一生都面临各种各样的压力和打击，却也总是能找到往下走的动力与乐趣。比如，嘿，比如我遇到了你。我一路走过来，可能并没有多幸福的童年，却也挣扎着走到了今天，我相信我这么努力，应该把命运坎坷之途走完了，接下来的路，我们会顺利地走下去，我们会走向成功和幸福的明天。"桀功卿笑着说。

以桀功卿的性格，很少会说出这样相对乐观的话，他大抵是受了石良玉的影响。石良玉就像是小太阳一般，向外散发着光和热，感染着身边的每一个人。

"嗯。"石良玉点点头，"我们会拥有幸福并且成功的未来。"

桀功卿以笑容回应。

石良玉继续说下去："我从小就贪玩，也没觉得这样有什么不对，当然，人总是要长大的，如果我就这么一直玩下去，可能走上的又是另一条路了。高中的时候，我喜欢上了一个女生，因为她的缘故，我开始发奋学习，最后虽然没能和她在一起，成绩却得到了提高，考上了这个学校。命运是一个充满了偶然性的东西，她的出现，对我的影响很大。现在你的出现也是，如果不是遇到了你和钟全，可能我会满足于经常在训练上出彩的生活吧，但是就领略不到钟全所说的策略，也无法体会你对于命运的态度了。"

"命运的确充满了偶然。"桀功卿说，"正是因为偶然性和必然性混杂在了一起，才让它显得格外有趣。"

在提到命运的时候，桀功卿用了"有趣"这样的词汇，让石良玉觉得，桀功卿对于命运的看法在悄然地改变。他无法确定这样的改变是否能持续下去，如果不能，石良玉会站在他身边，给他灌输乐观的态度，直到他对于命运的乐观能持续下去。石良玉暗自在心中许下这样的决心。

"对了，我突然有一个想法。"石良玉说。

"什么？"

"我觉得，虽然你爸爸的生命时间上比很多人短，但意义却比很多人都长。他没有输给时间。"石良玉说。

"是吗？但我觉得，任何人都无法奴役时光，时光却可以玩弄任何人。"

石良玉微微摇头："时间的确可以让床铺腐蚀，让巧克力融化，让门生锈，让曾以为刻骨铭心的回忆也被'遗忘'这个调皮蛋凿刻得千疮百孔。因此它鞭策所有人跑在它前面。跑在时间前面的人，享有广阔的道路和多彩的风景，跑不过时间的人，掉进沦陷区里承受鞭笞，但这场比赛最令人无奈的地方在于，时间是富有耐力的选手，跑得再快的人赢得了一时，却未必赢了时间。当然，打败这个几乎不可战胜的对手的人，虽说少，但也绝非没有，他们给自己设立了期望中的终点线，飞快地、拼命地赶往那里，然后慢悠悠地往前走，或者干脆一屁股坐在原地，抬头仍是湛蓝的天空，云淡风轻，这一切都是他的，现在他可以安详地老去了。等时间追上来时，他微笑着闭起眼，赶在时间的巨口将他吞噬前，他骄傲地对时间竖起中指。当然，还有另外一种胜利者，他们大步向前，跨过一道又一道别人期望中的终点线，却依旧不肯停下来，继续飞奔。至于他自己设的那条终点线，没有人知道在哪儿，甚至根本不存在也说不定。他一直跑，不断超越，一直跑，从未停息，当时间追上他并且露出獠牙时，他连转过头竖中指的兴趣都没有，继续用屁股对着时间，迈出最后一步……他是这样一名优秀的竞赛者，以至于当他被时间吞噬之后，人们的视野中仍存留他奔跑的残影，当时间抹去了一代又一代人，他的名字仍然在时间的周围流转，到那时，他已成为和时间一样久远的存在——他就是历史。时间能抹去人的生命，却抹不去那些成为历史的人的印记，时间越是试图抹去和掩盖，历史就越是长远，那些胜利者也就越是传奇。我觉得，你的爸爸就很优秀，他是以一名军人的身份去世的，而直到他生命的最末，他也要让这军魂延续下去，因此让你来到了这所学校。时间将你爸爸掩埋了，你却依然持着钢枪站成这片土地的钢铁长城，你说，你爸爸不是打败了时间么？"

"可我更愿意，是我父亲在听了我的声音之后，让我自己做出决定……"桀功卿说。

"唉，真为他担心。"何庆峰说。

"之前还只是不舒服而已，没想到现在却说要住院了。"石良玉摇摇头。

"可能是因为最近季节交替的原因吧。"何庆峰说，"而且严喧又总是太忙了，才会生病的。"

"那个严喧生病了？"桀功卿走过来问。钟全也走在桀功卿的旁边。

"桀功卿，钟全，你们怎么来了？"石良玉看到那两人进了自己宿舍。

看到桀功卿和钟全一副已经和石良玉成了朋友的样子，何庆峰很有些惊讶。

"没什么特别的事，钟全家里寄来了些特产，想着给你们也带点。"桀功卿说。

"噢，谢谢。"石良玉接过了钟全递过来的小盒子。

"不是什么贵重的东西，不过挺特别就是了，记住了，是在嘴里嚼的，像口香糖那样，不要吞下去。"钟全说。

"像这样？"石良玉打开盒子，拿出一片撕开内包装就往嘴里放。

"嗯，家乡特产。"钟全微笑说。

"严喧怎么了？"桀功卿又问石良玉。

"味道怪怪的。"石良玉边嚼边说，"严喧他生病，现在住院了。"

"什么病？"桀功卿又问。

石良玉拿起另一片又递给何庆峰，何庆峰也嚼起来。

"感冒之类的吧，详细的我也说不上来。"石良玉说，"我刚才和何庆峰也说着呢，估计是因为天气变化的缘故。"

"现在的天气越来越恶劣了。"桀功卿说，"我来这座城市之后，也就见过那么数的清的几次大晴天，其他时候都是阴着的，不放晴也不下雨的样子，让人不痛快。"

那不就正好像你一样。何庆峰心想。不过他没有说出来，他嘴上说的是："这应该是这里的气候特征。不过这里虽然气候不好，但是水土还蛮养人的。"

"湿度大，皮肤不容易干燥，算是养皮肤吧。"桀功卿说，"对了，你嚼着的那个东西，名字叫槟榔。"

钟全点点头，然后说："味道怎么样？"

"怪怪的。"何庆峰说。

石良玉也点点头，表示赞同，又嚼了一会儿，他问："钟全，我觉得有些胸闷……这东西有解药吧？"

"这个……"钟全想了想说，"首先应该是把它吐出来吧。"

石良玉把槟榔吐了出来，但是脸色又开始变红了："我好像醉了……"

"哈？"桀功卿略有些惊讶，"嚼这东西还有醉的？"

"胸……好闷……我也要去医院……"石良玉的呻吟声越来越难受，越来越颤抖。吓得何庆峰也连忙停止了咀嚼，把槟榔吐了出来。

"哈哈哈哈哈！"桀功卿看着石良玉的样子，笑了起来，然后转头对钟全说，"我就说嘛，他肯定吃不习惯！"

"那你还让我送来？"钟全叹了口气，问。

"就是吃不惯……才有看点嘛……哈哈。"桀功卿笑，"石良玉，没事的，深呼吸……哈哈哈……"

石良玉一边吐着舌头一边尝试着深呼吸，钟全和何庆峰一脸无奈地看着开心的桀功卿。

"呃，请问……"门口传来个声音，"严喧是在这间寝室吗？"

"嗯？"桀功卿转过头来看。

"周鹏？"石良玉经过深呼吸，也稍稍恢复过来一些，有些狼狈地看着门口的周鹏。

"石良玉。"周鹏看着石良玉说，"我听严嚣说他自己不舒服，他说估计他哥也病了，我过来看看。严喧他还好吧？"

大家听得有点发愣。

"严嚣是上次晚会表演和你一起上台那个？"钟全问。

"是的。"石良玉点点头，"严喧的孪生弟弟。"

"我本来还不相信，没想到是真的……"何庆峰瞪大眼睛说，"双胞胎之间真的存在某种奇妙的联系啊。"

"是有些不可思议。"桀功卿用力地点着头。

"你们在说什么啊，严喧他怎么样了？我想看看他。"周鹏说。

"严喧他也不舒服，而且好像有些严重，刚被送去住院不久。"石良玉解释说。

周鹏听了，很快联想到严嚣说的那些话，也有些吃惊："虽然严嚣之前也和我说了，但是亲耳证实这种事情还是很让人惊讶。"

"就是啊。"石良玉微笑说，"虽然平时看起来他们两兄弟还是很有区分度的，不像电影里面那些完全一个样子，但没想到还真是有特殊联系。"

"嗯，我好像知道一点。"桀功卿说，"两个都是文艺胚子，但是一个擅长文字方面的，一个擅长音乐方面的。"

"你知道他们？"钟全问。

"严文书，我当然知道。"桀功卿说，"周鹏以前和我提起过，是吧？"

"是啊。"周鹏点点头，"少有的地方生文书，而且活还干得挺漂亮的。"

"噢。"桀功卿点点头，忽然微笑起来，说，"对了，有东西要请你吃。"

看到桀功卿的微笑，钟全最先反应过来，他拉拉桀功卿的衣角："喂，我说……"

桀功卿没有理会，也不顾周鹏还没有回答，就拿出一片槟榔，塞给他。

"哦，槟榔啊。"周鹏摆摆手，"我不吃了，不太习惯。"

"噢……"桀功卿有些失望。

"桀功卿和这个叫周鹏的家伙，好像处得来？"何庆峰悄声问石良玉。

"是么？"石良玉有些惊讶地反问何庆峰。"你从哪里看出来的？桀功卿刚刚还想要对周鹏恶作剧呢！"

"恶作剧也不可能随便对陌生人进行的。"何庆峰说，"而且你想啊，这个是桀功卿！"

"对啊。"石良玉说，"这个是桀功卿，对于感觉不好的人的话，话都不会多说一句的。"

次日。

"严喧，这个给你。"石良玉把文件递过来。

"麻烦你了。"严喧接过文件，没精打采地说，"噢，麻烦你再帮我跑一趟，这份送去给政委。"

"好。"石良玉点点头，"你身体好些没有？"

"就这样吧。"严喧摇摇头，"真是亏大了，要是工作日生病，那么我还可以偷一下懒不用训练，结果是一到周末突然病了，这样玩也没有力气玩了。"

"哈哈，快点好起来就没事了。"石良玉露出虎牙笑着说。

"对了，之前那份文件给周鹏了吧。"严喧问。

"嗯，给他了。"石良玉又点点头，"他说我的姓很奇怪，我就同他说，你们队还有一个叫桀功卿的呢，结果他就是和桀功卿一个班的，哈哈。"

"虽然我不是很了解桀功卿，但是依据我印象中他的性格来判断。"严喧摇摇头，"知道你在别的地方把他扯出来，他会不高兴的。"

"为什么？"石良玉挠挠头问。

"因为凡是少数能让他高兴起来的事情之外，任何其他涉及他的事情都会让他不高兴。"严喧说，"他不是每天都一副不高兴的表情么？"

"那是装的，装的。"石良玉笑着说，"我见过他高兴起来的样子，笑得很温柔。"

"那还真是罕见。"严喧摇摇头。

"怎么你也是这个反应？之前我和何庆峰说的时候，他也是这个反应。"石良玉轻轻叹了口气说。

"当然是这个反应。"严喧说。

"阿嚏！"桀功卿打了个喷嚏。

"怎么了？"钟全关切地问，"感冒了？"

"不知道，可能是季节的原因吧。"桀功卿说。

"是因为 Dota 玩得太差的缘故。"戴铭在一旁说。

"嗳。"桀功卿摇摇头，"别对那一局游戏耿耿于怀啊。胜败乃兵家常事。"

"胜败乃兵家常事，这是一句很不负责任的话。"戴铭说，"对于古时候那些韬略家来说可能如此，但是对于战场上的每一个士兵来说，胜败就攸关他们的生命，对于他们的亲人来说，胜败就关系到他们能否盼回远方的家人。胜败虽然是一个硬币的两面，是必然同时存在的两种可能性，但是绝对不是可以轻视的东西。作为军人，我们就更加要知道胜利的重要性。"戴铭语重心长地说。

"真是深刻的理论。"桀功卿点点头说，"这些都是你打游戏的时候悟出来的？"

戴铭点点头说："这就体现了电脑游戏对于当代军人而言的重要性。"

"好了，你们两个少扯了。"钟全摇摇头说，"闲着的话来帮我一起找东西。"

"找什么？"桀功卿问。

"电话卡。"钟全说，"不记得放在哪了。"

"夹在你电话本里。"桀功卿说。

钟全打开电话本一看，卡真的就夹在里面。

"你怎么知道卡在这里？"钟全诧异地问。

"你先告诉我，你是不是要打给梁珏。"桀功卿说。

"你什么时候也开始八卦了？"钟全有些不好意思。

"关心你嘛。"桀功卿微笑说。

"是，是。"钟全点点头，"现在你可以告诉我你怎么知道卡在本子里的了？"

"嗯。"桀功卿点点头，"五分钟前我看着你自己夹进去的，然后你发了一会儿愣，就开始找什么东西的样子。我就想，一定是在想梁珏了，才会让你那颗平时那么聪明的脑袋都运作故障。"

"我不跟你瞎掰了。"钟全拿着电话卡和本子就向外走去。

钟全走后，桀功卿的表情又从胡扯时候的笑容恢复成了冰山，戴铭知道，这是表示他认真起来了。桀功卿问戴铭："我有些担心钟全，那个叫作梁珏的女生好像对他并不来电，要是钟全再次受到打击怎么办？"

"让他承受吧，也许能学着成长。"戴铭颇有种经久情场的口吻说，"这也是他自己选择的。"

"他自己选择的，并不一定他自己就能承受。"桀功卿摇摇头说，"而且这对他来说不公平，好不容易喜欢上一个女孩子，但是又因为自己在学校里没有办法和……啊，抱歉。"

"我没事的。"戴铭微笑着摇摇头，"已经过去了。"

"抱歉。"桀功卿又说。

"我之前已经劝过钟全了，可是没起作用，现在就只能祝福他了。"戴铭说。

"桀功卿！"

楼道里有人在喊。

"我去看看。"桀功卿说着就走了出去。

"桀功卿，队长找你！"就在这时候，周鹏来传达通知。

桀功卿马上跑去队长寝室，队长寝室的门开着，喊完报告，刚敬了个礼，还没来得及向里走，队长就让他到学校接待室去一趟，桀功卿一头雾水，队长又补充了一句，说某领导要见你。

听完这句话，桀功卿一下子还没反应过来，只是回答了声"是"就往外走。走了没几步，那个"某领导"的形象就突然出现了桀功卿的脑海里，他这才意识到那个人是谁。他并不是这所学校的，而是桀功卿家乡那边总队的人。

学校接待室，桀功卿一次也没去过那个地方，不过位置在哪儿还是能找到的。他快步赶了过去。到了接待室的时候，刚好遇到几个干部从里面走出来，桀功卿赶忙敬了个礼。

桀功卿走到那间接待室门口，喊了声报告，里面很快就回应了。他推开门，敬礼，然后就停在了原地，看到那张熟悉的面孔，忽然有些不知如何是好……

第十五章　棋局逆转

桀功卿站着，犹豫了几秒，不知该怎么称呼面前的这个人更为合适。

"功卿，过来坐。"王伯伯向他招手。

既然是叫名字而没有加上姓，这种亲昵的称呼，就已经说明了现在的场合并非是干部和学员见面，而是长辈和晚辈相聚。桀功卿走过去，坐了下来："王伯伯。"

"你那么久没和王伯伯联系了，王伯伯也不了解你的近况。你不主动去看王伯伯，王伯伯就只好跑来看你啦。"王伯伯微笑着说。

桀功卿有些不好意思地说："抱歉，王伯伯，我最近这段时间忙呢，就没什么机会打电话给您。而且我知道您工作也挺忙的，没太多闲暇时间，怕打扰到您。"

"你啊，就是做事情的时候思虑太多，我不是说谨慎不好，而是你小心过度了，有时做事情来就会觉得碍手碍脚，施展不开。我的工作是忙，但是也不至于忙得连接个电话的时间都没有吧？而且，了解了解你们这些晚辈的成长，不也是我们这些长辈的工作？王伯伯有时做得不到位，没做好，这时候你们就该主动些，帮助我把工作做好嘛。功卿啊，这个忙你都不肯帮我？"王伯伯问。

"王伯伯，您别这么说。您给我们这些晚辈的关心已经很多了。是我没有做好，没主动向您汇报，这点，我以后改，肯定改。"桀功卿抱歉地说，"让您主动找到我，我真过意不去，被您再这么一说，我心里就更不是滋味了。"

"那我就不说了，哈，功卿，你在这个学校怎么样？"王伯伯关切地问。

"还行。"桀功卿说。

"还行，就是不够好嘛。"王伯伯轻微地摇摇头，"遇到什么困难，就要克服它，步子走得太快或者太慢，就要及时调整。每晚睡觉前躺在床上可以思考思考近期的事情，把脉络梳理一下。你的父亲以前和我说过他有这样的习惯。我听后，觉得这样的习惯很好。我期待你能够在部队好好发展，然后成长为和你父亲一样优秀的人。我们都是这样期待的。"

听到那句"我们都是这样期待的"，桀功卿的心脏突然一紧。他感到过去就要将他撕碎了。过去发生的种种就像旋涡，就像黑洞，要将他拉进去，永远地禁锢起来。那么多年来，他一直很努力，他在想，如果一直向前走的话，终究是能走出阴霾的，可现在他觉得自己错了。这样的阴影已经在他身上刻下烙印，无论他往前走多少步，身上的印迹都会相随，挥之不去。他想，也许这就是命运。命运之为命运，乃是长达一生，并且我们无力与之抗衡的东西。

但是，是不是应该再挣扎一下？即便在别人眼里，身上已经刻满了烙印，但是如果自己不理会的话，是不是带着这样的印迹也有机会走上不同的道路？或者说，即便没有机会了，是不是还是应该再挣扎一下，即便不能改变什么，至少也能表达态度？

不，也许能够改变什么。奇迹，听过这样的词，埋藏于命运之中，很少发生，但总让人期待。

说不定再尝试一次就能发生。

桀功卿终于鼓起勇气，决定说出心里面的想法。他觉得这也许会是人生的一个转折点，如果在此不大胆选择，或许就要一辈子走在充满他人阴影的道路上了。他也知道，选择一条更为自我化的路，也就意味着他会面临更多的困难。因为在这样的路上，没有那么多长辈的经验可以沿袭，没有那么多的推动力，很多困难或许只能自己咬紧牙关应对，没有庇护伞，没有避风塘。但是，这样的路也是充满着诱惑力的，因为是自己的路，所以蕴含着无限的可能性，在这种可能性中，包含挑战与挫折，也有许多机遇和精彩。这样的诱惑力，足以使天平发生那么一点倾斜，而心里的天平一旦向某段倾斜，那么感情的力量将覆压其上，使之成为彻底的倾向。

"王伯伯，我希望，我的人生能由我自己决定。这么多年来，您的确给了我很多的关怀与指导。如果再往前推一些的话，回想起我的小时候，您就在我身旁了，抱过我，哄过我，看着我长大。我知道，您的很多想法和建议都是为了我好，我也知道，如果按照您说的道路走完我的人生，也的确不失为一种老实而又稳妥的活法。但是，您看，我还是很想为我自己活一活的，我们有党性的人，不信鬼神，不知轮回，只懂得眼前这一辈子，如果这一辈子错过了，我们就再也没有属于自己的人生了。我要选择自己的路，但您放心，那绝不是一条离经叛道的路，我喜欢身上这套军装，我也还是会一直穿着它，我也知道我父亲走过的老路子是怎样的，但我不打算每一步都沿着他的脚印走下去。只有拿掉了头上的庇护伞，我们才能看到蔚蓝的天空。现在，请您明白我的心意，请让我取得属于自己的那片蓝天吧。"

桀功卿说完这番话，感觉心头卸下了巨大的负担，这番话，已经憋在他口里，压在他心头许久了，而今一下释放掉，竟有种豁然开朗的感觉。他之前有过担心，怕说出这样的话会让王伯伯不喜欢自己，但是现在他坦然且全无畏惧，也许是身上的军装给了他这样的勇气与启迪——男人，没有什么比脚下的立场更应坚守了。

听完桀功卿的话，王伯伯皱起眉头，沉思了起来，他额头上的每条沟壑里，仿佛都封锁着无数的经历与智慧。他看着眼前坐着的桀功卿，双眼直视自己，眼神锐利而坚定，像两把寒冰铸成的尖刀。突然，他额上的皱纹解开了，王伯伯"呵呵"地笑了起来，说：

"孩子，你误会了许多事情。你的人生从来都是属于你自己的，没有谁可以掠夺。你当然有为自己选择人生道路的权力，甚至可以这么说，这种权力，是每个人都与生俱来的。只是，你的父亲是一名军人，一名优秀的军人，在他的身上，你可能认识更深的是'服从'而非'选择'，因此你不知道，你竟然还是拥有权力的，你竟然还有能够自己做主的时候。孩子，我要对你说，你的父亲是一名优秀的军人，我不仅看着你长大，你父亲成长的足迹，我也看得很清楚。他的每一步都走得很稳，很踏实，他身子很正，为人有一股气，是股很硬的气，这股气，不能让他腾云驾雾，扶摇直上，但能让他坚持不懈，扎扎实实。这是我希望你能从他身上学到的。说实话，有些东西你想对了，我和我的一些战友，也包括你父亲的一些战友，的确希望过你能成为你父亲那样的人，因为他很优秀，也因为我们很想念他。在你的面庞上，我们能看到他的影子，这一点是从你出生之时就已经注定的，血脉相承的事实，是不会改变的。但我们的希望也仅仅停留在希望这点上而已，不会强迫你做出违背自己心意的选择，不会夺走你的人生。我们也清楚地意识到了两点，其一，逝者不会复活，无论是通过什么形式；其二，你和你父亲终究是两个不同的人，你只会成为第一个你，而不会成为第二个他。也许你有你自己的想法，这种想法可能是留校，可能是进机关，可能是一条和你父亲走过的截然不同的道路，但无论你走向了哪一条路，我们这些长辈都还是会默默地关心你，支持你。孩子，你的人生是你自己的，大胆去闯吧！"

桀功卿听了王伯伯这些话，觉得大脑里的某条堵塞的路径顿时被冲开了。许久以来的一些误解、观念霎时被热血溶解。他感到整个头脑都热起来，里面氤氲着某种蒸汽，要冲出他的口，让他欢唱，让他感慨。他的心中一直有盘棋，在那盘棋局里，他自己一直是一枚任人摆布的卒子，冲锋陷阵，身不由己，路途坎坷。但现在，那盘棋突然被翻盘了，他突然看到了前方的光辉，看到了胜利的希望，更重要的是，他自己从受人控制的棋子，变成了掌控自己命运的棋手！

樊功卿打开了心扉，他看着王伯伯，说了下去，这次，他的语气变了，从坚冰一般的硬，变成了温暖多情的柔。

"王伯伯，您这一说，我才知道，很多东西，是我想错了。因为我把自己禁锢在了从前的那些思想上的错误里，没把自己释放出来，才搞错了很多东西，把自己的情绪也搞坏了，把和家人长辈的关系也搞出了一些问题。现在您一说，我感到很多东西忽然就通了，我的视野也打开了，看到的东西更多了，我的口唇也打开了，我能说的话更多了。既然是这样，有些压在内心最深处的事情，我也就有勇气对您说了。其实，对于父亲，我是有过埋怨的。您也知道，因为工作的关系，父亲陪在我身边的时间不多，就连他难得陪在我身边的时候，可能心思也不在我身上，而在军营里。我知道，父亲是一个很优秀的人，可是，没有人是完美的，他对部队奉献了从青春开始直到生命结束的人生，是一名优秀的军人，他对我爷爷奶奶十分孝顺，是一个孝顺的儿子，他对我母亲很是专情，很贴心，是一位称职的丈夫，但遗憾的是，他并非一个，嗯，并不是一个好父亲。当然，时至今日，我对很多东西都能够释怀，也都能够体谅，我知道他在工作上打拼，想干出一番事业，也包含着为我考虑的成分。他是想为我树立一个榜样，也是想为我铺平前方的道路。可是，说实话，比起一个伟大的榜样，我更需要一个可以偎依在他怀中的父亲，他想给我平坦的道路，可我却仍然走在崎岖坎坷的道路上。我并不是说他的努力都白费了，我只是有些遗憾，遗憾我的童年是不完整的，遗憾我的青春也有所缺失。"

王伯伯缓慢而用力地点了点头，表明他听明白了樊功卿的倾诉，他思考了一会儿，然后才语速缓慢地回答，因为在他的即将到来的话语中，同时包含了过往，现在与将来，同时含有着情感，记忆和期待。

"孩子，你听我说，虽然你是你父亲最亲的人，但恐怕你对他的了解还不够。他是一块钢铁，钢铁是坚硬的，顽强的，但钢铁也有它的缺点，那就是摸上去冷冰冰，不够温情。但是，它是不是真就冷冰冰的呢？你有一点和你父亲很像，所以应该能够理解，那就是，很多情感，你们都习惯埋在心底，不说出来。其实他对你的爱，并不少于他给任何其他方面的，只是，他不希望那些爱变成溺爱。因为它曾经经历过艰苦的日子，这你是知道的，你父亲是从农村走出来的，你父亲的农村老家贫穷得很，他是在艰苦的日子中磨砺得坚强的，所以他希望能用同样的方法历练你。可有些东西你父亲没有考虑周全，他没有意识到，当环境改变了，相同的方法就不一定再适用了。我能想象得到，你身边的同学放学都有父母来接，而你一个人坐公交回去的情景。孩子，你要始终记住一点，这个世界上，没有人会比你的父母更爱你，也许你还没有成熟到能够明白他们爱你的每一种方式每一个举动，但有一天，你会明白的，而在你明白之前，我只希望你能记住，哪怕是死记硬背也要把这个道理背下来。还有，孩子，关心你的人很多，你现在虽然没有父亲了，但是王伯伯还在这儿。如果我能给你的不够多，那你还有组织，这个更为坚硬，更为强大的后盾。你现在还年轻，很多东西都不该有所顾虑，你可以尽情地向前冲，哪怕在这条荆棘路上被刺得伤痕累累。有一天，当你真正成熟的时候，你会发现这些伤痕结痂了，它们会变成你最厚重，最坚实的铠甲。命运对你也许不太公平，但是这也给了你向它发起反击的理由和动力。向前冲吧，就像你说的，选择你自己的路，自己的人生，冲向前去，爱你的人会在身后给你鼓励，而前方的道路，虽然充满艰难险阻，也许漫漫路途中你还会感到孤独，但是别害怕，在这些苦难背后，你会看到迎接你的辉煌。孩子，这些话，本来应该是由你父亲对你说的，但是他现在不在了，没有办法说了，就由王伯伯代为说出来。我希望你能把它当成你父亲说的，希望你在心里给他一次这样的机会，让他在离开之后仍然能通过某种方式给你鞭策。在另外一个世界，他能由此感到慰藉。他能欣喜地看到，在他倒下之后，他的儿子，能以一种更为勇敢，更为强大的姿态屹立在这个他曾经拼搏过，奋斗过的世界上。"

桀功卿的眼眶微微地湿润了，他没有哭，也不会哭。这个场面他不只演出过一次了。在父亲逝世的那一天，当医院下达通知时，他站在闭上了双眼的父亲的身边，眼眶湿润着，但不哭。其实那个时候，比起悲伤而言，他心中真正充满的情感是困惑，对于眼前的画面他感到诧异——那个钢铁一般的男人，真的就这样倒下了，再也不会站起来了？还是如假寐的雄狮一般，虽然躺着，但随时准备睁开双眼，发出一声震彻天地的怒吼？那一次是困惑，而这一次，桀功卿心中更多的是释怀。他欺骗过很多人，父亲亡故的事情，时而会被一些长辈和领导问起，每一次，他都会说："现在的我已经释怀了。"但直到这一刻，他才是真的释怀。这种心中突然轻松起来的感觉形成激流，冲刷着他的脑海，他哭不出来。

而今，许多回忆又复苏起来，一齐挤进他的脑海里。他想起父亲最后的那段日子，躺在床上不能起来，他有些害怕见到这样憔悴的父亲，但又盼着去见他，因为这时候的父亲，不会再以工作为由突然离开。父亲最后留给他的病态的微笑，有种残忍的温暖。

桀功卿的眼仍然湿润，但他笑了起来。

翻盘了。

父亲那种稳扎稳打的棋法，终于在若干步看似闲棋和错棋后突然翻盘，赢得了这场情感的棋局。桀功卿终于明白了，那种有棱有角的冰冷的，钢铁的爱。

周日的上午组织外出，钟全等这个时候已经很久了。一离开校门他就搭上计程车，语气急促地报出了和梁珏约定好的地点。

见到梁珏之后，钟全舒了一口气，然后开始打量起她来。梁珏穿一件淡黄色的 T 恤，圆领上有三颗纽扣，打开了第一颗。下身着深蓝色的修身水洗休闲裤。挎着亮黄色的包，包上有一颗仿钻的玻璃纽扣。她稍微化了些妆，主要是在眼睛上，可以看出睫毛是被某种乳液涂抹过的温柔地向上扬起。

钟全的穿着很简单，就是衬衣仔裤帆布鞋的搭配，衬衣是蓝白相间条纹，仔裤是深蓝色的，帆布鞋是白色的。乍一看并不是很起眼，仔细看的话还是挺简约和得体的。

两人互相打过招呼，都略带些羞涩。按照事先说好的，由梁珏带路逛了起来。他们先是去吃了锅盔，锅盔是一种油煎的酥饼，内里有甜的或咸的可自选的馅料。然后去吃了棒棒鸡，说是鸡，但其实并不都是肉，而是一串串各种各样在酱料里泡着的食料，既有肉块，也有木耳、黄瓜等素菜。一路上还有各种各样的小吃店，有冒菜，那是浸在酱料里的蔬菜，酱料油而麻辣；有干锅，那是和土豆、藕片、花椰菜一起爆炒的排骨或鸡肉；有龙抄手，那是肉馅饱满的大馄饨……他们没有一家家都进去吃，而是由梁珏讲解每种小吃的特色，钟全听着，然后选择听起来比较诱人的商店进去尝试。

两人吃饱之后，钟全提议坐下来喝些东西，就进了一家奶茶店。奶茶店里洋溢着甜腻的馨香。梁珏点了一份麦香奶茶，钟全看了看菜单，选了一份鸳鸯奶茶。

"怎么样，这里的小吃还不错吧？"梁珏笑着问钟全。

"还不错。"钟全点点头，"还好有你带我来，不然我可吃不到那么有本地特色的小吃。"

"因为你们在学校里待久了，虽说要在这座城市待四年，但说不定毕业之后仍然对这里一点都不了解呢。"梁珏说。

"就是。"钟全说，"我们错过了很多东西。"

钟全说着啜饮了一口奶茶，当奶茶顺着吸管流入口中时，他微微有些失望。桀功卿曾做过同款奶茶给他喝，无论是口感还是味道相较而言都优秀多了。

钟全说完这句话，对方一时没有接上，谈话暂时陷入了沉默。从两人一见面互相腼腆地打招呼的时候开始，就显现出了两人都并不是那种在交际中特别主动的人。之前吃东西的时候倒是还好，因为吃是梁珏感兴趣的话题，再加上嘴里常塞着食物，不会出现什么两人对视着却没话说这样的局面，可现在就有些冷场了。

"其实你们这样也不错啊，每天都可以过得很充实，虽然平时少些刺激感，但是能生活得很稳定。"良久，梁珏终于接上了话茬。

钟全点点头，把话题换了个方向："你最近过得怎么样？"

"还是老样子。"梁珏一边说一边用吸管搅动奶茶，"上课，下课，自习，下自习，晚上在寝室里学习。"

"高数的确不是个好对付的东西。尤其是专业的。"

两人来来去去继续着交谈，但是在话题之中并没有擦出火花，只是些平淡的语言。在这种语言中，钟全感受到了一种无力感，他知道最近没有把握好谈话的流向，没有制造出什么有意思的话题来，没能抓住对方感兴趣的东西，没法自由地操纵语言。交谈中，两人间或以喝饮料的动作来掩饰谈话暂时无法流畅进行时候的尴尬。

"对了，你那个朋友最近怎么样？"梁珏问。

钟全很快反应过来她说的是桀功卿，就回答说："他啊，最近挺好的。"

"总是板着个脸，话也不多，就连打牌的时候也没有嗨起来，虽说不是个可爱的家伙，但是似乎还蛮有意思的。我记得你是叫他桀功卿对吧？"梁珏说。

钟全在心里暗想，功卿的名字有点拗口，印象中似乎也只有石良玉在听过一次就记了下来，梁珏和功卿并没有什么相处时间，却能记住他的名字，多少有些令人压抑。但钟全还是接过话题继续说："嗯，桀功卿，他是座大冰山。"

钟全以前在和桀功卿开玩笑的时候说过这个比喻，而今他也不知道最近为什么又把"大冰山"这个词搬了出来，他察觉不到自己潜意识里那个部分——那个很深很深的想法，想对梁珏说，桀功卿不好相处，他是座冰山，如果你想接触他的话，会被冻僵的。

"和他相处不会很累吗？"梁珏问出了这样的话题。

本来顺着之前的思路，钟全应该说"是"的，但是他没有做出一丝诋毁自己朋友的事情，思绪在脑子里来了个急转弯，他说："不会啊，虽说看上去有点冷漠，但其实功卿人还是蛮好的。他有些时候看起来不好相处，但更多的时候，和他在一起你会感到一种轻松感。这种轻松感，是来源于你烦躁的时候他绝不会在你耳边喋喋不休，而你低落的时候他又总能察觉并给你安慰。怎么说呢，算是一种默契吧。"

"是这样啊，我也看出来了，他人应该挺好的。"梁珏笑着说，"可惜我了解得不够多。"

梁珏用了"可惜"这个词，让钟全在意起来，为什么她不可惜可惜对自己了解得不够多，反而在考虑一个现在并不在场的人呢？

"对了，这里的小吃也都是麻辣风格的呀。"钟全硬生生地扭转了话题。

他们谈话的方向往另一个地方走去，但是刚才关于桀功卿的那一小段内容却始终留在了钟全脑子里，他多少有些不舒服，他那么努力地接近这个梁珏，却始终没有成为她的话题，可那个冰山一样的桀功卿，和她并没有几句话的交谈，竟然令她说出了"可惜"这样的话。钟全想，有什么好可惜的呢？难道是想把桀功卿约出来也见一面，这样才不可惜吗？

时间一分一秒地过去，说快不快，说慢不慢，只是很认真地在履行它的职责，步伐平稳地往前走，不因为任何人的欢乐悲哀而动摇。钟全预留了足够的时间，和梁珏道别，然后赶回学校。

走之前，他们互相说过再见。虽然钟全并不知道下一次有再见面的机会是哪一天，虽然他也并不知道梁珏是否真的还想和自己再见面。他感觉这是一次极其失败的见面，整个过程只证明了一点，那就是梁珏并没有像他在乎她那样把他放在心上，她可以在他面前无所顾忌地谈论别的男生。

只证明了一点，之前的所有努力，只换来了一次一起吃吃小吃喝杯奶茶的机会，而在这过程中，谈话还不算投机，用完了这次机会，还没换来下一步的发展。

糟糕透顶。

钟全怀着这样的心情回到了学院。

"你回来咯？"桀功卿和钟全打招呼。

钟全点点头，没有说话，从桀功卿身边路过。桀功卿略有些尴尬，但没说什么，他猜到可能是因为今天外出和梁珏见面不太顺利，钟全才心情不好。他想安慰钟全，却想不出话语，他没有太多感情经验。桀功卿只和莫默在一起过，而这样的经历，多少和别人的有些不太一样。当然，要是跑到钟全面前，说些安慰惯用语，桀功卿还是会的，可他又觉得这样做没什么意思，一来钟全不需要，二来以两人的默契程度来看，这种举动显得虚假。

175

桀功卿只好微微地叹了一口气，走了出去。

钟全换好衣服，然后就坐在座位上，沉默着。

戴铭像一只猫一样，慵懒地趴在窗架上，眯起眼看着前方，在他的视野里，仿佛有深邃的无尽的故事。他在回忆，这些回忆本就饱含感情，当它们暴露在岁月之中，非但没被蒸干，反而沉淀下来，变得愈加浓厚。在这份回忆里，有从戴铭交往过的第一个女生，直到给予他最深伤痕的徐晓溪。对于他而言，感情曾经是唾手可得的，生就了一张帅气的脸蛋，就让他感觉自己有资格搭配一颗花心，后来他收心了，可却依旧没能留住感情。如今，烦恼的人换成了钟全。当钟全问及自己想法的时候，那些回忆就不自禁地涌上了心头。

戴铭缓慢地说："我们穿上这身橄榄绿，很光荣，可以保家卫国，可以扛枪，但是，却扛不起爱。我建议你还是把手放开，放过她，也放过你自己。"

"是吗？"钟全苦笑。

"我知道你不甘心，也知道你放不下，就像我曾说过的那样，感情之为感情，就在于它不是轻易能为理智所控制的。你现在抓着感情不放，你就只能跟着它一起往下陷，而且越陷越深。你也看到过我曾经那段失魂落魄的样子，我不希望你也搞成那个地步。感情能给人片刻的欢愉，也能给人长久的痛。我想你应该能控制自己，止住步伐，别在这方面泥足深陷吧。"戴铭劝诫。

钟全也知道戴铭的那段经历，知道戴铭也许在今后很长一段时间内都不会再投入感情，但是钟全和戴铭的情况还是有些不同的，就像戴铭说的那样，钟全现在还放不下。可能连他自己都没有意识到，他心里还在期盼着那样的可能性，觉得他可以不用就此放弃。更大的区别在于，戴铭是在拥有之后失却，这种失却带给戴铭痛感，但是对于钟全而言，他还未得到，实际上，比起痛感而言，他心里更多的是不甘心，是渴求，以及求而不得的失落感和挫败感。

"这些事情我没和桀功卿说。"钟全说。

"怎么不和他说呢？"戴铭问。

"我之前也和你提过吧？那个女生是在火车上认识的，就是在我和桀功卿同乘一趟车的时候，也就是说，桀功卿就坐在我旁边。"钟全苦笑着说。

"功卿也认识那个女生，对吧？"戴铭问。

"你说，我比起桀功卿来，到底是差在哪里？"钟全问。

"那个女生……"戴铭稍有些讶异地看着钟全，"她在意功卿？"

"有些在意，至少是提起了。"钟全说，"相比之下，我是没什么话题感的人物，对吧？"

"别说这种话，而且，你可不要因为那个女生的关系和功卿产生什么矛盾啊，这样的话对他来说也太不公平了。"戴铭说。

"我知道，我不会的，功卿是我好兄弟。"钟全强作笑颜，"而且这也是两回事情。"

"你能区分清楚就好。"戴铭说，"总之，感情的问题恐怕你只能自己把握，就像我以前一样，爱或者不爱了，都是自己做出的选择，而非别人干涉的结果。你也是，但是我要给你的忠告就是，这场游戏你太投入的话，可能就会被输赢左右，再不能置之度外。"

"我没把它当游戏。"钟全认真地说，"我会好好思考，然后做出选择的。"

戴铭点点头，然后走出了寝室。

戴铭从钟全的话里察觉出来了一些，那就是钟全其实并不倾向于选择放弃，人心的天平是无法完全保持在正中间的，既然没有偏向这一边，那么大抵就是向另外一边倾斜了。也就是说，其实钟全现在最需要的，不是有人告诉他在感情的路上要多么谨慎，而是鼓励他大胆地向前，说到向前的话，戴铭的脑海里冒出了一个人的名字。他想，是不是该让这个人给予钟全一些勇气？

只需要找到他，把钟全的情况告诉他，那个热情如火的人，是不会拒绝帮助他人的，而且，戴铭也相信，只有他那样的人才能帮钟全击碎低落的心态，重新找回向前的果敢。

石良玉来到钟全寝室的时候，钟全正看着镜子里的自己，他看到石良玉的身影出现在镜子当中，也猜到了他是要来安慰自己的，便用自嘲般的语气说："我知道自己是个平凡的人，不像你那么热情似火，也不像桀功卿那么冷若冰霜。我长得也一般，没有你的活泼的小虎牙，没有桀功卿的冷静的单眼皮，更不像戴铭那样五官精致，面容帅气。我也没有你的坚定执着，没有桀功卿的巧舌如簧，没有戴铭的久经情场。我只是一个普通人，也许从我这样的普通人身上，确实能数出一些优点来，但这些优点并没有什么格外闪耀的地方。我甚至拿不出一个足够特别的缺点，让人能一下子就对我印象深刻。无论在怎样的舞台上，我都出演不了主角，或许我能当个最佳配角，但聚光灯发出的光束，永远不会汇聚到我身上。过去这一点我并不是没有察觉，我只是告诉自己，别太在乎，尽可能别把它放在心上。我知道，我不是那种有着突出个性的人，而个性这种东西，花了十几年形成的，我知道我是无法改变了；我知道，我不是那种外貌出众的人，而长相这种东西，我更无法左右。我虽也艳羡那些总是成为众人焦点的人，但也已经习惯了充当陪衬，可这一次我不甘心，我不甘心因为不够耀眼而错失一个我很看重的人。"

　　石良玉从前并没有见过钟全这种沮丧的样子，他印象中的钟全，总是微笑着，很好相处。而且，那个钟全也是十分优秀的，比如在最开始令石良玉记住他的那场战术比赛中，虽然百发百中，激起观众欢呼的射击手是桀功卿，但是真正谋划布局，通过运用精彩战略使团队获得胜利的人应该是钟全。如此优秀的钟全，竟然也有自卑的时候，这给了石良玉不小的震撼。其实，每个人或许都心有所想，平时藏着掖着不说出来，等情绪爆发了才会将之展露在他人面前。我们，都是承受着这些心事在活着的。

　　石良玉从戴铭那儿听说了，知道钟全是在为感情的问题而烦恼。他在脑子里整理思路，石良玉虽然知道自己不善言辞，但还是希望能给钟全一些宽慰，也希望能引导钟全做出一个他不会后悔的选择。

　　"钟全，你听我说，首先，你是很棒的，这点不容置疑。其次，也许你不是那么的特别，但这也无关紧要嘛。不是每个人，都要成为主角，上演一出风花雪月的。虽然感情上的事情我也不太懂，但我想，很多时候平淡才是真吧。你可能没有太耀眼的地方，在第一时间就打动她，但是我觉得你应该坚持下去。慢慢地，慢慢地，让她对你的感情一点一滴地积累起来。你看，像桀功卿那么难对付的人，最终还不是被我们打动啰？你喜欢的那个女生再没开窍，也不会是铁石心肠吧？总有一天，她会知道你的好，知道你用情之深，知道你无可替代。"

　　"呵，我不相信日久生情那一套。"钟全摇摇头，"老实说，你能打动桀功卿，在我看来也是一个奇迹。奇迹是什么？是我们虽然能期待，但无法刻意去创造的。如果足够幸运，奇迹会自动降临到你身上，如果不够幸运，那么怎么祈求，它都不会到来。我并不是那么幸运的人，这点，我是知道的。"

　　石良玉听出了钟全的沮丧，听出了他的悲观。他继续鼓励钟全："曾经，我也有过喜欢的女孩儿，她是我的高中同学，家也和我住得很近。那时候我成绩不是很好，在班上，我也没有成为过焦点，我也自卑，不敢向那个女孩说出心中的想法。那时我有很多机会，但是我没去把握，因为我害怕，要是我把事情搞砸了，那么连同学我都不能和她好好做了，所以我只能眼睁睁地看着一个个机会从眼前溜走。后来，在高考结束之后，我向她表白，当然，这个时候说出来，已经晚了。但即便是晚了，也比什么都不做要好，至少现在我和她成了朋友。你的情况和我不太一样，你还有好好把握的机会。别松开手，否则，你可能要留下深深的遗憾。"

　　石良玉的一番话，给了钟全鼓舞，虽不能说为他增加了什么信心，但至少让他想通了一点，有些事情，就算明知付出可能也收获不到回报，但即使白费力气，可能也比留下遗憾心里要来得舒服。

"我知道了。"钟全微笑说，"谢谢你。"

石良玉不确定这笑容里有多少悲喜，但是他能做到的也只有这样了，便说："我希望你坚持下去，我也许帮不上什么忙，但是如果我还有那么一点能帮上忙的地方的话，你就尽管来找我，需要安慰也好，需要支持也罢，我会成为你后盾的。"

"已经足够了。"钟全说，"你让我改变了想法，这已经是给了我最大的帮助。"

第十六章　疾盗之影

林森在球场上，一个人练习投篮。

一扬手，一道漂亮的弧线在空中划过在空中划过，篮球应声入筐。

"好球！"石良玉在一旁鼓掌。

林森转过头来，看是他，就没理会，转过头去，然后去捡球。林森捡起球，直起腰来，石良玉挡在自己面前："喂，挑一局？"

林森没有说话，猛地伏下身子，降低重心，带球前突。石良玉也很快进入状态，向内线跑去。林森抱球，往前跑了两步，石良玉卡位，挡住了林森上篮的路线。林森只好一个跳投，被石良玉起跳盖帽。石良玉夺过球，迅速左右变相，出了三分线，他一边运球，一边对林森说："怎么样，偷袭没成功噢？"

林森还是没有回答，上前抢球，石良玉没让他抢到，但一时之间也进不了内线。石良玉没办法，往后退了几步，突然一个转身，突破进去。三步上篮，球进了！

"怎么样，我技术还行吧？"石良玉略带挑衅地问。

"少废话。"林森上前拿起球，一个跳投，球进了。

"漂亮！"石良玉鼓掌。

"怎么，没去陪那个桀功卿？"林森冷冷地问。

"不提他，我们打球。"石良玉说。

两人又继续竞技起来。

打累了，两人就在球场旁边坐下休息，见林森沉默很久，石良玉开口了。

"对不起。"石良玉说，"我要向之前发脾气的事情向你道歉。"

"向我道歉？不必了。"林森摇摇头。

"怎么，你还生气？"石良玉说，"其实那一段时间，我也挺生气的。倒不是因为我自己受到了什么伤害，而是我不希望有人看不起我的朋友。桀功卿虽然军事训练不如我们，但他有自己的优点，有一些远远超过我们的方面。但和他一样，你也是我的朋友，对你发脾气，这是很不应该的，因为我想维护你的心情和想维护他的心情同样迫切，如果有人说你的坏话，我也一定会对那个人大发脾气。"

能说出这番话，石良玉自己都没有察觉，他已经受了些桀功卿的影响，开始注意说话的技巧了。这番话，既表明了道歉的意思，又说出了自己的态度，还不伤人感情。

"我说不必向我道歉，是因为我已经想明白了。"林森说，"而且先发脾气的是我，老实说，应该道歉的人是我才对。那时候我也不知道是怎么了，因为这件小事生气。其实你想交别的朋友，我应该鼓励你，为你高兴才对。还有，晚会上你创作的那首歌我听到了，确实很感人。我听说，桀功卿现在已经和你成为要好的朋友了？"

"嗯。"石良玉点点头，"你原谅我真是太好了。"

"好了，休息够了就快点起来吧，我们之前的战斗还没有结束呢！"林森说着抱着篮球站了起来。

"你投篮很准，不过射手还是需要人抢断和转球，才有更多的机会得分啊。"石良玉也站起来，"真想我们来打一场配合啊。"

"会有机会的。"林森笑，"不只是这样，我们两把吉他还要找个机会再合练一遍呢！"

"嗯！"石良玉用力点点头，"刺刀和橄榄枝！下次演出要全员一起上阵！"林森忽然又转了个话题，"对了，听说了么？昨天晚上工地失窃了。"林森说。

"哪儿的工地？"石良玉问。

"就是我们大队旁边的这个。"林森说。

"我也听说了。"何庆峰点点头，"真是没想到啊，军校里也会丢东西。"

"因为是工地的缘故，在修新的建筑，平时外面的车子运送水泥和建筑材料都有通道直接进来，这样方便，没想到也造成了安全隐患，多开了个口子，又不在学校门口哨兵的可视范围之内，这才发生了盗窃案。"林森解释说。

"嗯，我也听说了。"何庆峰点点头，"听说还是团伙盗窃。"

"对的。"林森说，"根据被盗走的钢筋数量来看，不是一个人扛得动的。"

"兴许是大力士呢？"石良玉说。

"偷走的是钢筋碎块，要偷的话肯定不可能一块块运，这样搬很多趟也搬不到什么，那就只能装在麻袋里面弄走。一麻袋钢筋的重量可不是开玩笑的。而且就算假设小偷的力气很大很大，那么他也只有两只手，最多只能拿两麻袋吧？但是昨晚丢失的钢筋不只这个数量。当然了，还有一种可能，就是盗贼搬了很多趟。但是如果这么做的话，盗贼胆子也太大了，要知道，每搬一趟都增加了一次被发现的风险啊。"林森分析到。

"从敢偷军校这点上来看，盗贼就已经够大胆了。"石良玉说，"最好别让我遇到，要是我遇到了，肯定给他点颜色瞧瞧！"

"你别说，我们还真有这个机会。"林森说。

"噢？"何庆峰好奇地问。

"大队里面分析过了，说可能盗贼还会再次犯罪，所以决定派出哨兵，在我们大队旁边的这一处工地站哨。如果他跑去别处的工地，那就是别的大队的事情了，但是如果让我在我们大队的哨位上发现他，那我可不会让他逃走！"林森说。

"哨位安排下来了么？"石良玉问。

"还没有，大队长让各队先拿出方案。"林森说。

"如果严喧在就好了，那样的话，我们队的方案肯定是他设计，那我就拜托拜托他，让他把我分在视角最好的位置，这样盗贼出现了，我要第一个发现，冲上去立刻把他们逮了！"石良玉说。

"那么有自信？"林森笑着问。

"那当然！"石良玉肯定地回答。

"听说了么？昨天晚上工地失窃了。"钟全说。

"工地？"桀功卿问，"哪边的？"

"我们大队旁边的。"钟全说。

"糟了，又有事情要忙活了。"桀功卿说。

"嗯，增设哨位是肯定的。"钟全说。

"让我算算，巡逻哨，固定哨，四人一班，夜间站哨，每班一小时的话，

181

轮到我们要……"桀功卿掐着手指算了起来。

"别算了，总之跑不掉就是了。"钟全笑着说。

"算了，站就站吧，早点把小偷抓到，就早点撤掉这些哨位吧。"桀功卿说。

"要抓到也不是那么容易呢。"钟全说。

"不容易？"桀功卿问。

"嗯，你想，对方是来工地上偷东西，工地上能偷什么？无非是钢筋水泥一类的吧。假设他偷的是钢筋，那么作案手法是什么？"钟全开始分析起来，"要么是偷走整根的钢条，要么是将这些钢条切割细化，或者直接去捡拾一些钢条的碎块，将其整装打包。"

"嗯，的确是这样。"桀功卿说，"将铁块等等进行打包，之后如果是团队作案的话，的确也有可能将这些东西搬出去，但是这样做风险就太大了，搬着一麻袋的钢筋碎块，就算力气再大，肯定也是走不快的，所以更可能的是有车辆接应。偷东西的话，最方便的要算面包车吧，成本较低，容量还特别大。"

"看不出来，你挺有犯罪天赋的啊。"钟全笑。

"那是，还好我来当兵了，站在了正义的这一方，要不然全人类就要面临一个犯罪天才的威胁了。"桀功卿说。

"你就扯吧。"钟全笑，然后想了想，说，"因为有车辆支援，所以盗贼在工地上所要花费的时间只是收集碎块和从收集完成到上车的这一段时间。工地里面是怎么样的我没有详细观察过，不过如果碎块都是堆放在一起的话，那么盗贼要用的时间就更少了。工地盗窃和入室盗窃不一样，小偷不用开锁，不用翻箱倒柜，可以说对方的难度降低了很多，那么相对而言的，我们这边要抓住对方的难度就上升了。"

"嗯，你分析得对。"桀功卿说。

钟全笑着说："不过对方充其量也只是一个小偷而已，而且还只是个捡拾钢筋碎块的小偷，一定不是我们对手的。"

"小偷没什么，可一群小偷竟然敢偷到军校来，那就很让人发火了。"桀功卿说。

"石良玉，起床了。"何庆峰说。

"嗯。"石良玉猛地一起身，"到我们上哨了，对吧？"

"是的。"何庆峰点点头，"快点穿衣服吧。"

两人整理好着装，就往工地走去。

"站住，口令！"巡逻哨兵举着电筒照了过来。

"焰，回令！"石良玉站立着喊。

"火。"回答过后，上一班巡逻哨兵走了过来，"来接哨的？"

"嗯，之前有发生什么情况吗？"石良玉问。

"什么都没有发生。"那人回答，"你们来早了，还有十分钟呢。"

何庆峰望了石良玉一眼，对这边解释说："那家伙太兴奋了，穿好衣服差不多是小跑着过来接哨的。"

"嘿嘿。"石良玉傻笑。

"警棍二根，对讲机一部，手电筒一个，请检查设施。"上一班哨兵说。

"设施完好，请下哨。"石良玉回答。

把东西交接清楚之后，两人就开始绕着工地巡逻起来。

"你说我们会遇到小偷吗？"石良玉问。

"概率不大。"何庆峰想了想说。

"不过，到这里一看，环境真是和想象中的有些区别。"石良玉说，"首先，工地走起来比看起来要大，还有就是夜里这么暗，能见度也太低了，虽然有手电筒，但是这样的话，能照到的地方也只限于一处而已。"

"所以了，这才体现了楼上那班固定哨的作用，他们借着楼顶探照灯的光能保持有一片固定区域的清晰视野，如果小偷在那片区域的话，能在第一时间通过对讲机通知我们进行抓捕。"何庆峰解释说。

"那么如果小偷根本就没有经过探照灯下的那片区域呢？"石良玉问。

"那……就只有靠我们在巡逻的时候发现他们作案了吧。"何庆峰说。

"我总觉得这有点不靠谱。"石良玉说，"不过另外一个角落应该还有个固定哨吧。"

"嗯，在车子里有个暗哨，但是观察的范围也有限。"何庆峰说，"不过好处是藏在隐藏在工地的车辆当中，所以很难发现，对方有可能不知不觉就掉到陷阱里了。"

"哦，也是配备警棍、电筒和对讲机的二人组吧？"石良玉问。

"对的。"何庆峰点点头。

"好无聊啊，说好的小偷呢？"石良玉叹着气说。

"按照这个速度，再走一圈，我们就可以下哨了。"何庆峰看看表说。

"可是我想亲手把小偷抓到啊！"石良玉不甘心地说。

"别纠结了，可能小偷今晚根本就不会来。"何庆峰说，"不过这也是好事情啊，小偷不来的话，这件事情慢慢地也就可以结束了。"

"我本来以为多少还能发生点什么呢。"石良玉说，"这算是我们第一次执行实战任务吧？"

"算是吧。"何庆峰想了想说，"虽然是校内的，不过和演习不一样，是真的有小偷来了。"

"是啊，第一次任务呢，听起来多么令人激动的事情啊。不过实际上却只是绕着工地走了几圈。"石良玉说。

"好了，别不甘心了。"何庆峰说，"下次还有机会的。"

石良玉无奈地点点头。

"那边有人。"何庆峰拿电筒照照，"应该是接哨的来了。"

"站住，口令！"石良玉冲着那个方向大喊。

"焰，回令！"下一班的哨兵说。

"火。"石良玉和何庆峰走过去。

"怎么样，有没有发生些什么？"下一班哨兵有些兴奋地问。

石良玉无奈地和何庆峰对视了一下。

"你们昨天是怎么搞的！"队长怒气冲冲地大声吼着，"我不知道是你们哪一班哨兵出了问题，但是东西失窃了，你们每个人都有责任！我也有责任！今天再给你们一次机会，如果不能把人抓住，看我怎么收拾你们！解散！"

石良玉挠挠头："怎么回事啊？明明什么事情都没发生啊，怎么东西又丢了？"

何庆峰摇头说："谁知道呢？"

"会不会是有哪一班哨兵偷懒了？"石良玉说，"有谁没好好执勤，偷偷溜去哪个角落打瞌睡，结果正好这个时候小偷来了。"

"是有这种可能，不过可能性很小。"何庆峰说，"这么巧的事，不容易发生。"

"那还有什么别的可能性？"石良玉问。

"这我想不出来。"何庆峰说，"不过我猜小偷可能是走了一条我们都发现不了的路线把东西弄走的。"

"就算小偷能避开楼顶上的探照灯走，他们也没办法判断巡逻哨巡到哪里了啊。"石良玉说，"而且不是还有一班躲在车子里偷偷观察的暗哨吗？"

"巡逻哨绕着圈子走，拿着一把小手电筒，能观察的区域很小，对方要避开也不难，只要对手电筒的灯光多加留心就行了。不过那个暗哨的位置又隐蔽，视角也不错，虽然观察的区域不是很大，但是是处在通道的地方，可惜也没有看到小偷。"何庆峰说。

"这可怎么办啊，一点头绪都没有，东西丢了，小偷没抓到，队长还发火了。"石良玉说。

"这我也没办法啊。"何庆峰说。

"要么我们去问问看那个家伙。"石良玉说。

"谁啊？"何庆峰问，"林森？"

石良玉摇摇头，然后笑着说："问一个最擅长战略布局的人。"

"这么说来，当时你们什么状况都没有发现？"钟全问。

"是啊。"石良玉点点头，"就像我和你描述的那样。"

"我觉得那条路线是可能存在的。"桀功卿发表评论，"一条较为隐秘的路线，能避开哨兵的观察范围。"

"这个也只有我们去看看才知道了。"钟全说。

"好吧，那去现场？"石良玉问。

钟全点点头。

如果只是向平时路过时候那样远看的话，并不会觉得，这片工地其实还挺大的。白天，由于正在施工，所以有些地方不方便查看，大体的地形钟全心中有数了。

"如果是夜里的话，在这辆车所在的位置，也就是暗哨，视野的可见范围大概是多少？"钟全问。

"我和何庆峰巡逻的时候经过这里，大概能看完这栋楼的侧面，还有一些前面的区域。"石良玉想了想说。

"你们绕着走完一圈要花多少时间？"钟全又问。

"接近二十分钟吧。"石良玉说。

"怎么样，有什么想法么？"桀功卿问钟全。

钟全点点头："有些想法了，但是很多事情还要证实。桀功卿，你说，从我们天台往下看，在探照灯的光照下，可见范围是多少？"

"我之前和钟全等楼顶往下看过，夜里很暗，所以可见的区域基本也就等于灯光照到的区域。"桀功卿说，"也就是从大队楼前，到工地前面的这一部分。"

"嗯。"钟全又点点头，"我们再去看看最关键的一个地方。"

"最关键的一个地方？"何庆峰问，"是哪里？"

"我猜。"石良玉若有所悟，"应该是放钢筋碎块的地方吧？"

"就是这里了。"石良玉说。

"我有个问题。"何庆峰说，"既然对方偷的是钢筋碎块，那为什么不直接只在这个地方设一个哨位就好了？"

"因为小偷可以去偷别的东西。"钟全说，"虽然不如钢筋值钱，但是工地上的铁钉一类的东西，也是可以当废铁卖的。要防止损失，只有确保整个工地都不发生失窃才行。我想，队领导在设计哨位的时候就是这么考虑的。"

"我明白了。"何庆峰点点头。

"不需要去门口那边查看一下吗？"桀功卿问。

"工地开设的门口……为了方便卡车进出而新打开的，学校本来并没有的门口……"钟全思考起来。

"对啊，不需要去看看那个门口吗？"石良玉问。

桀功卿把食指放在嘴边，示意石良玉不要打扰钟全思考，石良玉会意地点点头。

过了一会儿，钟全说："不必了，不需要去那里看。跟我来一下。"

说着，大家跟着钟全一起走到了沙堆旁边，钟全捡起一颗长钉就在沙堆上画了起来："你看，这就是我们现在所在的位置，这边大概是门口，这边是我们大队的营区，用虚线圈起来的地方是探照灯照得到的地方，用弧线围起来的地方是车辆里的暗哨能够观察到的范围，而这一条线则是通常巡逻时候的行进路线……"

"对的。"桀功卿点点头。

钟全继续说："那么，我们假设接应小偷的车辆停在街道上离这片工地最近的位置，也就是这里，钢筋碎块放置的位置，也就是我们现在所在的位置，这个点，中间隔着这座还没修好的大楼……"

"我们未来的食堂。"桀功卿纠正说。

"好，就算是我们未来的食堂吧。"钟全微笑着轻轻摇摇头，"也就是说，这一段距离并不是很长，假设小偷能够准确找到这个位置，那么从车辆上下来，到这里取得钢筋，再返回车辆，这一段距离来回从沙堆上来看大概等于你们巡逻时走半圈的距离。通过小跑或者快步走的话，能在路途上节省时间，也就是说，如果小偷是跑着来这里的，那么他们直到返回车辆，一共需要花费十几分钟。"

"这个十几分钟是什么概念？"石良玉问。

"这个十几分钟，是只要确定你们恰好离开这个位置，然后立刻对这里实施盗窃，那么在得手之后你们巡逻至别处，根本来不及转回来发现这一切的时间长度。"钟全回答。

"啊呀，那怎么办？"石良玉着急起来。

"钟全，你刚才说，对方要确定我们恰好离开这个地方，那他们是怎么进行确定的？"桀功卿问。

"灯光。"钟全回答，"只需要直接用眼观察就好，在漆黑的夜里，如果哪里亮起了手电筒的灯光的话，还是不难被观察到的。"

"哦，我明白了！"石良玉说，"只要我们巡逻的时候把灯关掉就行了？"

"恰恰相反。"钟全微笑着说，"我们反过来还要利用这一点。"

"对的。要利用这一点。"桀功卿点点头，"不过有个地方我没想清楚，直接走这条路回去的话，路上还是能够被暗哨观察到的吧？如果绕路走的话，又会大幅延长时间，那么就增加了被巡逻哨兵发现的危险了。"

"对，这也是我刚才特别考虑过的地方。"钟全说，"对方也是很聪明的人。"

"噢？"桀功卿问，"运用了什么窍门吗？"

钟全点点头。

夜里。

"本来今天应该轮到钟全他们队站哨了，没想到队长不甘心，向他们队长提出还是我们队站哨。"何庆峰叹了口气说。

"别说队长，我也不甘心啊。"石良玉说，"东西是在我们队站哨的时候丢的，那么小偷也得我们亲手抓回来才能消气！"

"不过不知道小偷会不会选择这个时候来。"何庆峰说。

"钟全说了，小偷这个时间段来的概率很大。"石良玉说，"十一二点钟的时候，路上街道还有些出去喝酒晚归的行人，要避人耳目，选这个时间段不方便；等到了凌晨三四点，这个时候又几乎没有任何车辆行驶了，如果有辆车突兀地开到我们学校附近也很容易引起注意，所以小偷很可能选这个时候来，一两点钟的时候，街道上几乎没什么行人，但偶尔会有车辆驶过的这个时间段。还有，就算小偷这个时候确实不来了，那我还有后备方案。"

"什么后备方案？"何庆峰好奇地问。

"嘿嘿，是这个。"石良玉笑嘻嘻地从口袋里摸出了几片槟榔，"重口味提神醒脑含片！要是我们这班哨没能把小偷抓住，那我下了哨也不回去了，继续留在工地里蹲守，直到抓住小偷或者确定工地一宿平安为止。"

　　"这也太有决心了吧？"何庆峰略一惊讶，不过想来也像石良玉的风格，"那么，按照计划行事吧。"

　　石良玉点点头。

　　"不许动！"石良玉的电筒打在面前的这两人身上，这两人一愣，马上丢下背着的钢筋跑了起来，石良玉一边追一边通过对讲机呼叫躲在车里的两名暗哨哨兵，让他们迅速赶过来。

　　小偷的腿脚不慢，但是石良玉的速度更快，快要追上时，他顺手脱下系在腰间的武装带，往前一脚踢在前面那个人的小腿上，把人踢倒在地，然后用武装带把他双手在背后反绑起来，这时候，何庆峰听到动静，也赶来将另一个人拦下了。

　　"胆子挺大啊，偷到军校来了！"石良玉大声喝问面前这个人。

　　那人的视线战战兢兢地四处飘着，似乎还不甘心于被抓到这个现实，还在找机会想要逃跑。

　　"告诉你，逃跑是不可能了，一会儿我的战友就过来增援。何庆峰，你那么搞定没？"石良玉大声问。

　　"搞定了！"何庆峰回答。

　　"是谁想出来这个策略的？挺聪明的嘛！"石良玉说，"从在门口处候着，看到巡逻哨的灯光离开这个位置了就马上进来，把钢筋碎块装好，当然咯，路线是要绕开那辆车的可视区域。我不知道你们是怎么知道车里有暗哨的，不过这个观察力可真是专业级别的了。然后呢，因为绕了一小段路，所以耗费了一些时间，如果回去的时候再这样绕路走，那么无疑是会被绕了一圈回来的巡逻哨哨兵撞见的了，所以你们干脆不走原路返回，而是把钢筋丢进这栋还没修好的大楼里，人再翻窗进来，穿过大楼，同时也是利用作为掩体，躲过暗哨哨兵的视线。这时候移动到大楼的这一侧，只要观察到巡逻哨再巡过这个位置，你们就可以翻窗出去离开了。虽然本来只需要十分钟的过程，改用这个策略的话要用到二十分钟才能完成，但是这样做的话被发现的概率却大大减小。"

　　"你都知道了……"被抓住的那个青年颤抖着声音说。

　　"可惜啊，虽然你们头脑不笨，我们这边却又一个更加聪明的军师。"石良玉笑着说，"他说，关键就在于门口的位置，在那个位置上，无论是巡逻哨，还是车里的暗哨，都是看不见的，就更不必说楼顶上的观察哨了，值得注意的是，去往门口并非只有一条通道，通过穿过这栋楼来实现第二通道也是可能的，走这条路的话，直到离开门口都很难有人发现，可以真正做到神不知鬼不觉。他不仅猜出了你们的方案，还一下子就想出了相应的对策。本来两人的巡逻哨，走到这个点的时候两人就悄悄分开，我的战友继续巡逻，向你们制造已经可以开始偷窃的假象，当你们按照计划进行的时候，却没想到我已经在大楼内侧的窗口旁蹲守了。"

那个青年叹了一口气，似乎终于承认了自己被抓住这一事实。

"但是有一点就连我那个军师也没有确切地说出来。"石良玉好奇地说，"你们究竟是怎么知道那辆车里有暗哨的？难道刻意去观察过？"

"我们没有那么做。也一直没有确定车里有暗哨，不过只是猜测罢了，计划是按照假定那辆车里有暗哨这一先决条件来进行的。"那个青年人说。

"反侦察意识不错啊。"石良玉感叹了一句。

后来，暗哨的两名哨兵也赶到了，然后是联系队领导来处理剩下的事情。石良玉的队长很高兴，要给石良玉报大队嘉奖，石良玉没有贪功，把钟全破解对方计划并且设计对策的事情说了出来，石良玉的队长和钟全的队长一联系，最后，石良玉、何庆峰、钟全三人都报了大队嘉奖。

事后，石良玉笑着说，嘉奖事小，不过，亲手抓到小偷的感觉真棒。钟全则只是微笑。桀功卿明白钟全的意思，连忙夸他，还是钟军师最聪明了，钟全谦虚地摆手，说哪里哪里。

大队一方面授予了三人嘉奖，另一方面继续保留哨位。学校处于转型期，很多建筑都还在规划或者施工之中，工地分散而且面积都不小，的确存在着潜在的不安全因素。大队要求哨位继续保持，并且向学校递交了建议，直到学校做出了一些具体的安保措施，又确定了这片工地没有其他盗窃团伙盯上时，才取消了哨位。

而这几天当中，桀功卿把"站夜哨好困"抱怨了无数次。

第十七章　青春何解

春天来了，一切都是要复苏般的样子，春意不只是渲染了整片天地，还渗透进每个人的心里。

但桀功卿却并没有开心起来。

昨天，他给母亲打了通电话，闲聊了很久，其中母亲提到，王伯伯转业了，他自己的意思。

那个曾经给自己做思想工作，劝自己安心留在军校的人，竟然选择转业了？桀功卿有些想不通。

的确，现在价值取向多元化。但是，在部队的这段时间里，桀功卿相信很多人都会经受洗礼，既是肉体上的，也是心灵上的。人们在这里会重新认识军人这个词，认识自己肩膀上的责任。

把自己最好的青春贡献给祖国，这就是桀功卿对于这一责任的认识。以后的事情他也想过，那就是等自己的青春结束了，心中不再充满热血的时候，他该何去何从。桀功卿思考的答案是，他会继续走下去。他不仅想把军人当成一时的职业，更想当成一生的身份，因为他在军营里重铸了自己的灵魂。

流过血，流过汗，也流过泪。

虽然也抱怨过军营里不自由，抱怨过在这里太辛苦，但是让他离开，他舍不得，做不到。况且身边有那么亲爱的战友，身后有那么多尊敬的长辈在支持着。

桀功卿一度以为，王伯伯也会像自己这样想，然后在部队干一辈子。当然了，现在人的价值观越来越多元化，选择脱下军装走另一条路，也不是多么匪夷所思的事情，但是，桀功卿心理上的这关就是过不去。他总是觉得有什么东西堵在胸口，让他不舒服。

就好像，有人告诉你要向前，而说这话的人却停在原地。

就好像，有人告诉你要往左，而他自己选择的却是往右。

总会让人有种被出卖了，被抛弃了的感觉。

桀功卿无奈地叹了一口气，抬头看看天空，上面没有一颗星星。

"功卿，怎么了？"戴铭问。

"你怎么也上来了？"桀功卿反问。

"上来看看工地里有没有人在偷东西。"戴铭说，"抓住小偷能得个大队嘉奖呢。"

"不好笑。"桀功卿摇摇头。

"那我就没办法了。"戴铭微笑着说，"我妈生我的时候，光想着把我脸蛋生漂亮点了，没注意到多生点幽默细胞。"

"这也不能成为你拿冷笑话冻结我体温的借口吧。"桀功卿说。

"说真的。"戴铭靠在栏杆上问桀功卿，"看你打了个电话就变成这样了，和女朋友吵架了？"

"电话是给家里打的。"

"和老妈吵架了？"戴铭问。

"没。"桀功卿说，"戴铭，你说你是为什么要当兵啊？"

"啊，这个问题又来了。"戴铭叹了口气说，"我政审不是通过了么？"

"说说看嘛。"桀功卿说。

戴铭摇摇头，忽然他想起什么似的，说："我怎么记得那时候钟全也是这么问我的？"

"钟全……"桀功卿说，"我知道，他来这里是因为憧憬。"

"是啊，他的动机才是最初的一个。"戴铭说。

"还有更纯的呢。"桀功卿说，"许志彬说他是专程跑来报效国家来着。"

"那就不只是动机纯，简直是思想伟大，境界崇高了。"戴铭说。

"我是家里人让我来的。"桀功卿说，"我都不好意思说，是因为我母亲说读军校不用找工作。"

"我知道啊，你妈逼的。"戴铭问。

"你这话我怎么听着那么别扭？"桀功卿闭上了眼，把身体靠在墙壁上。

"你的事情我知道的啊。"戴铭说，"可是后来你心态不是改变了么？自愿留在这里了。用钟全那家伙的话说，就是适者生存。"

"钟军师的话总是很有道理的。"桀功卿说，"如果不在心态上适应这里的话，日子会越过越辛苦；相反，如果内心上接受了，主动适应这里，那么很多苦难都可以克服，这就是适者生存的道理。"

"你知道这个道理，现在还苦恼什么？"戴铭问。

"你还知道万有引力定律呢。"桀功卿说，"制造个人工黑洞我看看？"

"那你是怎么突然思想动荡了呢？"戴铭问。

"家里的一个朋友，部队的，就是王伯伯，我高中的时候他劝过我读军校，我之前在学校思想动摇的时候他还跑来当说客让我安心服役，现在我安心服役，他却转业了，总让人有种不爽的感觉。"桀功卿说。

　　"什么感觉？"戴铭笑着问。

　　桀功卿摇摇头："感觉你一直相信着的东西，其实不一定是真的啊。我之前还觉得他要在部队干一辈子呢。"

　　"在部队能干一辈子的人是很少的。"戴铭说。

　　"我有点儿伤感。"桀功卿说。

　　"还没完呢。"戴铭继续说，"你在墙内待久了，就越来越看不懂外面的世界，你不知道外面的人们耳塞里流行哪首歌，也听不懂潮人们嘴边的新词汇，看不懂网络上流行的符号，跳不出热辣又新奇的舞步。这些还只是表面上的东西，可怕的是你连思维方式和行为模式都变了，你有着和身边的人都格格不入的观点态度。你过马路的时候，看到别人闯红灯都不敢跟着，你会想，这不是违反纪律的吗？纪律是什么？在别人眼里，纪律就是拿来违反的，规则就是拿来破坏的。但你不敢，你会觉得，纪律是天一样大的东西，而这个观点，是你以前犯错时跑了无数个五公里，被罚抄了一遍又一遍的条令条例才学会的，根深蒂固。你和周围的人们格格不入，他们笑你是傻大兵，你就不知道怎么还口，因为你也就是个傻大兵。你过去会打扫卫生，会紧急集合，会队列行进，你现在还是会这些，也只会这些，可一离开部队，这些，就都没有用了。"

　　"唉。"桀功卿叹了一口气。

　　戴铭说："我还得继续说下去。你会觉得，我在部队奉献了自己的整个青春啊，怎么等我老了，部队就让我转业了呢？因为你已经不适合了，不仅是不适合外面的社会，也已经不适合越来越追求年轻化的部队了。你老了，你再也不能在单双杠上翻手转身，你再也不能在障碍场上奔驰疾走，你再也不能冒着风雨，在哨岗上挺直腰板，双目炯炯有神地看着前方。部队需要年轻的血液，只有这些年轻的血液，才能保持我国国防力量的血脉顺畅，才能坚守我们国内的安宁。你老了，老得只能叹息，只能缅怀，只能心伤。铁打的营盘流水的兵，你流走了，营区还在，但，那已经不再属于你了。洗漱间的铁架上不再有贴着你名字的脸盆，营门自卫哨的哨表上也不会再出现你的名字，当太阳升起时，投下的第一束阳光也不会透过窗打在那架铁床你的脸上，因为你，已经不在那里了。"

　　桀功卿没有说话，只是看着戴铭，看着他。

"我无数次幻想这样的画面，也知道有一天它终将来临，我知道我还有那么几年可以挥霍的青春，但是就像我已经失去的童年那样，也许一眨眼，我就要失去它。我知道它每分每秒都在流走，握紧拳头却不能把它抓在手心。一切都不能改变时间，时间却可以改变一切，这太残忍了。"戴铭笑着说，"所以有些时候，在时间面前逃跑，未尝就是懦弱和失败的选择，而只不过是无奈罢了。我想，你那个王伯伯选择现在转业，也只是想赶在被迫的那一天到来前能有点主动权。现在转业，人还年轻，再去闯一闯，或许又有一片新的天地。别等到橄榄绿老成了枯草黄，再去空落泪吧。"

"你这么说我也有些能理解他了，可是旧的问题去了新的问题又来，那就是我自己以后的路要怎么走。"桀功卿说，"我不想像你说的那样，等到有一天老了在部队干不下去了被迫接受专业，却发现来到社会上什么都干不了，又不愿意动摇以前立下的决心，那个说要一辈子在部队干下去的决心。"

"那你就只能一路干下去了。"钟全说，"一路往上走，比所有人的步伐都坚定，这样你才能挤走其他人，把那种老来垂泪的命运挤给其他人，你自己走到金字塔的巅峰。在那巅峰上，已经站不下太多的人，剩下的只有和你一样的坚定者。你以前的战友都已经各奔前程，只有你坚持到了最后，可以享受金字塔下方的人仰望和羡慕的目光。你说出的话会变成命令，虽然这时候你也已经老得每说一口话都要喘上几口，你将运筹帷幄，虽然你心里也觉得是该把权力交给年轻人了。可年轻人还走在你过去的路上，他们在你曾经在地方，也许就在这里，也许那时候他们也会在夜里交谈着，迷茫，困惑，然后互相倾诉，互相安慰。"

"但是这不容易。"桀功卿说，"据说，能爬上金字塔的动物只有两种，一种是展开翅膀就能遨游苍穹的雄鹰，一直是虽然缓慢但是稳步前进从不会跌落的蜗牛。你觉得我比较像哪一种？"

"你当然是大鹰。"戴铭低头盯着桀功卿大腿内侧说。

"别闹，我认真的。"桀功卿给戴铭肩膀上来了一拳。

"你应该是鹰吧。"戴铭说，"锐利，高傲。"

"我也喜欢鹰，可我不是。我有这么一双眼睛，单眼皮，不太帅，但是视力好，像鹰眼一样，能帮我锁定目标，所以我射击得打准。但是我不是鹰，我没有翅膀，我不能想着上去，就马上飞到了很高的位置，我做不到。但我又不是蜗牛，我比不了蜗牛的耐心，毅力，坚持。我会困惑，也会动摇，我只是个普通人，我会害怕，也会有想要逃避的时候。"桀功卿说。

"你没那么平庸，相信我，我看人还算准的。"戴铭说，"虽然你是个混蛋，可我相信你能有辉煌的未来。"

"这种祝福语一样的口吻真让人信不过。"桀功卿笑，"不过但愿吧，但愿我们都能有辉煌的未来，辉煌得……就像……刚炒出来的回锅肉那样。"

两人都抬起了头，看着天空，天空中没有星星，但两人仿佛看到了各自的未来，在天空之中代替星辰闪烁。

雨淅淅沥沥地下起来，一改这座城市往日不痛快的风格，变成了彻底的宣泄。春天的雨里不知是否隐藏着什么秘密，让人很想在雨中酣畅地淋一场，去探知那个秘密的究竟。

"怎么对着窗外发呆？"桀功卿问钟全。

"在想她了。"钟全这次毫不避讳。

"想她就去给她打电话啊。"桀功卿说。

"我怕。"钟全说，"每一次打电话都是一次尝试，是尝试我就会有期待，而尝试的结果无非成功和期待，总是对半开。百分之五十的概率太大了，我害怕结果是失败。"

"又不是一个电话定终生。人总是要犯错的，但是你看，整个人类的发展史，其实也就是人们不断犯错误，不断反省，然后修正错误取得成果的进步史。失败是成功之母，但失败还不仅仅是成功之母，某种意义上来说，它和成功根本就是一个统一的整体，就像一个硬币有正反两面，但是其实这两个面都是硬币本身。"桀功卿说。

"真有哲理。"钟全笑，"可是这只是世界观，我需要方法论。"

"方法论就是，不要以为害怕失败而不去尝试，放弃本身就是一种失败。"桀功卿说。

"你说的话是很有道理，但是感情里面所有道理都是行不通的，但是另外一个领域，有些人畅行无阻，有些人，比如说我，举步维艰。讲道理，就讲不了感情了。"钟全说。

"那你就顺着感情走，勇敢点。"桀功卿笑着说。

"我也想勇敢，不过在这方面，我实在勇敢不起来。我平时不是这样的人，但是在爱里我是自卑的。我会变得畏畏缩缩，再也设计不出好的布局，也没有行动力去完成什么漂亮方案，我只会笨拙地一步步地走，然后一举一动都显得生硬。"钟全轻轻叹气说。

窗外是一片阴霾和落不尽的雨滴。

"我一直在想。"钟全说，"我现在还不够好，我需要时间。如果给我足够的时间，我有自信变得优秀，变得有足够的资格被爱。"

"人人都有被爱的资格，不需要那么优秀的。"桀功卿说。

"不优秀的人可以被爱，但是优秀的人才可爱。"钟全回答。

"能把感情当成让自己进步的动力，这也是非常了不起。"桀功卿说，"你现在就已经很优秀，很可爱了。"

"功卿，你看，这雨还挺美的啊。"钟全趴在宿舍窗架上说。

"是啊。"桀功卿点点头。

"不知道天为什么又哭了。"钟全说。

世界压迫在喉

吞不下也说不出口

满眼都是沮丧

满腹都是哀愁

撑开的肩胛

负担未来和以后

压弯了的背脊

运输沉重的呼吸

心深埋在土壤里

情绪便渲染了整个大地

我伤悲的时候

天空就下起了雨

"所以呢，我推断银价会小幅上涨……"电话那端的莫默说。

"我是没听懂。"桀功卿说，"不过你推论出这个来是为了什么？"

"期末论文啊。"莫默回答。

"期末论文？"桀功卿笑，"原来一个学经济的大学生就能从世界格局我国形势一路分析到贵金属价格波动啊，难怪华尔街的几个金融巨头能够搅得全球都动荡不安。"

"是这样吗？我还以为全球动荡不安是因为你待在学校里面没有办法出来守卫世界和平呢！"莫默调侃说。

"不和你胡扯了，浪费电话费。"桀功卿看了看表，时间不早了。

"我们之前说过的每一句话，请问有哪句不是胡扯？请举例。"莫默说。

桀功卿想了想："没有。"

"功卿，现在是季节变化的时候，要注意保暖，别感冒了。还有……"莫默补充说，"这句不是胡扯。"

"我知道了，你也是。"桀功卿说。

"那我挂咯？"电话那头问。

"嗯，挂吧。"

"真的挂咯？"

"快挂。"

五秒钟后。

"你怎么还没挂？"桀功卿问。

"算了，你先挂吧。"莫默说。

"你先。"

"猜拳决定？"

"好，我出布。"桀功卿说。

"那我出剪刀，好，你输了。"莫默说，"快挂吧。"

"骗你的。"桀功卿说，"其实我手上出的是石头。是你输了。"

莫默一听有些要发火："你二啊？"

"我觉得我们都挺二的……嗯，那挂了。"桀功卿说。说着，他把听筒拿离了嘴边。

过了五秒。

"哈，骗你的，其实我没挂！"桀功卿把听筒扯回来笑着说。

"滴、滴、滴、滴……"

电话那头传来响声。

"我说你啊，打个电话还那么腻歪。"钟全走过来说。

"没有，和同学聊聊外面的世界格局。"桀功卿说。

"得了吧。"钟全笑着说，"肯定是莫默。"

桀功卿耸了耸肩，没有回答。

"好了，现在到我了。"钟全走到电话机旁说。

"嗯。"桀功卿点点头，把电话卡抽出来，"打给梁珏？"

"嗯。"钟全回答。

"想好要说什么了吗？"桀功卿问。

"想不出来。"钟全摇摇头，"不去想了，太刻意了，话说到哪里就往下顺着说吧……如果没什么好说的，那就挂了吧。"

桀功卿点点头。

"怎么样？"桀功卿问。

"还行吧。"钟全笑着说。

"看你的表情就知道应该聊得不错。"桀功卿微笑说。

"呵，还行。"钟全笑。

"光是聊着开心可不行啊。"桀功卿说，"改天再约出来见面吧。换个有情调点的地方，别去吃小吃了。让她快点到你碗里来。"

"你才快点到莫默碗里去。"钟全说，"不过你的建议我采纳。再说说看吧，什么地方比较有情调？"

"我也不知道，不过，一般是不是大多数人都会选择摩天轮、水族馆、电影院一类的地方？"桀功卿问。

"你呢？你和莫默喜欢去哪里？"

"桌游店，台球店之类的。"

"这样啊……"钟全又陷入了思考。

"她的情况不一样。"桀功卿说，"她去这些地方，是喜欢证明给别人看，她玩牌玩麻将很强，她打台球很强，她唱歌也很强，她还会点调酒。"

"原来是这样。"钟全恍然大悟。

"所以她的性格不适用于大多数女生。"桀功卿说，"她比很多男生都还要强。"

"你还真是了解她。"钟全笑着说。

"当然了。"桀功卿点点头，"我和你说过的，我和她从小就认识了。"

"有可能的话，真想认识看看啊，你说的那个哥哥……"钟全说着忽然意识到了什么，"啊，抱歉。"

桀功卿摇摇头："有可能的话，我也想再见到他，可是自从他那次失踪之后，就再也没有音讯了。很多时候我都怀疑，他是否还在这个世界上，也许，是这个时代不够好，还配不上有个那么优秀的人吧。"

"石良玉，你觉得人是单纯一点好呢，还是复杂一点好？"桀功卿问。

"单纯一点好吧。"石良玉说。

"为什么呢？"桀功卿又问。

"单纯的人，不那么累。"石良玉说。

"有道理。"桀功卿点点头，"你觉得你是单纯的人，还是复杂的人？"

"我是单纯的人。"石良玉说。

"为什么呢？"

"要是能够回答得上为什么，那我就是个复杂的人了。"石良玉说。

"我总是很困惑。"桀功卿说。

"困惑什么？"石良玉问。

"不知道。"桀功卿说。

"那你真的是很困惑。"石良玉说。

"也不是啦。"桀功卿摇了摇头，"就是遇到了一些事情，对我以前的一些观念产生了冲击。"

"那就借这个机会，打破以前的观念，再树立个新的。"石良玉说。

"谈何容易。"桀功卿笑，"对了，你觉得钟全优秀吗？"

"很优秀啊。"石良玉说。

"最近因为感情上的事情，他心里又有想法了。"

"我相信他，能做好的。"石良玉微笑着说。

"我在任何事情上相信他，但是他说感情是一个不讲规则，没有逻辑的世界。在这样的世界里，我就有点担心他了。"

"我还是相信他。"石良玉仍旧微笑着，"给予他百分之一百二十的信任。"

"那么相信他？"桀功卿问。

"因为现在我什么也帮不上忙，能够给他的，也就只有信任了。"石良玉说。

"那还真是挺让人感动的。"桀功卿笑。

"桀功卿，你是复杂的人。"石良玉说。

"是啊，这样不是很好呢，可以改吗？"桀功卿问。

"恐怕没有办法吧。"石良玉想想说，"通常的说法是叫多愁善感么？"

"我不喜欢那么文艺的词。"桀功卿说，"你就说我情绪化吧。"

"嗯，情绪化。"石良玉说，"情绪化也有情绪化的线条。不像我，神经大条。"

桀功卿笑着说，"这样也蛮好，简单，容易开心。"

"你在想什么，就都告诉我吧，虽然我不像钟全那样，能马上跟上你的思维，知道你在讲些什么，知道你哪句话背后分别对应着怎样的喜怒哀乐，但是我还是会认真地听着，也会努力地去感受。我知道就算我感受到了和你一模一样的悲伤，你的悲伤也不能因此减少一半。但至少……"石良玉说，"但至少这样的话，你的悲伤，就不孤独了。"

"我的悲伤，就不孤独了……"桀功卿玩味着这句话，"哈哈，好感动。

是谁说你神经粗来着？我觉得你挺细的嘛！"

"那个，虽然好像是在表扬我……"石良玉挠挠头说，"总觉得听起来有些怪怪的。"

"石良玉，听说学校准备开办社团了，你想报名什么社啊？"何庆峰问。

"我已经听说了。"石良玉说，"这还用考虑吗？散打社啊！"

"听说你以前就学过散打？"何庆峰问。

"嗯，学过一段时间，但是因为要上学的缘故，也没投入太多精力和时间在那上面。"石良玉说，"现在好了，可以痛痛快快地练习了。"

"不过不知道像我们学校这种情况，社团能不能办起来。"何庆峰有些担心。

"的确，我们学校的时间安排太满了，根本抽不出时间来玩社团嘛。退一步来说，就算有时间，平时队里要管控着人员，我们也不能到处乱跑啊。"石良玉说。

"不知道学校怎么安排。"何庆峰说，"希望学校能有妥善的解决方案。"

"不过要是有个社团参加那还真是好啊。"石良玉憧憬地说，"这样就和地方大学一样了。"

"就是啊，大学生就是应该玩玩社团，不然都感觉少了什么似的。"何庆峰说。

"那你呢，你想选什么社团？"石良玉问。

"法律吧……"何庆峰说，"法律社。怎么样，听起来是不是特别有厚重感？"

"厚重感……"石良玉挠挠头说，"听起来是蛮严肃的。"

"我主要是想选个能学到些东西的。"何庆峰说，"法律这东西，以后学来有用。虽然我们不出去当律师，但掌握一些基本法律法规，然后再重点掌握武警法，以后在行政工作中应该也能起到不少作用。"

"你考虑得还真长远。"石良玉说。

"那是当然。"何庆峰回答，"社团可不是单纯去玩的地方，而是要成为第二课堂，让我们从中能学到东西。在课堂之外延伸学习的契机，不断地充实自己，这样才能更全面地进步。"

"哎呀。"石良玉说，"感觉你是学校派来专门说服人参加社团的托儿，宣传词都说得一溜一溜的。"

"一溜一溜儿的。"何庆峰笑着说，"跟我在一起待久了，你说话越来越有北方味儿了。"

"林森，要不咱们都报名散打社吧？"石良玉说。

"好啊，你和我想的一样。"林森说。

"就是不知道学校这社团什么时候能开办。"石良玉说。

"八字还没一撇呢。"林森轻轻摇头说，"只是校领导有这个设想而已，具体方案都还没下来，就更别说实行了。"

"你说我们点儿怎么这么背呢？偏偏遇到学校扩招转型的第一届。"石良玉说，"要是晚几届来的话，社团就都建起来了，新食堂也早就投入使用了。"

"第一届也有第一届的好处。"林森说，"这样凡是学校转型后毕业出来的干部，都得叫我们大师兄啦！"

"还沙师弟呢……"石良玉摇摇头，"我现在就想玩社团啊，散打社，听起来就很帅嘛。"

"就是啊。"林森呢点点头，"不过如果真要弄起来，恐怕还有很多困难吧？"

"这倒是。"石良玉说，"比如场地就是个大问题。如果散打社真的建成了，那要选取哪里作为练习的场地？"

"还有，教员的问题，学校是不是有合适的散打教员呢？"林森说。

"不过现在我们考虑这些也没用。"石良玉摇摇头说，"我来找你就是想问问看你的意见，你同意的话那就没问题了。那现在我们就耐心等着学校把所有问题都解决吧。"

"是啊，想要当开拓者，不容易呢。面前的这条路是崭新的，很多东西都要自己探索。在前方未知的道路中，埋藏着同样多的风险和机遇。怎样抓住机遇，规避风险，去在这条路上获得成功，就是学校现在所要面对的问题。"林森说，"其实我觉得我们很幸运啊，能成为这开拓者的其中一员。你还记得吗？我们的战术训练场是我们自己清理出来的，我们亲手去割草，亲手去挖出地里的一块块石头；我们帮着食堂的工地站过哨，你还抓住了偷东西的小偷；图书馆翻修的时候我们去帮忙搬过箱子，还为图书馆捐出了书……"

"是啊，我们也是这开拓者的一员。"石良玉说，"现在社团的创建也是如此，我们憧憬着它的建成，也在讨论着它可能遇到的各种问题……这种参与其中的感觉，好像还不错呢。"

“是吧。”林森笑着说，“所以说啊大师兄，我们也不亏嘛。”

“哈哈，谁是你大师兄啊。”石良玉笑。

“真的决定了？”桀功卿问。

“决定了。”钟全点点头。

“决定了我就全力去支持了。”桀功卿微笑说。

“哈哈，我就知道你会支持的。”钟全笑。

“决定什么了？”戴铭走进寝室问。

“钟全决定要去竞选区队长。”桀功卿说。

“野心不小啊。”戴铭说，“从副班长直接跳到区队长，不经过班长的阶段了？”

“我要试试看。”钟全说。

“一般区队长选老兵的可能性比较大。”戴铭说，“不过你也有你的优势。”

“是啊。”桀功卿点点头说，“学习成绩又好，人缘也不错，训练更没得说。而且之前得了个大队嘉奖的时候也是大出风头啊。”

“你呢？”钟全问桀功卿，“你自己有没有什么打算？”

“我也想有一天在个什么位置上锻炼锻炼自己。”桀功卿说，“但是现在条件还不成熟，我很多方面都还不够优秀。”

钟全知道桀功卿说的“很多方面”其实主要就是指军事技能，以桀功卿的性格，的确不会选择现在这个时候去竞选，而是会在有足够把握之后再做出打算。

“而且我记得你还是党员吧。”戴铭说。

钟全点点头：“是啊，我是高中的时候入党的。那时候我就已经想要报考军校了，把能提前完成的事项都预备了一下。”

“真是目光长远啊。”桀功卿笑，“我高中的时候除了学习，净顾着玩社团来着。”

“说到社团。”戴铭问，“这次学校开办社团，你们都想报名什么社啊？”

“现在考虑这个还太早了吧，学校的正式文件还没有下来呢。”钟全说。

“提前期待一下也是可以的嘛，而且你做事情不是一向都有前瞻性嘛。”戴铭说。

“如果让我来选的话，根据校园网上那些项目来看……”钟全想了想说，

"我想报名参谋业务部。"

"听起来就很有上进心啊。"戴铭说，"功卿，你呢？"

"我要报那个。"

"哪个？"戴铭眯起眼睛来，像只猫一样毫不掩盖地透露出好奇心。

"文学社。"桀功卿微笑说。

"你报文学社？"钟全问，"不知道为什么，听起来总有些违和感。"

"听起来很奇怪吗？"桀功卿问。

"你看起来还算……但又不完全是……文艺青年，嗯。"钟全说。

"我本来就不是文艺青年。"桀功卿说。

"从他玩 Dota 开局从来不买补给药品这点来看。"戴铭说，"他是二货青年。"

"但是我对自己的语言能力还是有些信心的。"桀功卿微笑说。

"这就是自恋的笑容吗？"钟全问。

"是啊是啊。"桀功卿说，"戴铭你要报什么？"

"我吗？"戴铭说，"我想报桌游社啊。"

"听起来完全就是玩的地方吧。"钟全说。

"我也是这么想的。"戴铭笑。

"欢迎回来！"石良玉跑到严喧面前说。

"搞得你好像我们寝室的人似的。"严喧笑。

"也差不多，就在隔壁嘛。"石良玉说。

"哥哥。"严嚣也过来了，说，"身体都好了吧？"

"都好了。"严喧点点头，"在我住院的这段时间里都发生了些什么？"

"也没发生什么其他的事情。"严嚣说，"就是学校打算开办社团。"

"真的？"严喧问，"都有什么社团啊？"

"正式文件还没有发布，但是看起来是势在必行了。"何庆峰说，"学校的校园网上已经给出了一些参考选项。"

严喧打开校园网，浏览了一遍，说："我想报文学社。"

"我就知道你会这么想的。"严嚣像是早就料到一般。

"我猜你要选器乐社，对吧？"严喧问。

严嚣点点头，理所当然一般，又问石良玉："吉他手，你呢？"

"我？"石良玉说，"我之前考虑过了，最后还是决定报散打社。"

"比起文艺青年，你还是更尚武啊。"严嚣点点头说。

"严喧……"周鹏走进寝室说，"听严嚣说你回来了，我把手上的活弄完了就过来看看你。"

"你一说到干活……"严喧无奈地笑笑，"我肯定有很多东西要补上了。"

"那还真是辛苦你了啊。"何庆峰说。

"唔，也算是习惯了。"严喧说。"不过那个什么社团。我还是蛮期待的。"

"是啊。"周鹏也点点头，"噢，石良玉，你也在这里啊。"

"嗯。"石良玉笑着和周鹏打招呼，两颗虎牙又露了出来。

"出什么事情了？"钟全问。

"没什么事情。"桀功卿笑，"伤春吧。"

"大多数人都说悲秋才对吧。"钟全也笑。

"其实我挺喜欢写东西的。"桀功卿说。

"这点还真没怎么看你表现过。"钟全说，"不过在辩论会上的时候倒是能看出来你语言组织能力不错。"

"嗯，我高中的时候是学校外联部的，就是玩嘴皮子的地方，空手套白狼，拿着张企划书就去找各个公司腆着脸要赞助。"桀功卿笑着说，"不过不容易啊，这世界上最难的事情就是要钱了，反过来，有了钱办什么事情都容易。"

"唉，说着说着跑题了啊。"钟全笑着说，"不要把你那个错误的金钱观拿出来污染我了。"

"我又没说金钱万能论。"桀功卿说，"我只是想说我那个时候把口才练出来了，不说多厉害吧，至少自己的意思能够表达清楚。"

"那你应该加入广播社才对啊。"钟全说。

"我才不要加入广播社。我们高中的时候学校广播社也放广播，根本就没人听好么。女生还好，一堆男生还跟着用发嗲的声音念稿子，多别扭啊。还有，要走温柔路线就走温柔路线吧，但至少配合着广播内容变化一下语气啊！读到别的国家开战是这个语气，读到某地刮台风还是这个语气，拜托，这又不是人生哲理小故事咯。"桀功卿说。

"哈哈。"钟全笑，"一口气抱怨了这么多，看来你对你们高中的广播社积怨已久啊。"

"这倒不至于。"桀功卿说，"只是高中在学校的时候忘记抱怨了，所以现在补上。"

"那想报文学社又是怎么回事？"钟全问。

"有些时候心里面会有一些想法，挺零碎的，是我关于自己人生，和对这个世界的一些看法。"桀功卿说，"这些东西架构不成什么系统的世界观和方法论，不能用来指导谁的人生方向和解决多大问题，但是我又觉得，也不全然都是没有价值的想法吧。要是能够记录下来就好了。所以我就想写东西，写些小说，写些故事，把我的想法都放到那些故事里面去。让故事里的角色去替我实验我心中的一些观点，让他们去替我完成一些不切实际的梦想，我悲伤的时候，他们可以替我哭，我快乐的时候，他们可以替我笑，他们既是我，又不是我，他们能过着和我有点相似却又全然不同的人生。"

"嗯。"钟全点点头，"是个好想法。"

"是吧？"桀功卿笑，"我也这么想的，可还没什么机会去实践。要是加入文学社就好了，我就可以名正言顺地写些东西，在我的笔下，我可以创造另外一个世界。"

"你对这个世界不满意啊？"钟全笑着问。

桀功卿摇摇头："也不是多不满意，只是觉得它还可以再好一些。这个意思，是哥哥以前向我表达过的，这个世界还可以再好一些。的确，在这个世界当中，很多事情都太无奈，我们太过于乏力，以至于和命运搏斗时，虽然竭尽全力，仍旧逃不了遍体鳞伤。如果可以，有一天，我想写这么一个故事，在那个故事里，我化身为男主角，而主角家庭美满，有一个很优秀的哥哥，当然从来没有失踪，也不会离他而去，有一个和他相爱的女生……还是像现在这样偶尔拌拌嘴，也是可以的。当然咯，那个故事里也要有你们，你一出场就要牵上梁珏的手，不需要半点波折，石良玉和我一见面就合得来，不需要那么多坎坷，戴铭和徐晓溪没有分手，严喧也没有生病住院……在那个世界里，大家的命运，都美满，幸福。"

"那一定是个很美好的世界，可惜美好得太不真实了。"钟全把手撑在栏杆上说，"要是给我来设计的话，世界不会是那样子的。我们都要有美满的结局，但是过程可以曲折而又艰辛，只有充满波折，大家才知道幸福得来不易，因而好好珍惜。我们会经过无数风雨，也有酷暑当中烈日的暴晒，我们会哭，会流下辛苦的眼泪，但也有快乐的时刻，能尽情地大笑。我们享受人生中的每一份情绪，不单是幸福，而是所有的欢笑悲伤。到最后，到最后在结尾的时候，我们回头看去，能幸福地流下泪水，能说，有过这样的岁月，真好。"

"是啊。"桀功卿憧憬地说，"那样也很好，只是到了写下结局的时候，我们，我们所有人，都一定要幸福。"

"说真的，那就这样写吧。"钟全说，"功卿，等有一天你加入文学社了，就开始着手写我们的故事吧。"

桀功卿笑着说："既然你不赞成那个美得像梦一样的世界，那我就照实写，写我们经过许多波折，尝过许多苦难。"

"干脆把现在这一幕也写下来。"钟全说，"写我们在这里胡侃乱吹，倾述情绪，也在计划着将来。"

桀功卿点点头："对的，我们，都一定要有最好的将来。"

"申请书已经交上去了吗？"戴铭问。

"交上去了。"钟全点点头，"估计现在队领导应该都看完了吧。"

"他会吓一跳的。"戴铭说，"一个地方生，还是个没有当过班长的地方生，竟然一上来就要竞选区队长。"

"你别说了，我心虚。"钟全微微摇摇头。

"好了，别逗他了。"桀功卿对戴铭说，"虽然没当过正的，但是副班长的经历也很有价值嘛，队领导会考虑这一点的。"

"我开玩笑的。"戴铭笑着说。

"你去交申请书的时候，队长什么反应？"桀功卿问钟全。

"他说，这几天交申请书的人很多，但是地方生不多，他表扬我的勇气。"钟全说。

"那就是正面印象咯？"桀功卿说，"加一分。"

"应该算是吧。"钟全稍微安心了些。

"知不知道其他人还有谁竞选区队长？"桀功卿又问。

"二区队的消息倒是传出来了，不过和我们也没关系啊。"钟全说，"一区队我就不知道了，除了我以外……不行，想不出来。"

"到时候事情会浮出水面的，现在也不着急想。"桀功卿安慰钟全，"我们现在好好等着看形势变化就好了。"

"是啊。"戴铭说，"明天交申请书的日子就截止了，剩下的事情我们走一步算一步吧。"

钟全点点头："也只能这样了。"

"好消息！"何庆峰笑着说，"校园社团的文件正式下来了！"

"太好了。"石良玉说，"说说，都有哪些内容？"

"第一个是社团和学分挂钩，每人都必须参加并且只能参加一个社团，以此来修取相应的学分；第二个是时间问题，校园社团的统一参与时间为星期五下午，另外在周末自由活动时间各社团可自行安排活动；第三个就是学校会对各社团派出指导老师，相关内容是有老师教学的。"何庆峰说，"大体上就是这三点，详细内容应该会陆续公布。计划推出的社团和之前的名单没有变动。"

　　"总算是要开始了。"石良玉说，"我都等不及啦！"

　　"文件是下来了，不过正式开始活动应该没那么快吧。"何庆峰说，"报名的表格都还没有发下来呢。"

　　"表格？"石良玉问，"是这么报名的么。"

　　"军校特色吧。"何庆峰说，"每个队下发表格，然后填好以后再以队为单位分类上交。"

　　"这还真是统一管理啊。"石良玉说。

　　"是啊。"何庆峰说，"在这里做什么事情都是这个风格的。"

　　"这样也好，人员管控就不会出差错了，什么人报名哪个社团，都是经过队领导过目的。"石良玉说。

　　"不过话说回来，成立社团的话，我们周末自由时间估计又要被压缩了吧？"何庆峰说。

　　"没办法，任何事情都有两面性嘛。"石良玉说，"而且我觉得这个被压缩是值得的，参与社团活动比一直待在电脑前玩游戏更有意义。"

　　"你这个想法还真是符合学校领导的思路。"何庆峰说，"学校的领导还认为，周末搞搞训练或者多增加一些学习时间也比玩电脑来的有意义。"

　　"哈哈，那什么。"石良玉挠挠头说，"我突然觉得，其实人生也不需要那么多意义嘛。"

　　"申请书的递交已经截止了吧？"桀功卿问。

　　"是啊。"钟全点点头，"有些紧张呢，晚点名的时候队长就要宣布参选人员了。"

　　"会不会晚上直接就进行投票竞选？"桀功卿问。

　　"我也不知道。"钟全摇摇头，"先别说这个了，听说社团的文件已经正式下发了。"

　　"嗯，是啊，还和学分挂钩。"桀功卿说，"那么肯定是势在必行了。"

　　"有些期待啊。"钟全说。

"就快了。"桀功卿笑。

"话说回来，这个学校也一直在变化，在进步呢。"钟全说。

"是啊，因为扩招了嘛。"桀功卿说，"不只是人数变多了，它的体制和风格也在发生改变，只有这样，才能适应时代的需要吧。"

钟全点点头。

晚点名。

"报告队长，全队晚点名前列队完毕，请指示！"值班员大喊。

"稍息。"队长说。

"是！"值班员敬礼，等队长回礼之后，他转过身来对队列下口令："稍息！"

"今天这次骨干换届竞选的申请书已经全部都交上来了，我和教导员也都看过，讨论过了。可以说，有些同志还是比较积极的。在骨干的位置上，必然要担负更多的责任，要尽到更多的义务，要比其他人更辛苦。但是，这也是个锻炼的机会，在这个平台上，在这个位置当中，你们才能锻炼自己的管理能力，并且才能获得一个新的视角，去看得更长、更远，你们才能体会到领导的角度和想法。交了申请书的人员有哪些，我不说，为了锻炼锻炼这些同志的勇气……"队长顿了顿，继续说，"我们让他们自己上来发言，说说自己竞选什么岗位，为什么要竞选，如果选上了以后想怎么干，没选上的话又怎么办。"

队长突然这么说，让很多人都意想不到，之前写了申请书的人，虽然想到可能要准备竞选宣言之类的，但没想到在这一场合就要用到了，这可是连竞选名单都没有宣布啊！

在大多数人都没有准备的情况下，很容易出现冷场的情况，可越是要出现冷场的情况了，上台救场的人就越能得到他人的目光。

"我先说！"有人打了报告就走上前去，"我叫……"

"好！"说完之后，人群里掌声一片。

"报告！"钟全第二个走上前去，"我是一班的钟全，这次竞选的职务是一区队的区队长……"

人群中开始有了议论声。

"我知道，大家觉得我一个地方生，没有在部队的经验，不相信我能够干好这个位置。但是，我却又不同的观点。第一，就是这个位置并不是单纯管理者的位置，它起着一个上通下达的作用，也就是传话筒。这个传话筒是什么意思呢？是我不仅自己要当一个区队长，在这个位置上进行管理，我还要了解队里领导的想法，知道怎么跟着队领导的思路来进行建设，同时，我还要把大家的意见和心声反映给队领导，这就是我所说的传话筒。第二，这个位置不单单是一个管理者的位置，也是一个学习者的位置，正因为我没有像部队生那样的丰富的部队经验，我才更应该到这个位置上来锻炼一下，迅速地学习这些经验。第三，就我本身来说，我也是有一些优势的，我是党员，系统地学习过党课，了解怎么样根据我们党的要求来进行管理，并且我担任一班的副班长，也有着一定的管理经验……"钟全口若悬河地讲着。

起初议论声是没有停过，但后来钟全讲着讲着，就把那股声音给盖了过去，大家也开始认真地听钟全讲话，看他到底有什么能耐，能竞选一区队的区队长。

"报告，发言完毕！"钟全大喊。

"行啊，不错的。"桀功卿笑着对回到队列里的钟全小声说。

"还得谢谢你帮我准备的提纲。"钟全说。

"那个没什么的。"桀功卿说，"你最该谢谢的是你自己，是你的勇敢。"

"是啊，当初做这个决定的时候，我的确是鼓足了勇气呢。"钟全说。

"刚才那些竞选者也上台发了言，我想，你们还有很多要从这些人身上学习的。不说最后能不能选上，光是这个勇气，就是值得赞扬的。今天他们的表现我都看在眼里了，他们说的话我也都记住了。等回去以后我和教导员讨论讨论，具体哪些职务由谁来担任再做定夺。"队长说。

周日。

钟全穿了一件花色条纹的棉布衬衫，里面是白色背心，下身穿棕色的卡其裤，和一双白色帆布鞋。梁珏穿了薄的红色外套，和蓝色牛仔裤，红色高跟鞋。两人站在一起时，只是看起来的话，很般配。

"梁珏……"钟全语气轻柔地说，"今天约你出来，是有事情想和你说。"

"有事情就说吧。"梁珏并没有多想。

"从小到大，你有过喜欢的人吗？"钟全问。

梁珏摇摇头："这个……没有……我觉得可能是缘分还没有到吧？等缘分到了的时候，我就能和那个人在一起了。"

"那你就一直在等吗？"钟全问，"等缘分让你遇见心目中的那个人？等缘分撮合你们在一起？"

"是啊。"梁珏理所当然一般地点点头。

钟全没有继续在这个方向上深入下去，换个方式又说："我有自己喜欢的人了，这是我第一次喜欢上一个女孩子。"

"是吗？"梁珏微笑，"她是个什么样的女生？"

"她很可爱，自己却没有察觉。但是，正是因为这样，才显得更可爱了。"钟全说。

"是吗？"梁珏笑。

"是啊……"钟全的眼神忽然变得认真了起来，他看着梁珏说，"不要再等了，好吗？"

"什么？"梁珏有些惊诧。

"缘分那种东西，说有就有，说没有就没有吧。但是眼前就有一个人，这是确确实实存在的。梁珏，从第一眼看见你的时候开始，我就觉得你很可爱，我喜欢你，当我女朋友，可以吗？"钟全问。

梁珏愣住了，没有说话。

良久，她才说："我？"

"是的。"钟全点点头。

"抱歉，我觉得我们不合适……"梁珏几乎是凭着本能这样说。

那一刻，钟全忽然就看见眼前的空气四散开来，在他身边留下一个真空地带，让他不能呼吸。他忘了后来发生了什么，当他再反应过来时，自己已经回到军校里了。他独自一个人站在天台上，向远方眺望着，远方有好看的风景，却太遥远，怎么伸手，都无法触及。

好不容易才鼓起勇气开口的，结果却失败了。这不是多么意外的事情，令钟全意外的是自己的反应。竟然没有办法打起精神来接受这个现实，其实不是早早预料到可能会如此了么？

但是还是有种奇怪的感觉，觉得什么在胸口破碎开来了，一片片的，再也不能拼凑完整。

多大点事啊。钟全这样对自己说。

却没有用，怎么样都欺骗不了现在的伤心。

如果哭出来的话，能把负面的情绪都释放掉吧？

却哭不出来，只感觉眼眶干干的，完全没有要流泪的样子。

不是伤悲，也不是遗憾，是有什么更深的情绪在这二者之后，在内心深处，不是怨恨，不是失落，是有什么更深的东西，堵在胸口当中。

究竟是什么呢？

钟全想不明白，他抬起头来，深呼吸。天空是湛蓝色的，并没有配合他落下什么悲伤的雨线。这样的天空反而格外地让人厌恶。哭吧，哭出来就好了，可为什么哭不出来呢，就像这干燥的蓝天一样。

想不通。

再反应过来时，桀功卿和戴铭就已经在他身边了。两人一左一右，把手搭在钟全的肩膀上，默默地看着他，没有说话。钟全只是露出困惑的眼神，看看戴铭，又看看桀功卿，想寻求什么答案一般，却得不到。

是啊，每个人的感情经历，都是不一样的，谁又能为谁解答呢。

可是至少告诉我吧。钟全心想，告诉我要怎么让自己好受一些。

是啊，他不寂寞，他还有这帮兄弟。没追到一个女生又怎么样？那个女生本来就不占他生活的几分之几……大概吧。可是得到了明确拒绝的话，就连幻想的空间都没有了，就连思念的对象都没有了，就连告诉自己为了她而变好变强的资格都没有了。这样，也太残酷了吧？

只是一句拒绝哦？只是一句简单的拒绝的话语，就要夺走这一切？这样公平吗？

每个人，都有爱与被爱的权利；每个人，也都有追逐爱情的资格。这个道理，是钟全之前就知道的，可现在，他才明白过来另一个道理。每个人，都要承受爱与被爱的代价，每个人，也都要承担追逐爱情的风险。

这不是童话，最后，他的公主没有眷顾他。

笑是当然笑不出来，可为什么呢，连眼泪都没有？

只是胸口，好痛。

"功卿，你说，人为什么要爱另一个人呢？"戴铭问。

"因为寂寞吧。"桀功卿说。

"可是有些时候爱让人们更寂寞。"戴铭说。

"你就别提问题把我也搞困惑了。"桀功卿说，"我现在只想知道要怎么帮钟全。"

"从前都是他帮我们的，在我和徐晓溪分手的时候安慰我，在你对军校感到抗拒的时候帮助你。"戴铭说，"现在情况变了，让我们来帮助他，我还真不知道该怎么做呢。"

"是啊。"桀功卿摇摇头说，"完全不知道自己能做什么呢，真是无力啊。"

"也许我们什么都不用做吧，静静地等时间冲淡一切就行了。"戴铭说。

"时间有些时候是解药。"桀功卿说，"有些时候，却是毒药。"

"他总要经历这些来学会成长的。我以前也听到过这样的歌词。"戴铭说，"生命的残缺，我们要在爱里体会一些。"

"是啊。"桀功卿点点头，"生命的残缺。"

"人生总是有许多不如意的事情，是无法完满的，如果不学着去发现它的残缺，那就更无法从缺陷美的角度去欣赏它了。追求完美的人生，能得到的，也只有失望和遗憾吧。所以通过这次的机会，刚好给钟全上了一课，让他明白爱情也很可能是不完满的。"戴铭说。

"这一课的代价也太高了吧。"桀功卿说，"他现在看起来整个人都快崩溃了。"

"毕竟是喜欢了那么久的女孩儿啊。而且还是初恋。"戴铭说。

"是啊，而且钟全那么优秀，被拒绝了肯定有想法。"桀功卿说。

"别想那么多啦，安静地陪着他就好，给他温暖和依靠就够了。"戴铭说。

"我是不甘心啊。"桀功卿摇摇头，"我替他不甘心。像他那么好的人，为什么还没得到爱。"

"他不是说过么？"戴铭说，"在爱的世界里，是不讲道理，没有规则的。"

桀功卿点点头："是啊。爱情对钟全也太蛮狠太不讲道理了。"

"他好不容易才把梁珏约出来的，又是好不容易才请了假出去表白，他好不容易才能把这段喜欢坚持这么久，他只是想要一个稍微好一点的结果。"戴铭说。

"勇气。"桀功卿说，"也不是每次都能换回好的答案。"

"功卿。"钟全拍拍桀功卿肩膀，"今天就要宣布结果了，我好激动啊！"

桀功卿回过头一看，发现钟全竟然面带微笑，和昨天的状态截然不同："钟全，你……"

"我知道你要说什么。"钟全说，"关于那个女生的事情，我已经全部都抛到脑后了。那个女生叫什么？梁……梁什么来着？我一点儿也想不起来了。"

"钟全，你别硬撑。"桀功卿摇摇头说。

"我哪有硬撑？"钟全笑，"你了解我的，你看不出来我已经好了？"

"就是因为我了解你，所以我才知道你现在心里面肯定还是不太舒服。"樊功卿说。

"是，我承认。"钟全点点头，"我承认我心里是有些不舒服，可那又怎么样？我就一直悲伤下去？整天都一副颓废的样子？不能够吧！过去的事情就已经过去了，如果说人生好像车程的话，我是在前途上狂奔，又不是向后倒车，何必要过于关注那些已经发生了的事情？把握现在才是最重要的吧！因为只有把握现在，你才能确定未来的方向。和整个人生前途相比，一个女生的分量，太小了。"

"你真这么想的？"樊功卿问。

"我当然这么想的。"钟全笑着说，"人总是要学着成长的，而这次事情带给我的成长，就是告诉了我一个哲理，人不能太纠结于一件事物上。我在军校里的生活很充实，我明明还有很多事情要关心，何必只把注意力放在一件事情上？"

"不愧是钟全啊。"樊功卿很为钟全高兴，"那句话怎么说来着？任何没有打倒你的事情，都将使你更强大。现在看来，果然是如此啊！"

"是啊。"钟全笑，"任何没有打倒我的事情，都将使我更强大。"

晚点名。

"所以，我正式宣布钟全为一区队的区队长……"队长点名时说。

点名结束后，樊功卿没等上楼回宿舍，就立刻勾住了钟全的肩膀："太漂亮了！"

"哈哈。"钟全笑，"算是有幸运的成分在里面吧。"

"我就知道你能行的。"樊功卿说，"不是运气，是实力和勇气才对啊。"

钟全不置可否地微笑了一下。

"钟全。"樊功卿说，"我现在要叫你钟区队长咯？"

"你还是叫钟全吧。"钟全说。

"是，钟区队长！"樊功卿故作正经地说。

"鼓起勇气……有些时候会成功，有些时候会失败，对吧？"钟全忽然认真地问。

樊功卿微微愣了一下，旋即反应过来，说："对的。"

"那么鼓起勇气尝试一下，其实也不坏呢。"钟全笑着说，"我虽然惧怕失败，但是更为成功所引诱。并且，能鼓起勇气去尝试，这也是对自身突破的一部分。”

"是啊。"桀功卿点点头。心里想，只是，有些事情，还是让人感到遗憾啊。

"太开心了！"石良玉笑着说。"表格交上去以后，很快就能开展活动了吧？"

"应该是吧。"何庆峰点点头，"不过楼上那个队运气就不太好了，没想到他们全都不能自行选社团啊。"

"是啊。"石良玉点点头，"学校任命他们队为锣鼓队，也就是说，他们社团的学分就要从这个项目当中补回来。这样一来，等于是学校为他们全队强制安排了社团。锣鼓队……听起来不太有意思啊。"

"嗯。"何庆峰点点头，"不过没有办法。"

"他们一定很遗憾吧？"石良玉说，"我还听桀功卿早早就在计划要加入文学社呢。"

"是啊。"何庆峰说，"那种失落感我都能想象到了。"

"不过，另一方面我又隐约觉得，桀功卿那家伙，大概不会那么容易屈服吧？"石良玉说。

"不屈服又能怎么样？学校的意思，他们整个队现在社团活动时间都是锣鼓队了，他还能一个人例外？"何庆峰问。

"不知道。"石良玉摇摇头说，"我是想不出来。不过总感觉如果是他的话，能剑走偏锋干出些什么奇怪的事情来着。"

"阿嚏！"桀功卿打了个喷嚏。

"你真的决定要这样做？"钟全问。

"是啊。偶尔我也想尝试着鼓起勇气干一点事情。"

"可是，总会被发现的。"钟全说。

"能瞒多久就瞒多久吧，直到瞒不下去为止，再考虑怎么办。真糟糕，原来我是这么一个情绪化的人啊，原来我还觉得自己多理智呢。"桀功卿微笑着说。

"呵，你一直都很情绪化。"钟全也笑。

"不要说出去噢。"桀功卿特别叮嘱，"现在只有你和戴铭知道。"

钟全点点头："我会配合你的。"

"我早就已经全盘考虑过啦。"桀功卿说，"虽然是全队担任锣鼓队，但是乐器的数量也不够啊，所以没必要大家一起上的。而且锣和鼓的鼓点还不一样，分开来练习的时候，就更是有机会了。我这样做算是先斩后奏吧，我不过我相信，我能够在文学社干出成绩的，等到哪天我神不知鬼不觉地出书了，队领导应该就没什么反对意见了。"

"总觉得是一步险棋。"钟全无奈地叹了口气说。

"是啊，但青春不就是人生棋局上最险而又最刺激的一步棋么？"桀功卿笑，"青春，何解？"

第十八章　突发地震

直到此刻，他才感觉语言是件如此贫乏的事物，无论用怎样的辞藻和修饰，都无法述尽心中所想。即便如此，他还是在脑海里用文字勾勒着，想要把事情的脉络梳理清楚。虽然事情并不复杂，甚至简单至极，但……乱的是他的内心。

石良玉知道，他所看到的，是许多人目不能及，他所听到的，是许多人无法闻息。

他正在通往灾区震中。

早上八时许的时候，石良玉他们正在宿舍休息，因为是周六的缘故，并没有去教室上课，而是一边休息一边等待开始训练的哨音。先于哨音到来的是脚下的震动，那时候石良玉还不以为意，只觉得附近又在施工了。然后哨音响起，值班员喊的却不是"集合训练"，而是"有序疏散"……那时他不明白的，此刻他已经知道一些了，七点零级的地震，在有的地方只是让人颤动一会儿，在更靠近震中的地方，却让人失去太多。

失去生命者，已经失尽了所有，失去亲人者，那悲痛也难以形容。光看到那倒塌的房屋——石良玉心想，那很可能是有些人半生努力的所得，当地震结束，人们从恐惧中解脱出来，迎接他们的是短暂的庆幸，却也是长久的哀伤。废墟底下，埋葬的半生的光阴是如此珍贵，以至于在抬头期盼明天时，会不会让人觉得有些绝望？因为越是珍贵的东西，一旦失却，就越难以弥补回来。

当时，石良玉他们在操场上集合，清点人数，没多久就接到了回营区整理装具的通知，然后右肩挂着挎包，左肩挎着装满水的水壶，戴着帽子扎着编制腰带，背起了背囊又回到操场上待命。地震就发生在这一地区，作为这里的武装力量之一，学校可能要派出人员赈灾。此前石良玉他们也经历过了因为周边形势不稳定而进行的战备，不过那次局面恢复得很快，所以便没有将部队派出，只是在学校内进行了一段时间的战备训练。可是这一次情况看起来有所不同，学校已经陆续将一些大队派出去了。因为正在协调车辆的缘故，到六大队登车带出还需要一段时间。趁着这个时间，大队长和大队政委对石良玉他们进行了简单的战备动员，而后是队长和教导员确认队里的伤病号情况，并予以小组编成。

石良玉他们心中充满了复杂的情感，有悲痛，有兴奋，也有勇敢。

大约是正午的时候，六大队就开始组织登车了。

刚上车的时候，大家都在讨论着，因为还是第一次经历这样的事情，没有经验，所以也只能集思广益，看看能不能预先设计好一些可能会用上的行动方案。学校距离震中的直线距离并非特别遥远，但是因为交通的缘故，特别是地震导致震区许多道路都无法通行，使得车辆行进快不起来。大家讨论久了，也再想不出什么新的东西，反而疲乏起来，便开始在车上休息起来。有些人看向窗外，有些人闭上眼睛小憩。不知道还要多久才到，不能在路上就把体力消耗完了。

大巴车内的空气沉闷得让人窒息，石良玉他们坐在车上，腿不能伸展开来，双手放在膝盖上，背靠着座椅，脑子里不断地算着时间——漫长的时间，就像从额头上沁出，然后缓缓继续并粘着脸颊下滑，好不容易到了下巴上，却一直悬着不肯下坠的汗滴。

越靠近震中，废墟越多，损坏程度越严重。

石良玉也留意过沿途的百姓。靠近震中时，他们大多数都已经离开较为高层的建筑，在广场一类的地方聚集起来。也有不少民众待在街道旁边店铺的门口前，或坐在靠椅上，或坐在小凳上，也有少数站着的。大人怀里抱着孩子，和大人们略带伤感的眼神不同，孩子们的眼里充满了光亮。他们并不明白发生了什么，不知道什么是地震，不知道什么是灾难，不知道什么是摧毁，他们仍旧在笑。石良玉总觉得，那笑意中有希望，并随着笑声感染周边的空气。

过了很久很久，大巴车终于停了下来，是在某个县政府之前。石良玉他们走下车，此时已经夜幕了。冷的空气吹来，让他们不自禁地颤抖起来，这时候他们才发现，身上的衣襟已经因为汗水而沁湿了。在队长的组织下，他们开始分组对周边区域进行巡逻。这里并不是他们要开始救援的地方，只是夜间车辆难以继续开进，在此地休整一晚。巡逻只在车辆周边进行，确保没有高危楼房垮塌对部队进行影响。石良玉他们没有吃晚餐，饿着肚子在附近列好队一圈又一圈地走着，巡视着周围的情况。

这么来看的话，花在路途上的时间要比最初设想的漫长许多。天已经变黑了，地震导致多处停电，路灯光是没有的。队伍开始收拢，在政府楼前的空地上继续休整。大家开始分食背囊中储备的为数不多的一些饼干和面包。队长说，学校已经派出供应食物的车辆，只不过被堵在路上不知道什么时候能够到达。大家听了之后，觉得肚子更饿了。

眼前这片区域并没有楼房垮塌，但是很多处都出现了裂缝，高层的建筑肯定是不安全的了。不，不只是高层建筑，只要是建筑之内的区域都是危险的。小型的余震仍然发生着，不过并没有造成太大的二次损坏。不过即便如此，对人们的心理还是有影响的，而况本来这里的地面就已经出现了骇人的裂缝，甚至大楼前的一些平台都是倾斜着的。

再晚一些，就开始组织休息了，因为难保不会发生更大程度的余震造成建筑破裂从而引发高空坠物，部队就带到车辆周围的空地上进行休息。大家把背囊里的军大衣拿出来扑在地上，把挎包枕在头下，被子是没有的，就只能拿出体能服盖在身上作为代替。因为心情的缘故，大家感到难以入睡，但是一天坐车过来也的确是疲惫得很，所以都不说话，闭上眼睛静静地躺着。也不知道过了多久，陆续有人睡着了。再晚些，间或发生了几次较大的余震，把人弄醒。就这么反复睡着又醒了几次，这一夜便过去了。

石良玉再睁开眼睛的时候，就是新的一天。他看着周遭的环境，总觉得有些恍惚。这一切发生得太快了，并且没有任何预兆。昨天早上他起床时，他还在那个熟悉的环境里，起床，穿衣，集合，整理内务，打扫寝室，洗漱，开饭，训练……本来一切应该有条不紊地进行，就像以往的每一天那样。石良玉想，这就是灾难吧，当它远离我们的时候，没有人注意它，没有人意识到它的存在，当它猛然出现在我们眼前，就让我们一下子深陷其中难以逃脱，打我们一个猝不及防。

但是人又是这样坚强的物种，任何没有摧毁我们的事物，都将让我们变得更加强大。石良玉心想，这次抗震救灾，也是对我们的一个历练，是我们用自己的力量为祖国做出报答的机会。

登车，部队继续开进。

再往里走，看到的景象就不一样了。当远离市区，到了交界部分，甚至是更往里的时候，看到的建筑物就少了很多。沿途即便是有人迹的地方，也大多是村落，人群聚集得并不紧密，看到的也并没有许许多多倒塌的房屋，而是一些倾倒的庄稼。当然，房屋被摧毁的现象仍然是有的，这时候一家人可能会在距离家并不远的地方搭建临时的住户，大多是用木头和塑料篷布构建的，非常简陋。而后间或地有一些山路，车辆在行进时常常因为前方道路抢修而遇到交通管制，在路上一停就是两三个小时。

而后到了一个受灾区，因为之前学校已经派有其他大队在这里进行救灾了，所以这里并不是六大队的救灾区域。严喧还在向石良玉说，严嚣他们的目的地应该就是此处。到这里的时候，学校派出的供应食物的车辆已经能够跟上部队，可以说，饮食问题石良玉他们是不用担心了。虽然提供的只是面包、矿泉水、蛋黄派等方便携带的平时用来当作零食一类的食物，但是大家都清楚，现在绝不是挑剔食物的时候，所以并没有人因此而抱怨什么。实际上，能够填饱肚子已经非常不容易了。

在短暂的停留休整之后，继续向前开进。又到了一处停留的地方，因为预计要停下的时间很久，所以领导让石良玉他们下车休息。

"石良玉。"何庆峰说，"没想到都第二天了，我们还是没能进入目标区域啊。"

"是啊，不过听说明天就能到了。耐心点吧。"

何庆峰点点头，没再说话。

不一会儿，值班员忽然吹哨，大家进行集合。

"石良玉。"队长点名。

"到！"石良玉大声回答。

"林森。"队长继续点名。

"到！"林森也大声答道。

……

队长点了二十人，都是军事素质特别好的，然后让他们出列。

"现在，遇到了一个状况，我们距离要开赴的目标区域某县已经不远了，但是因为道路损毁，我们无法立刻乘车通行。刚才我们已经试着联络了正在抢修的工程队，他们说道路损毁的比较严重，抢修时常无法预计。经过大队领导开会讨论，现在决定从我们队派出一支突击队，先遣进入重灾区输送物资和察看情况。刚才我点到的那些人，都是体能比较好的，现在我还要问问，你们愿不愿意成为先遣队？如果不愿意的话，可以打报告，我再进行调换！"队长说。

"愿意！"被点到的人员一致回答。

队长满意地点了点头："很好。不过我必须要说明的一点是，我们要通过的地方会有不小危险，因为本来就是山间路段，所以很崎岖也很狭窄，同时，现在余震还在发生，路面仍旧可能会出现新的垮塌，还有，道路上方也不断有落石落下。当然，我相信这些危险我们都能够克服。现在，突击队的人员立刻将背囊腾空，把里面的东西装在班上其他人的背囊里面，然后把自己的背囊装满食物，之后立刻向我这里集中。我带着你们向前徒步开进，剩下的部队继续和教导员一起等待道路疏通后乘车开进！"

石良玉立刻腾着背囊，何庆峰用手肘捅了捅他："不错啊，进入突击队了。"

石良玉微微一笑："是啊，要出动了。"

石良玉还记得，一年前，面试官问他为什么要加入部队。现在他知道答案了，是为了祖国每一个需要他的时刻。

要出动了，这简单的几个字埋藏着太多的心情，既有激动，又有那么一点小小的担忧。刚才在车上往外看的时候，石良玉就已经意识到现在这种情况下山区路段是多么危险，时不时落下的石头，损毁的栏杆，还有潜在的余震，都让这段路显得不那么令人安心。

另一方面。

"为什么这样的差事会交到我身上来？"桀功卿有些烦恼地问钟全。

"教导员不是已经对你说过了吗？因为你是宣传委员啊。"钟全向桀功卿解释。

"我知道，可是我不想……"桀功卿似乎仍然有些抗拒。

"不想也得去执行命令。"钟全说，"而且这样不也很好么？"

"一点都不好，我想要去到灾区第一线，想要救人，想要清理废墟，想要做些力所能及的事情来对抗灾难……"桀功卿说，"而不是像现在这样，被派去保障记者。"

"保障记者的工作也是很重要的。你想想看，如果没有记者，怎么把灾区的受灾情况和各个部队的救灾进度向外界播报？这是灾区外界的民众都很关心的问题啊！现在只要是受灾稍微严重一点的地方，断水断电，还有有线电话无线电话和外界的通信业都断了，如果外面有人想要了解受灾地区之中亲人的情况，就只能够通过看新闻了。还有，记者将各个地方的受灾情况报道出去了，外界各种援助力量也才知道灾区最急缺什么，哪一片区域受灾比较严重，才能更好地向灾区提供支援。所以，记者的工作很重要。当然，在这种危险的地方，他们的行动肯定无法自如，这才需要借助外面武警官兵的力量引以为保障。这么来看，你的任务不是很重要吗？"钟全说。

"好吧，我承认，这个工作的确很重要。"桀功卿说，"可是为什么非得我来呢？"

"因为你是团支部宣传委员啊，宣传委员和央视记者……勉强还算扯得上那么一点联系吧？反正都是搞宣传的。前段时间不是还报名加入文学社吗？你加入文学社的事情教导员可是发现了，他之前晚点名的时候不是还说过嘛？要找机会培养一下你这个未来的笔杆子。现在不就是很好的机会？你跟在记者身边，可以多学学，看看记者是怎么准备新闻稿的。"钟全说。

桀功卿刚想说些什么，却被戴铭抢先了："桀功卿你就闭嘴吧。你是被教导员钦点的，应该无话可说了才对。我才冤枉呢，本来和宣传之类的半毛钱关系都扯不上，结果硬是被你拉了进来。"

"我一开始是和教导员提钟全的，可是教导员说我们的一区队长还有别的任务。"桀功卿耸耸肩，"没办法啊戴铭，我本来也不想拉你下水的，但总要有个人陪着我嘛。"

"我本来该去救灾一线拿着铲子挖出伤员的。"戴铭说，"桀功卿，这笔账我记下来了。"

"嗳嗳。"桀功卿无奈地叹了一口气。

因为是同一个大队的缘故，所以桀功卿他们一路上发生的事情和石良玉差不多。听说是有央视的记者要进行救灾工作的报道，但是再往里，央视的车辆便无法通行了，所以向学校求助。学校查看了各个大队的救灾地点之后，便把保障记者的任务派给了六大队。到了这个路段车辆无法继续通行，大队领导开会以后，将派出突击队的任务交给了石良玉他们队，将保障记者的任务交给了桀功卿他们队。现在记者们正在进行休息，听说短暂的休息过后就要来和桀功卿他们进行汇合。

"小心落石！"林森在前方喊。

大家停下了脚步，抬头张望，前上方不断有细小的石头落下，部队停了下来，等落石停止后再继续前进。

石良玉走上前拍拍林森的肩膀："观察员，干得不错啊。"

林森微笑："当然了，我肩负着整个突击队的安全呢。"

大家时不时地会交谈几句，以此来互相鼓励，同时也可以打消一些恐惧和疲惫之类的负面情感。虽然距离村落直线距离并不是很长，但是因为路段难以通过，而且众人又都背负着相当重量的饮水和食物，因此前进的速度很慢，在这种情况下，还是会给人相当的挫折感的。

天色开始变暗。

林森下意识地抬起头来观察，发现乌云正在向这边汇聚。不只是他，其他人也渐渐意识到，起风了。虽然微风拂面令人感觉到凉爽，但是大家并没有为此高兴，而是担忧了起来。大家担心的是下雨的可能性。在这种情况下，山体结构已经因为之前的地震和数次余震而松动，并且多处出现了落石等现象，如果这个时候再下雨的话，很可能会导致泥石流。这不仅仅会导致突击队的前进受阻，更会导致灾区的受灾情况变得更为严重。

实际上，七点零级的地震对于一些结构坚固的房屋来说不能构成大的威胁，但是对于那些村庄尤其是一些建在山上的房子情况就很是不同的。在这个地方也的确存在这样的聚落。一些村庄依山而建，受灾十分严重。

当然，更详细的情况石良玉他们还不了解，虽然通过对讲机能进行实时沟通，但是大队方面了解到的也只是其他大队传来的参考信息，并不是目标区域的直接情况，并且，考虑到对讲机从现在开始就无法充电了，队长也在逐渐减少和大队方面的联络次数。

总的来说，就是形势不容乐观。

"快速通过！"桀功卿对身边的女记者说。

可是女记者却没有挪动步子，反而站在原地，对准上方一指，拿着摄像机的男记者赶忙拿着摄像机对准了女记者手指的方向，那里，正有大块的落石掉落下来。

"这里不安全，快点向前通过！"桀功卿的语气变得强硬起来。

女记者仍然不加理会，对着摄像机说起来："我们现在正在通往某县的路上，可以看到，现在进入县城的道路已经被石块堵塞，并且山体滑坡还在继续。我手指的方向就有一处落石区。施工队正在对道路进行抢修，争取能让各个救援队伍进去。"

说完这段话之后，女记者向后退了退，对拿着摄像机的男记者说："等下我要采访一个疏通道路的工人，你现在先从这里给前面那辆铲车一个画面，等下我们过去拍特写。"

"记者姐姐？"桀功卿试着插话，"这个路段落石很多，你们拍摄的时候能不能离远一点从安全的角度拍？还有，这些落石是分段的，尽快通过这里比较合适。"

"要不你们两个先过去吧？我们还要在这里采访一会儿。"女记者说。

"我们的任务就是保障你们……好吧，一会儿你采访的时候我来做观察员，但是，如果我说有危险，你必须立刻中止采访，退到安全的区域，等落石结束后才说。"桀功卿做出了让步。

女记者敷衍似的点点头，桀功卿则无奈地叹了一口气。

桀功卿虽然很不喜欢现在的任务，但是老实说，他还是做得相当尽职尽责的，不仅和戴铭一起背着记者们的背包，还充当观察员的工作，保障着记者的安全。但是在桀功卿看来，这两个记者可就相当不配合了，别说听桀功卿的指挥了，反而是哪里危险就往哪里钻。虽然桀功卿也明白他们的立场，对于记者来说，当然是越危险的地方越有报道的价值，但是这与桀功卿的任务是相背离的，他接到的指示是确保记者的安全，而不是要保证他们能拍到多好的画面，所以让桀功卿感到相当的不好办。

戴铭则耸耸肩，示意桀功卿尽力就好，他在桀功卿耳边悄悄地耳语，说保证好自己的安全就行，至于这两个记者，能做到的也只有多提醒他们，要他们放弃拍摄危险的画面，那看来是不大现实的。

果然，还没等戴铭说完，女记者又跑到了路段中间，要采访正在开着铲车疏通道路的工人。

桀功卿和戴铭被叫下车的时候，大部队还在大巴车上待命，他们正在等待道路疏通之后乘车开进。桀功卿则和戴铭一起把背囊交给了班上的人，下车和记者一起徒步往前采访。他也听说了石良玉他们加入突击队徒步开进的事情，就更对自己现在执行的任务感到不平衡了。

就在此时，天渐渐阴沉了下来，本来白色的云彩在不觉间变成了阴霾，同时刮起了微风。女记者对着摄像机说出了一句令桀功卿感到很不安的话："我们来看，现在的天气情况似乎不佳，如果下雨的话，可能会造成山体滑坡和泥石流……"

喂，石良玉，不要有事啊。

细细的雨线在空中画过长长的痕迹之后坠落在地，十分轻盈。并非很大的雨，却仍旧令人不安。因为即便是这种程度的小雨，也会让土壤变得湿润，让道路变得泥泞而更难以通行。同时，从云的阴暗程度来看，绝对不能排除雨有变大的可能。队长并没有让突击队停下，反而指示他们快速前进，因为现在所处的路段是落石多发区，必须赶在雨下大之前让部队离开这一段路段才相对安全。

"细雨湿衣看不见，闲花落地听无声。"

石良玉的脑海中突兀地出现了这样的诗句，似乎是某年某地的高考作文题。

忽然，几声石头摩擦的响声传来，然后是一声沉闷的更为大声的响声，林森大叫了一声小心，石良玉下意识地抬头，一块巨石正从上方滚来。他反射般地向前跑……

轰隆！

石头滚落山底，石良玉瞪大眼睛，他看了看身旁石头滚落的痕迹，距离他现在的位置，大约在五到十米之间。

也许十米，他就已身在别处；

也许五米，他就被死神亲吻。

生命竟然是如此儿戏的东西，石良玉想，不过是运气好和坏的差别罢了。

还好，在这场运气的游戏里，自己是获胜的那一个。

大家都惊魂未卜地看着石头滚落地位置，只有林森仍旧抬着头，看着上方，似乎是在等待下一颗要落下的巨石。林森喘着气，他害怕，害怕自己一个走神，或者一个看走眼，一个没有及时提醒，就让战友丢掉了性命。

观察员，这三个字，原来责任那么重大。

林森这时候才真正明白，队友的生命背负在自己肩膀上，原来这句话，并不是开玩笑的。

石良玉用力地甩甩脑袋，把其他的想法和杂念驱逐出去，现在，必须打起万分精神了，稍有不慎，失去生命，则同时意味着失去一切。

"渴吗？"桀功卿递上一瓶矿泉水，这是他从挎包里拿出来的。

"谢谢。"女记者略一愣神，然后接了过去，"你不喝吗？"

"我有。"桀功卿拍拍自己的水壶。

"还不知道怎么称呼你呢？"戴铭说。

"叫我燕子吧。"女记者说。

"燕子姐。"桀功卿叫道。

"把'姐'字去掉。"戴铭瞟了桀功卿一眼，"把人叫老咯。"

那个叫燕子的女记者笑了一下。

桀功卿心想，戴铭最知女人心。

"大哥，怎么称呼你呢？"桀功卿问。

"叫我老马吧！"男记者很爽朗地回答。

"燕子，我跟你说，你刚才的行为是很危险的……"桀功卿抓住燕子喝水的间隙履行自己的职责。

戴铭捅捅桀功卿："你平时哪有这么多话？"

"这是关系人生安危的时候。"桀功卿瞪了戴铭一眼，"这种时候，一句话都不能省掉。"

燕子看着桀功卿，虽然刚才觉得他很烦，但是看着桀功卿的表情，她觉得桀功卿说这话时很有男子汉气概。

"下雨了。"燕子说。

老马连忙把镜头盖起来。

这时候，大巴车从身后开来，看来是刚才的道路已经疏通了，燕子他们登上车，向某县开进。

第十九章　雷霆救援

"等等我！"桀功卿在后面追着。

"桀功卿，慢点。"戴铭说，"让他们去吧，你背着这么重的包，追不上的。"

"尽量跟紧吧，他们不知道路，要是把他们跟丢了，就没人能带他们和大部队汇合了。"

刚才在车辆行进途中，燕子他们看到了搜救队伍正在救人，于是让司机停车，二话不说向那个方向跑去，桀功卿和戴铭自然也跟了上来，不过，背着记者的背包的他们自然没有发现新闻素材的专业记者跑得快，于是就被拉下了一段距离。

"是什么样的情况呢？"桀功卿看着前方问。

"看上去是二楼完全倒塌了，一楼被压着，但是结构还是完整的，不知道里面有没有人，搜救犬也派出来了。"戴铭说。

"燕子和马哥大概是去采访搜救队了吧。"桀功卿说，"当记者还真是不容易啊。"

“那是自然，没有辛苦，哪来的新闻？你这个宣传委员学到了什么？”戴铭问。

“你就别嘲讽我了，一个团支部的宣传委员和一个央视的记者，天壤之别，你想让我跨级别学什么？”桀功卿说。

“至少要学习他们的精神。”戴铭说，“这就是专业精神啊。”

“是啊。”桀功卿点点头，“令人敬佩。”

等燕子他们采访完再回来的时候，车辆已经走远了，四人只能徒步继续前进。桀功卿心想，本来乘车开进的速度就已经落后于先遣队了，现在记者小分队的速度比大部队还慢，不知道要什么时候才能到达六大队的目标区域。

虽说已经只剩最后一点距离了。

“小心，山路很陡！”林森说着拉了石良玉一把。

“还好那场雨没有下大，不然这个山路人根本没办法走！”石良玉说。

“是啊，感谢运气吧。”林森说。

虽然嘴上这么说着，但是大家心里都明白，只靠运气是没有办法支撑完剩下的路程的。他们现在正在绕过某座山进入一个村落，山路十分崎岖险阻。林森打起了万分精神观察前方的路段。在山里和在依山修建的路上前进还不一样，之前只需要注意上空的落石，而如果在山里面走的话，既要观察上方是否有坠物，还要观察脚踩的土地是否松动。

路途艰险，支撑石良玉他们前进的也唯有一颗急切的心情了。他们知道，现在大面积地断水断电，通信受阻。一些较为偏僻的村庄，不只是房屋受到损毁，更大的问题则是附近的河流因为地震而涌入泥沙等不洁物质，河水变得不能饮用。石良玉他们所做的，就是尽快将水和食物送给那里的居民，帮他们缓解眼前的难关。

想到这些，大家就又打起了精神。

石良玉以前看过抗震救灾的报道，那时候他还不是一名军人。那时候对于救灾的印象，石良玉回想，就是冒着被余震吞噬的危险在废墟当中挖人。当他设身处地再来经历这件事情的时候，就发现和原来想象的并不相同。搜救固然是一个很重要的方面，但是，这件事情交给专业的搜救队员更为合适，他们不仅有探测仪器，还有嗅觉灵敏的搜救犬。石良玉他们更适合做的，则是搬运物资和协助疏通道路、搭建帐篷等不需要更多技术含量，又相当需要人力的工作。

在来的路上，石良玉他们已经帮助过抢修道路的施工队搬出了大块的石头，而现在他们正在进行输送物资的任务。

燕子他们一路拍摄采访，桀功卿和戴铭则不断向路人询问以确定方向，前进速度很慢，等到了目的地时，大部队已经安置完了。

目的地！

这里是一个县城，算不上大，但是可以算是这片区域的一个救灾中心，很多工作都要在这边开展。附近一些镇子的居民已经迁至此处，在广场上设立了临时的安置点，也就是用篷布搭建的简易帐篷等。六大队进驻的地方是广场旁的县中学，这所学校是用特殊党费援建的，听到这个消息，桀功卿再走近这所学校的时候，就感到一种难以言说的亲近感。学校里面自然再找不出宿舍供部队驻扎，帐篷也都提供给灾民了，所以大家被安置在教室里，睡觉的时候像之前睡在马路上的时候那样，铺大衣，枕挎包。没有人嫌弃这样的居住环境恶劣，能有个遮风避雨的地方，其实已经是不错的了。

水电自然是断了的，不过因为是救援中心的缘故，所以通信公司都派来了应急的信号收发车辆，在这里通信得到了保障。有线电话的线路也在抢修，预计不久就能使用了。

作为一个救援中心，这里的各项设施还是相当齐全的。首先由民政局设立的救灾临时指挥中心，然后还有各个银行派来的可以取款的车辆，有特地为各个电视台记者设立的新闻中心，里面有负责人接待，回答记者的提问，同时提供一些基础设备，比如线路和卡带等，甚至学校操场旁的观礼台上还放置了一台电视机，播报着关于救灾进度的新闻。

大队部的帐篷设置在操场上，旁边也有为记者搭建的帐篷。桀功卿问了问，听说这些都是先遣队的人搭的。先遣队已经来过这里一趟，向民政局说明情况，领取了一些物资和帐篷在这里预先为大队部的进驻做好了准备，然后稍事休息就进村运送物资去了。据说先遣队要去的村庄是受灾比较严重的地方，桀功卿不禁为他们担心了起来。

救灾工作的开展不能盲目，就像先遣队先向民政局了解了各个村庄受灾情况然后再选择目标地点一样，大队领导也是先和民政局沟通然后再开始采取行动。在执行任务之前，先让大部队进行休整。不过，戴铭和桀功卿的行动就彻底脱离大部队了，他们要始终负责保障记者，为燕子他们采访提供便利，尤其要注意的是确保他们的安全。

虽然设立了新闻中心，但那并不是提供记者住宿的地方，燕子他们自然就在旅部旁的帐篷住了下来。这时候戴铭和桀功卿看到了严喧，一问才知道，他现在被任命为战时文书，负责救灾过程中的一些记录工作等，也脱离了大部队，待在大队部里。

"怎么样，是不是心有不甘？"桀功卿问严喧。

"什么？"严喧皱着眉头看桀功卿。

"不能到一线救人，是不是心有不甘？"桀功卿说，"好不容易开进目的地了，结果却被派来做文书的工作。"

"第一，文书的工作是必须有人做的；第二，只是所做的事情不一样而已，我也在为抗震救灾贡献自己的一分力量；第三，我想知道你现在抱有什么样的心态？"严喧看着桀功卿。

"好吧，你赢了。"桀功卿说，"某种程度上来说，你说服了我。"

戴铭在一旁耸肩："我还以为我之前就说服你了呢。"

"桀功卿，我没记错你名字吧？"燕子问。

"没有，怎么了？"桀功卿问。

"到这个地方来，你害怕吗？"

"害怕？"桀功卿说，"是有点害怕，尤其是你站在落石区域采访而我又怎么样都不能把你劝出去的时候。"

"噢，抱歉，可是这是我的工作。"燕子说。

"我知道。"桀功卿点点头。

"我不是说这个，我是说，你心里有想过害怕吗？到这个地方来，路途险阻，而且至今余震仍在发生，没水没电，还不知道明天会发生些什么……这样的情况，你不害怕吗？"燕子问。

"当然害怕。"桀功卿很坦诚。同时，他心里想到了石良玉，如果是那个家伙的话，即便是作为突击队走在最危险的路上，被人问起时，他也一定会回答"我一点都不害怕"吧？

"既然怕，那你为什么还要来？"燕子问。

"这么回答也许会显得太官方了，可是……我是军人，我有我的职责使命，就像你为了采访而冒危险一样，为了人民，我不能顾虑自己的恐惧。他们正需要帮助呢。"桀功卿说。

燕子微微笑了一下，桀功卿也冲她笑了一笑作为回应。以前桀功卿总是板着张脸，可是地震以来，他的微笑变多了，他知道，要传达乐观的情绪，这样人们才有力量战胜灾难。只要我们的内心没垮，再大的地震都不能压垮我们。桀功卿心想。

"谢谢你接受采访。"燕子又笑了一下。

"等等……你没说这是采访啊？"桀功卿一愣神。

"你不是还帮我拿着录音笔嘛？"燕子狡黠地一笑，"全部都录进去了。"

"那我把它删咯。"桀功卿摆弄起手上的录音笔。

"别、别。"燕子赶忙阻止他，"别删了，我承诺这段不播出还不行吗？留着吧，给我做个纪念。"

"随便你好了。"桀功卿装作满不在乎地转过头去。

看到桀功卿这样的表情，燕子又笑起来，忽然，她止住了笑容，说："我准备走了。"

"走了？"桀功卿略一惊讶，"去哪儿？"

"到邻近的各个镇子和乡村再进行一些采访，然后就要回去了。有些资料在这里面没有办法处理，要出去以后有更多的设备才行。"燕子说。

"这些专业的东西我也不懂……不过，不留下多采访一段时间吗？我们才刚到目的地不久呢。"桀功卿说。

"这里是救灾中心，很多记者都聚集在这里，相信这里的救灾进度很快会被播报出去的。我们路上冒着落石拍下的那些画面，那些才是独家新闻呢。谢谢你，桀功卿。"燕子说。

"嗯，是该谢谢我，一路上那么尽心地照顾你们的安全。"桀功卿说。

燕子笑："和女生说话这一方面，你还得多和戴铭学学。你这么说就显得太没有绅士风度了。"

"切。"桀功卿不屑。

等到送走燕子他们，桀功卿和戴铭返回大部队的时候，部队已经在大队长的带领下完成了一批物资的搬运工作，大队长和队长还亲自参与了搬运呢。县中学一楼的几间教室被腾空了用来作为教室，存放搬来的物资，等待民政局统筹之后再发放给灾民。

"你归建了？"钟全笑嘻嘻地问桀功卿。

"废话。"桀功卿说。

"好了好了，又开始板着个脸了？"钟全笑，"既然回来了，接下来该出汗的时候少不了你，不会给你机会偷懒的。"

"这样最好。"桀功卿的脸上咧开了微笑。

平时在学校里出公差时，有些人还会想办法偷点懒，可是到了这里，大家都以能多抗几袋米，多搬几袋面为荣，恨不得把满身的力气都用尽。

之前学校提供的蛋黄派和面包还没有吃完，但是到了这边之后，有志愿者开始向官兵们提供饭菜。吃上了志愿者提供的热饭热菜，大家觉得心里也暖暖的。

另一天，钟全他们接到了一个新的任务。

县中学所在的地方，就像一个峡谷的底部，两旁是更高的海拔。海边的山上并不是无人区，相反，上面是有村落的，而且所在的位置还很高。现在因为地震的缘故，山上的山路受到损毁，物资无法运送上去，对于居民来说很不方便。山上的居民下山向民政局求援，希望能帮忙运送一些物资上去。而这个任务，最终落到了钟全他们的头上。

无疑，上山送物资要比在救灾中心搭帐篷和搬运物资等要危险得多，钟全挑选了二十人的队伍，桀功卿主动请缨，也加入其中。

"说实话，我觉得这不适合你。"戴铭对桀功卿说。

"少废话。"桀功卿说。

钟全也劝桀功卿："现在反悔还来得及，那座山海拔六千米，山路坡度大，而且仍受地震的影响，变得更加难走了。你退出的话我可以做人员调整。"

"我知道我没那么好的体能，我也知道现在不是逞强的时候，不过这点自信我还是有的，在平地上跑个五公里没有问题，那么虽然是向上走，好歹是走而不是跑了，我能够坚持得下来。而且，你说我们来这里是来做什么的？遇到危险就躲，就让，就逃避，那我们还算什么救灾队伍，什么救援力量？"桀功卿一口气把话说完。

"我就说嘛。"戴铭看了钟全一眼，"这个家伙是很难说服的。"

"不过。"钟全笑，"这才是我认识的桀功卿。"

向导是一名从山上下来的下伙子，山上的年轻人大多外出打工了，这次家乡发生了地震，他们知道消息心急如焚地想赶回来，无奈交通条件却不允许。留在山上村子里的，大多是老人和孩子，因此遇到地震使得山路更加陡峭，他们就没有办法下山购买物资了。正巧这名向导地震之前就打工回来了，所以才能下山求助。

向导说，山路不仅难走，而且还有蚂蟥，让钟全他们用塑胶纸把小腿捆起来，再用透明胶带固定。虽然很不透气，但的确是一个防范蚂蟥的好办法。向导又用绳子做成简易的绳扣，把箱子固定在背上，大家也都学着他的样子照做。

众人迅速准备完毕，然后开始登山。

山路的确不太好走，本来很短的一段距离，因为坡度太大的缘故，都让人走起来感到十分吃力，就更别提大家背上还背着成箱的物资了。好在运送的物资只是面包和奶粉等食物，并不太沉重。

最开始的一段路还只是坡度陡峭，走起来让人感觉费力，再往上走，可就是真正具有危险了。桀功卿是第一次走这样的山路，其实根本没什么路可言，只不过在树木之间细小的间隙当中穿行。坡度仍然是陡的，有些地方必须手脚并用才能通过。桀功卿抓着树枝往前进，不知不觉间手上已经被一些木刺划开了好几道口子。戴铭一边嘲笑桀功卿没脑子，一边脱下了左手的手套，然后把它翻了一面，递给桀功卿，让他戴在右手上。

有些时候，路的中央会出现大块的石块，阻挡路的前进，这种时候从左右两边是绕不开的，因为一边是峭壁，另一边也根本无路可走，只能先试探石块是否稳固，如果稳固的话再慢慢踩上去，小心翻过；遇上不稳固的则好办得多，直接找好着力点，然后大家一起用劲把挡路的石头推下去就行了。翻越石头的时候最怕的就是打滑，因为有些石头的表面是湿润的，所以踩上去很难站稳，如果一不小心哪肯定就会遭遇危险了。这种时候，往往需要两三个人齐心协力，先是两个人在下方托着第三个人让他通过，然后再前后两边一起努力协助剩下的人依次通过。

桀功卿会感到害怕，但他并不感到后悔。

爬到高处的时候，大家脸上都多了一层白色的雾气一样的东西，仔细看的话会发现那是汗和水雾混合一起粘上了皮毛。海拔越高，温度越低，大家在攀爬过程中十分疲惫，不断地出汗，汗的蒸汽又很快遇冷凝结，就变成了这个样子。

桀功卿战战兢兢地探出头，向下看去，县中学和中学之前的广场，变成了一张小小的画片。

真高。桀功卿心想。

但这里仍旧不是终点。向导说，至此只走了三分之二的距离，因为这个位置相对宽敞和安全，也没有细小落石，所以才在此进行休整。

而此时距离他们登山，已经过去三个多小时了。

要知道，在平地上桀功卿他们跑过轻装五千米，也只会用二十几分钟的时间，而此时他们要去的村庄，海拔六千米，比五千米多了一千米，耗费的时间却是成几何倍数地增长，可见山路攀登的不易和危险。

"快到了吧。"钟全问向导，他已经看到了前边的房屋。

"是啊，就这儿了。"向导点点头，说话的语气有些兴奋。

大家一起走了过来，村支书已经等在房屋前迎接了。村支书说着地方口音很重的普通话，钟全不是很能听得懂，向导就帮他们进行翻译。村支书热情地请他们喝茶。村子里的茶水泡好以后倒在大碗里，茶叶细长而碧绿，桀功卿并不是很会品茶，但也能喝出来这茶水特别的香。

简单地休息过后，大家就随着村支书一起到各家各户分发物资，老百姓都很热情，唯一让桀功卿心里略有些不快的事情是，几个小孩子看到了他们，立刻高兴地叫着"解放军叔叔好"。当时桀功卿心里就很是一阵郁闷，他暗自说到——第一，我不是解放军，我是武警；第二，我不是叔叔，我是大，哥，哥！

意料之外的事情出现了。

有一户人家家里的老大爷生病了，病情因为在地震中受到惊吓而出现恶化，上来运送物资的二十人小队中有一人是卫生队的士官，对老大爷进行了简单的诊断过后判断老人急需下山进行进一步的诊断和治疗。但是上山容易下山难，别说是带着老大爷了，就是现在让钟全他们徒步下去道路都不会好走。

但是，救人，刻不容缓！钟全马上拿出对讲机联系大队部，汇报情况，经过大队部短暂开会讨论，决定迅速实施救助，搬运老人下山。因为已经是中午，如果再等的话，到了晚上这样的山路就没法走了。

"没想到对讲机的通讯范围那么广啊。"桀功卿在一旁说。

"开玩笑，这可是军用品！"钟全说。

大家一起动手，利用村子里的竹竿和身上的武装带制作了简易担架，将老人小心地搬运上去。又试着抬着担架两头走了几步，确保没有问题。

"等会儿我们轮流抬，累了就马上换人，不要透支体力。我们要知道，现在不是死扛的时候，我们要做的不是表现自己多么有耐力，而是确保抬担架的时候有充足的体力不会让担架颠簸，更不能发生意外致使老人受到更多的伤害。"钟全开始组织。

向大队部汇报了一声，大家就开始搬运，老人的妻子跟在一边，似乎很不放心，村支书在旁边劝了几句，她才停止继续跟着的步伐，但是眼神一直追着钟全他们，不，应该是追着担架上的老伴儿。

看到这样的画面，大家的心里都默默地有些触动。

下山的道路的确更加难走，在钟全的指挥下，大家采取了快速通过落石区，平稳通过陡峭区，多人协助通过阻挡石块，及时换人保留体力的方式，小心翼翼地下山。

途中，钟全还不时询问老人的情况，是不是感到疼啊，等等，老人的回答小声而沉闷，令钟全感觉有些担心，向导帮着翻译一下，告诉钟全老人很好。

"喂，桀功卿。"钟全说。

"怎么？"桀功卿问。

"你不是加入了文学社吗？"钟全笑着说，"把这一切都记录下来吧，也许……"

"嗯。"桀功卿点点头，"我会记下来的，也许有一天，你能看到它们变成铅字的样子呢。"

钟全笑。

是啊，也许会有这么一天呢。

经过四个小时，当众人都大汗淋漓的时候，钟全他们终于将老人平安搬运下山。这时候，小队看到山下围着很多很多人，快门闪亮，摄像机的焦距也拉向了他们，记者拿着话筒上前采访……

现在还不是接受采访的时候。

大队部已经联系好了医院的救护车，车辆已经等着了，只是被人群围着，队长已经带着人过来了，将人群疏散开来，钟全他们将老人送上救护车……然后便瘫倒了下来。

太疲惫了。

"喂，桀功卿。"

醒来之后，桀功卿抬起头来看，是石良玉。

"做得很不错嘛，险峰救援。"石良玉笑嘻嘻地说。

"什么？"桀功卿问。

"新闻报道的题目啊，就是你们二十人小分队的事迹。"石良玉地说，"很出风头啊。"

"题目都拟好了啊……"桀功卿说，"你们突击队回来了？"

"回来了。"石良玉说，"这段经历很难忘呢。"

"是啊。"桀功卿微笑，"钟全他们呢？"

"在外面接受采访。"石良玉说，"好像是凤凰台呢。"

"那还真是不错啊。"桀功卿笑。"这几天你们做了些什么？"

"运送物资，搭简易帐篷。"石良玉说，"你们呢？"

"也差不多吧，搬东西、搭帐篷、疏通道路之类的。"桀功卿说，"虽然是很单调的东西，不过感觉每件事情都有意义。"

"石良玉。"戴铭也向他打招呼。

"嗨，戴铭。"石良玉也回应。

"先遣队的小英雄回来了？"戴铭笑着说。

"你就别嘲笑我了。"石良玉说。

钟全也走进了帐篷里："桀功卿，你是最晚醒来的一个。"

桀功卿把目光移向一边，掩饰自己的不好意思。

石良玉、戴铭、钟全、桀功卿四人围坐一起，交谈开来……

晚饭的时候，桀功卿他们几人排着队，等待打饭。做饭的志愿者其实是停课了的中学生，看到这样的画面，石良玉他们觉得有些感慨。的确，地震带来灾难，却也让人成熟，让人成长。

"大哥哥，我好久没吃饭了，能帮我打点饭吗？"一个小女孩儿对石良玉说。

石良玉诧异地转过头去，看着身边的小女孩儿。

桀功卿上前询问，语气温柔得像初融的雪水："小妹妹，志愿者那里是可以排队打饭的，你知道位置吗？"

"我去过了，但是……他们说饭菜优先供应给救灾部队和记者，我们没有饭吃……"小女孩儿用微小的声音说，"所以我才想让你们帮我……"

但是石良玉却听得很清楚，看得出来，小女孩儿是鼓起了勇气才敢提出这个要求。忽然间，他觉得内心受到了很大的冲击，那是一种复杂的情感，让人说不出话来。

良久，石良玉回应了一个字："好。"

石良玉打了饭后，拿给了小女孩儿，小女孩儿兴奋地说了谢谢。桀功卿问小女孩儿："你的家人呢？他们吃了饭吗？"

小女孩摇摇头："爸爸、妈妈、哥哥他们也都没有吃饭，没有热的饭菜可以吃，他们说吃点面包就行了……"

"带我们去找你爸爸妈妈，可以吗？"桀功卿温柔地问。

小女孩迟疑起来，石良玉说："小妹妹，我们不是坏人。"

她这才带桀功卿他们到了自己的帐篷旁。

桀功卿、戴铭、钟全把自己的那份饭递给了小女孩儿的父母和哥哥，说，你们吃吧。

即便桀功卿、戴铭、钟全他们中午因为急着搬运老人儿没有时间吃饭，又走了那么远的山路，现在肚子很饿。

石良玉他们走出帐篷时，相顾无言，这时候，几个志愿者又端着饭盒走了过来，说："大哥哥，你们吃饭吧。"

石良玉他们送饭给小女孩儿家人的画面被志愿者看到了。

"他们没有饭吃吗？"桀功卿轻声问。

"热饭热菜的数量不够……也许过一段时间会好点，但是现在还没有那个条件，没有足够的燃气和柴火。"说话的那名志愿者略微低下了头，"所以饭菜要优先供应给救援的部队和媒体记者，因为你们对灾区的帮助很大……就算是我们自己，也是没有热饭菜吃的。"

桀功卿愣住了，他并没有想过事情竟然是这样。

虽然肚子很饿，虽然饭菜就在面前，但是他们，却觉得怎么样都没办法吃下去。

"大哥哥，你们快吃饭吧！"志愿者一跺脚，有些着急起来。

"我们不吃了，我们吃不下。"钟全尽力微笑着说。

"你们快吃吧……"那个志愿者的声音颤抖，就快要哭出来了。

大家眼眶都红了，石良玉他们沉默不语。

良久，几人接过志愿者手上的饭盒，心情复杂地吃了起来。嘴里没有其他味道，只有苦涩。

第二十章　子弹轨迹

"再来一袋。"石良玉对卡车上的林森说。

"能扛得动么？"林森问。

"没问题。"石良玉说。

肩膀上又多了一袋大米，很重，可只有这样，才能让心里感觉些许安慰。石良玉仍然对之前那一幕难以忘怀——没有饭吃的小女孩儿到跟前来拜托自己帮忙打饭，可志愿者却说，饭菜有限，只能优先供应给记者和士兵……

再多扛几袋米，再多拎几桶油，只有快点把物资运送到位再发放下去，灾民才能有新鲜的粮食吃，石良玉心想。他走了一趟又一趟，之前参加先遣队的时候脚底就已经磨出了伤口，现在，刚刚结痂的伤口又裂开了，而且肩膀也因为过度的负重而磨出了一条又一条的印子。可是他感觉不到疼——他暂时没那个心思。

石良玉把这件事事情告诉了林森和何庆峰，结果他们也吃不下饭了，一心只想着干活，只想着再多搭几个帐篷，再多运一些物资，再多救几个伤员——只有这样，才能回报那些热情的志愿者，也只有这样，才能无愧于那些信赖官兵的老百姓。

在桀功卿那边，事情也是如此，他们疏通了一条又一条的道路，也协助其他部门帮助灾区进行消毒，派出哨兵进行巡逻维护治安……救灾的进度很快，在各方的努力下，县中学以及广场的水电终于被施工队抢通，附近的灾民也住进了官兵们搭建好的临时帐篷，道路疏通了一部分，虽然还没有完全恢复，但是比最初的情况已经好了很多。物资被不断地运输进来，从车辆卸下后已由官兵们搬运至仓库里，经由民政部门统计调度后分发到了百姓手中，大家不再缺粮食了。

其他物资如应急灯等也因为好心人的捐赠而数量不断增多，逐渐能够满足基本使用需求。临时通信点、临时寻人处这样的设施一个个地设立了起来。后来，石良玉他们甚至还见到了给他们打过饭的志愿者……那些中学生志愿者们，已经坐进了教室，开始为即将到来的中、高考备战。

学校考虑到救灾已收到良好成效，决定让部队撤回。

回去的时候，仍然是那几辆大巴车，大巴车不仅载满了学员们，还装满了他们的记忆。

是的，此处的一切，也许再也不会看到第二次，却成为难以忘却的回忆，永远鲜活在内心底。

那些经历过的危险，和死神擦边，流出无尽的汗水，还有军民之间的鱼水情……

在学校里面的时候，学过各种各样的实例，教员们讲过各种各样的武警部队的故事，其中当然不乏救灾的，只是，这一切亲身经历的时候，才会有最刻骨铭心的感触。

坐上车时，天才蒙蒙亮。选这个时候离开，是因为想逃避道别。

灾难已经过去，愿所有人的生活都充满希望。

那些人，那些风景。

回头望去，便渐渐远离……

时间是疾行的飞鸟，不会倦怠，更不会止息。从救灾行动回来之后，更是感觉时光飞逝。

　　阳光照射在他的侧面，使得他的五官变得更有光影感。这样的阳光，在训练场上的时候很是烧灼人，让人不一会儿就汗流浃背，但此刻却并不如此，只是让人感觉温暖，甚至有那么些亲切。

　　他想了想，把迷彩服也折起来放到箱子里，放到常服的上面。

　　结束了。

　　这个学期就这么结束了。

　　大一就这么结束了。

　　虽然也有些许遗憾，但是更多的收获。回想起一年前，因为心爱女生的建议而选择了一条和别人都不一样的路，来到了这里，发现了自己的闪光点，甚至是成为发光体，散发着令别人都艳羡的光芒。

　　运动细胞在这个地方解开了束缚，身体可以按照自己喜欢的感觉去尽情地流汗了。存在感，成就感，可以当之无愧地告诉自己，对自己说，我很强。这里真是很不错的地方，十分适合自己。

　　她一定把这一切都考虑到了吧？

　　她现在，应该过得很不错吧？

　　现在，就在此刻，她会做些什么呢？

　　也许开始了一段新的恋情，和另一个大男孩儿手牵手漫步在这么美的阳光下？也许还是把学习放在第一位，在图书馆某个靠着窗口的桌子上继续奋斗论文？也许……

　　也许就像自己在想她一样，她也在想着自己？

　　可能吗？

　　笑。

　　桌子上的小闹钟秒针还在不停跳着，一整年没换电池了，时间还是挺准的。

　　有些东西一直没变，但更多的，改变了。

　　成功和桀功卿成为朋友。用了非常大非常的努力呢。

　　出乎意料的，他竟然就是小时候撞伤过的那个人……而这件事情，将成为秘密，只告诉过钟全的秘密。不知道这是不是命运开的玩笑呢。虽然有时候在桀功卿身边的时候，会偶然爆发出想要把一切说出来的冲动，但是每次都还是忍了回去。因为，要照顾对方的心意。

这一年来，还结识了其他好兄弟，比如何庆峰，林森，严喧，严嚣……

还有，钟全，戴铭……

一个是战略天才，总是能通过使用布局和战术，将局势牢牢把握在手中；一个是看上去很有思想，让人感觉有些捉摸不透，有些若即若离，却也很有意思的人。

是值得称赞的一年吧，可以笑着对自己说，这一年没有虚度，不仅如此，还有了非常大的收获。

戴上耳机，前进。

离开营门，跑起来。

他发了疯一样地往前跑，自从小时候撞伤桀功卿逃跑那次之后，他就没有这么卖力地跑过了。他跑的时候，耳边响起了风声，这风声他是那么熟悉，仿佛就是高中时期，他在篮球场上当前锋时吹过的那阵风。风声在向他诉说着什么，有悲伤，有喜悦，也许它想说的是青春。

那些景物从他身边退却，宿舍楼，操场，小桥，行道树，器械场，大门。他停了下来，大口地喘着粗气，肺腑里燥热的空气在尽力地与外界交流。他把双手扶在膝盖上，弓着腰，脸上的汗就顺着脸颊往下淌，他的视线却在周围搜索。

这时候，湛蓝的天空下有一群鸟儿飞过，那种鸟比麻雀大些。他说不出来它们确切的名字，他抬头看着鸟儿直到它们飞出视野，隐约觉得心间有什么和鸟儿一起离开了。

衣服被浸湿了，风吹过，在这样的骄阳下竟让人感觉有些寒冷。也说不准，这种寒冷是由内心向外渗透出来的呢。

虽然一个假期之后还要回来，可现在总觉得……

舍不得啊。

阳光照在石良玉的背上，在他面前投下了一道阴影，石良玉没回头，就这样默立于自己的阴影之中，目光聚焦在阴影上。风仍在吹。他笑了，他也不知道自己在笑什么，只是笑得两颗虎牙都露了出来。

他要整理的东西并不多，而且因为是本地人的缘故，并不急着赶飞机或火车，所以他有条不紊地收拾着。和其他大多数人不同，一学期下来，他写满了好几个笔记本，分类记录了各种各样的经验，有学习训练方面的，有在机关出公差的实践经验，还有士兵生和他讲过的一些基层的事情。

他把来这里当作一笔交易，他想了很多，后来他的观点变了，不再用那种商人的眼光审视人生，不再把青春拿来投资，但他不变的事情是，他仍旧在思考，思考要让自己的年华利益最大化，简单来说，他不想荒废人生，他要让自己的人生过得有意义。

当然，他还有一个本子，是关于某个女生的。本子的最后写着几行字，是他在某天上课的时候忽然就想要写下的，那时候思绪飘了很远，无法自禁——

你会偶尔想起我吗
想起环形跑道上
大榕树下
落叶铺满地秋风凋零了花
一朵跌落湖畔
一朵飘向月牙

你身边的他是我之后第几个他
他物理怎样
他数学好吗
帮你辅导功课时
够不够耐心
能忍受你的笨
不会骂出脏话

围墙两边的时间
流逝的速度不同
这边分分秒秒
那边已沧海天涯
你经历过的
我追不上
我想对你说的话
也无法传达

你在热闹的街景
我在夜深人静
回忆贯穿脑海
青春刺痛我心

我微动的嘴唇
念着你的名
却不发出声音
是默默地沉浸

你会偶尔想起我吗
想起那个场景
我们彼此承诺
携手
直到
生命归零

我想用这篇故事做个了结
用笔墨将炽热的感情浇灭
让眼眶里悬而未滴的热泪冷却
让心口上钝而残忍的痛断绝

这个故事是我虚构出来的回忆录
我假装你又笑了
假装你对我哭
偶尔笔锋一转
也描写孤独
寂寞让人成长
苦痛让人领悟
青春在二十岁的尾巴上若有似无
也许明天日出
我从梦里醒来就变得成熟

人生是朦朦胧胧而又微凉的雾
多吸几口会醉
看也看不清楚
伸出手去体会
触感有些美

可迈出脚步
却又踩空下坠

辛苦走了半程
途中经常后悔
摸摸不太坚定的心
偶尔感到羞愧

夕阳
渐渐下落
我轻哼着歌
代替有话要说

当太阳沉没
暗夜洗过魂魄
重新树立是非
再次审判对错
黑白边界上
站着的那个
与从前无关
是全新的我

　　戴铭合上本子，嘴角扬起微笑，距离写下这段文字时，他的心态已经出现了很大的变化。徐晓溪让他学会了放手。大概，他现在是真的成熟了吧。

　　手机终于发下来了，他拿着手机，打开通信录，找到那个名字，然后按下了删除键，将那段寒假在火车上录入的通信录删除。虽然，同样的一串数字清晰地备份在了他的脑海里，无法抹去。

　　他还能回想起来，回想起第一次见到她时的场景，回想起她当时穿怎样的服装，带了什么行李。当然，这样重要的记忆，保存在人心这样不靠谱的地方，也许早就被情感打磨、修改、矫造了无数遍，变得异样浪漫却又面目全非。人就是这样的，很多事情，一旦扯上感情，就没办法理智了。

　　的确，在很多方面，他都堪称优秀。他为人随和，好相处，对朋友关切温柔，脑筋也灵活，做事情很有条理性，擅谋划布局，军事上也不错。可即便是这样的他，还是有许多不擅长的东西，比如感情。

也许是还缺乏经验，也许是还没开窍，总之，这并非他能驾轻就熟的东西。不过这些也无所谓了，他想，人总要在经历过什么之后才能成长，有一天，在这一方面他也能够成熟起来。或许到了那个时候，他能坦然地回过头来看待这段过往，看年轻的自己曾费尽心思，曾筋疲力尽想追逐一场不切实际的感情。

然后失败，甚至是遍体鳞伤。

可伤口终究是会愈合的，会结痂，会被遮盖，会被时间治好。也许会留下疤痕吧，呵，那样的话也没有办法。

没有办法。青春中的男孩子往往如此，为了心爱的女生周折辗转，忐忑不安，也经历风霜，变得成熟。追逐爱情的男生是最勇敢的，他们打败了羞涩，战胜了犹豫，无论最后能不能得到好的结果，至少，他们都经此一战，变得比以前，更好了一点。

不过，要说他在这一战中一败涂地，那也不尽然，他还记得，自己那次抗震救灾回来，回到学校没几天就接到了她的电话，她很担心自己的安危。

曾经听过这样一句话，青春是无谓的，也是无畏的。

是啊，无畏地前进吧，不能退缩，毕竟现在的自己还顶着区队长的头衔呢！

钟全下意识地点了点头，眼神坚定。

站在镜子前，静静地审视着自己。他还记得上一次认真照镜子的时候，镜子里那个人，皮肤比现在白，眼袋比现在深一些，留着前边略长后边略短的碎发，脸比现在瘦，不会显得那么壮实。他这才发现，原来自己变了那么多。

变，是肯定变了，不过没有注意到的是这种变化竟然那么清晰地在脸上就能体现出来。镜子里的这个人，早已经不是原来的那个少年。现在的他，比起从前来，少了些什么，又多了些什么。他知道这些变化具体是什么，他觉得不必说出来。当埋在心底的时候，这些东西才真正有分量。

说实话，他喜欢身上的迷彩绿。

审视着镜子里的自己时，他会感慨不能再留喜欢的发型，他会感慨皮肤变黑了也变得粗糙了，但是他着实喜欢身上穿着的迷彩服。他的袖子是卷起来的，露出手肘以下的小臂，前面的扣子开着两颗，露出里面的黑色背心，和其上的锁骨、脖颈。这样的装扮透露出些许的野性，让他觉得自己的棱角还没有被磨平，而且，反而是在这样的压制之下，说不定那一天这种野性会忽然迸发出来，推着他走向很远。

而那很远的地方，哥哥会在那里等着自己吧？

他知道，那个男人对他的影响太大了，那个因为偶然摔伤而认识的，被他称作哥哥的男人，在很长一段时间里，就成了心目中"优秀"的代名词。的确，哥哥常常显示出和他年龄不相符的成熟，这种成熟在当时，他只把它体味成温柔，可时隔多年再回望往昔的记忆，他才发现哥哥远比他那时候认识的更不简单。

时至今日，他早已成长，超过了哥哥那时候的年龄，可即便如此，他还不敢说现在的自己就比当时的哥哥更成熟。

他连想都不敢想，如果哥哥没有离家出走，事情又会是什么样子。因为每每他快要做出假设的时候，就会意识到哥哥对他的影响之大，就会意识到哥哥心智的成熟。他因此就不能联想下去了，因为他觉得哥哥如果没走，那么他也许也会变成下一个哥哥，至于下一个哥哥长大后会成为什么样的人，他实在说不出来。

有时候他觉得，这个世界太小，是无法容纳长大了哥哥那么"大"的人的，因为他小时候就已经很"大"了。

他感到头痛，使劲甩了甩头，把这些零乱的记忆都赶出脑袋，然后走了出来。

他脑海里突然产生了一个以前不曾有过的想法——即便哥哥不在了，他也可以成为下一个哥哥，他可以更成熟些，可以对这世界有更多的进取心，可以变得更优秀。

这个世界那么小，但是我们还是要长大，有一天，当我们足够成熟的时候，我们就有勇气面对世界之小所给我们造成的层层阻碍和压迫，这种办法不能说多么聪明，但是总比不断地逃避和压制自己要来得勇敢和潇洒。

种种回忆汇成河流，在他的脑海里流淌，曾经他认为回忆是值得厌恶的东西，可此刻他竟发觉它们变得亲切起来。这一次，当往昔的记忆淌过桀功卿脑海时，他看到的不再是疲惫、伤悲，而是在疲惫时战友伸出援助的手，伤悲时所听到的温柔的安慰。这一年，很短，也很漫长，短是因为在不觉间猛然一回首，这一切就已经都在身后了，漫长的是如果细数起来，的的确确有着无数的事情发生了，每一件都包含着各不相同的情感，而今浓缩到一起，让他觉得，如果把它们拉扯着伸展开来，那就不仅是一年，还可以是十年，是大半个人生。

这也许就是青春吧，虽然只有短暂的几年，但却是我们一生当中最宝贵的时光，在青春中遭遇的种种磨难，都可能变作刻骨铭心的浪漫。

　　他抬头看看，天空中投射下来的是耀眼的金黄色阳光，在这种阳光中，他隐约感受到了一种直击内心的温暖。哥哥，也许他也正漫步在同样的阳光下，铸就着比阳光更耀眼的辉煌吧。这种温暖直击桀功卿内心。让他一改往日的悲观，把所有事情都往好的方向去想。

　　明天也会是同样灿烂的一天。

　　后天也是。大后天，大大后天都是。

　　桀功卿微笑起来，他的笑容仿佛有无穷无尽不息的光辉，并不滚烫，却有着震撼人心的执着与明亮。对了，放假了，要换便装了，现在可以佩戴首饰了吧？他想着，将那块玉戴了起来。

　　他们的故事即将在此告一段落，却远远没有终结。石良玉、戴铭、钟全、桀功卿……这些少年们穿行过这一段青春，从此蜕变成军人。对于他们而言，军旅之路才刚刚启程，更多故事等待他们一步步地去书写。

　　而他们这段绚烂的青春，在空气中划过，仿佛飞驰的子弹一般，热烈地擦出了痕迹。

　　子弹的轨迹，刚硬，清晰，无可抹去。

　　也炽热，正如迅速烧灼的青春。

　　子弹的轨迹，是一段难忘年华的见证。

　　也是男生们沸腾着血液，年轻的梦想与追寻。

　　子弹的轨迹，那是我们正一步步走过的年华……

番外　橄榄纪事

　　那些细碎的雨滴，浸润着整个的冷而湿润的空气。因为太轻盈的缘故，简直感觉不到它们在下落，只是感觉它们在飘着，飘着，和这个秋天的尾巴混合起来，揉成一体。在这样的雨雾中，有欢喜，有悲哀，有更多的复杂得无法言说的情感，我多希望能把它们全部描绘出来，哪怕要用尽我全部的语言，倾尽我所有的力量……

　　李腾站在监墙哨位上，细小的雨珠沾满了他的橄榄绿色的冬常服，他没有理会，只是直挺挺地站着。在他的肩膀上有红色的肩章，上面绘着的金色的图案是道粗拐和交错叠放的枪与镰刀，似是要向人们诉说这是一名二期士官，在武警部队服役已经七年了。七年，是段不长也不短的岁月，放在整个的人生长度中，也不过是一小段，但放在情感里、记忆里，这也许就是李腾一生当中最重要的时光了，从他当兵的那一天起，直到现在，每一天都在他身上烙下了深刻的印记，在他脑海里留下了鲜明的画面，改变着他的品质，塑造着他的灵魂。而况，这七年，不在别的时期，恰恰在他最宝贵的青春。

李腾是十六岁时当的兵，他家在小镇里，是个足以温饱，却也怎么样都算不上富裕的普通家庭。家里只有李腾一个孩子，宠他爱他，希望他好好读书考上所好的大学。但李腾并没有那个心思，数理化不太会算，语英史也不很能写，高考才刚刚越过三本线。父母愿意出钱让他上，可李腾自己却不愿意了，对于他而言，高中已经像所囚笼，他好不容易出了笼子，不想再换一间更大的，而况家里也并不富裕，拿不出闲钱来让他荒废四年时光。母亲开始念叨他，说他不读书以后能做什么，他半赌气半认真地报名参军。

"哨兵同志，下哨时间已到，请交班。"

"请接班。"

李腾和韦灵杰交接了哨位。韦灵杰是个新兵，李腾看着韦灵杰，觉得他有些像过去的自己，又有些不太像过去的自己。

韦灵杰站在哨位上，身子挺得很正，仿佛把每一块肌肉都用力绷紧，显得有些僵硬。但是没过一会儿，他的这种挺直就坚持不住了，身子有了些晃动。他调整了一下姿势，想了想，又调整了一下姿势，再重新站定，身体又挺拔了起来。又过了一会儿，他嘴唇在嗡动着，似乎是想唱歌，但没发出声音，大约是记起了哨位纪律有过规定，哨位上是不能唱歌的。他只好怔怔地看着前方，像是在思索着些什么。

雨略微变大了。

那些雨滴在下落时被拉成了细细长长的雨线，坠落到地面时，又变成晶莹的雨珠，但只是一瞬，便碎裂开来，四散飞去，然后再和别的透亮温润的碎片汇聚在一起，渐渐地，形成小堆的水洼。韦灵杰看雨变大了，就撑开了哨位上的立式大伞。雨滴敲击伞面时，发出轻柔而又延绵不绝的响声，是人们难解其意的诗歌。又是这样的雨天，韦灵杰想。

他本不想理会，但一呼吸，那温润的空气便挟裹着细碎的雨滴渗透进他的肺腑，贯彻他的心胸，激发他的思绪，勾起他记忆里最深刻的那一部分。

"橙子，我觉得还是应该告诉你……"

"你要当兵，对吧？"那个叫橙子的女孩儿打断了韦灵杰，"我早就从别人那听说了。"

"你知道了？"韦灵杰略有些惊诧。

"早就知道了，看表情就知道了，看行为就知道了，整天一副心事重重的样子，也只有你自己以为你还装得挺正常，哪里瞒得过别人的眼？我一问你那几个朋友怎么回事情，他们就都向我说了。"橙子没好气地说。

"橙子，你别生气，我当兵是因为……"韦灵杰忙着解释。

"我生气不是因为你当兵，而是因为你现在才告诉我。你要不瞒着我，好好对我说，难道我不能谅解你吗？"橙子又打断了韦灵杰。

"抱歉。"韦灵杰低下头来。

气氛仿佛随着他的这一低头也跟着低落下来，两人相视无言，沉默间，相异的情绪发酵起来。韦灵杰愧疚，且懊悔，但看着橙子的眼，是要通过视线将这种道歉传达出去。

良久，橙子忽然笑起来，凝重的气氛碎裂了，在韦灵杰讶异的目光中，橙子温情地说："去吧，我会等你的。"

韦灵杰笑了，却又有些感动得想哭，但眼泪和咽泣声是没有的，他只是伸出手，轻轻地将橙子搂入怀中。此时已经没有了更多的语言，有的只是相拥，只是把温暖的感觉与彼此分享，只是用片刻的欢愉，去给对方勇气，来面对接下来的长久的分别。

这个故事并非大团圆结局。三个月后，韦灵杰在中队收到了橙子的来信。韦灵杰收到信的时候满脸欢喜，拆开信阅读起来，读一行，情绪就降下去一分，到最后，笑容是没有的，只有满目的泪。眼已模糊了，泪掉落在信笺上，字迹也模糊了，一团一团蓝黑色的墨迹显得肮脏而绝望。韦灵杰的模糊的脑，已经记不起他读到了什么，唯一清晰的仅剩信笺底部的那句话——你也别等我了。

那一天，也下着这样的雨，韦灵杰拿着信走到雨里，薄薄的信纸很快被浸透了，韦灵杰的手一晃动，信就破了，那样无可复原地破裂开来。韦灵杰拿着已被揉成一团的信纸回来时，没人分得清他脸上哪些是雨，哪些是泪。

也或许，都是雨吧，是延绵不绝，冰冷彻骨的心雨。

也或许，都是泪吧，是天空也被伤悲渲染，抑不住滴落下来的泪。

多么寒冷的冬天啊，冷得身体都颤抖了起来，冷得连内心都跟着摇晃。多么想走入温暖的地方啊，那个地方也许是没有风雨，开放着暖气的室内，也许是父母或恋人张开臂膀，双臂弯曲聚成的港湾，也许是能逃避一切，酣梦一场的软软的被窝……但不能够，韦灵杰站在这里，没有离开哨位一步。这样的场景，明明是再寻常不过了，可不知为什么，这次我竟觉得看不下去。我转过身，默默地走开，步速缓慢，就像是时光流逝的那种缓慢，如果，时间真的能抚平一切伤痕的话。

我沿着墙，走到了接待室，指导员钟全刚刚送走客人。桌上摆着三杯茶，还在冒着腾腾热气。茶叶刚刚浸泡开来，舒展成很舒服的样子。只是茶这样的饮料，大多是闻起来馨香，喝起来苦涩吧。

指导员钟全是一名军校生，毕业后分配到这个中队，已经五年了，这个年头，比新兵韦灵杰长些，比士官李腾短些。他刚来的时候，满怀雄心壮志，后来接连发生一些事情，将他的雄心打磨去了一些，却也让他渐渐变得成熟了起来。成长就是这样，岁月逼迫你和它做交易，拿笑容来换皱纹，拿梦想来换现实。

现在的指导员改变了太多，这种改变不是指组织能力有了多大的增强，不是指条令条例背记得多熟，而是指他抛开了军校中为他描绘的那幅画面，真正用心去了解这个中队的情况，了解基层部队的规则。可从个人情感而言，我还是更喜欢他刚分配来时略带青涩的样子。那时他面带微笑，双眼中总是透露出好奇而又略带羞涩的目光，探测着视野内的一切。他的身上透露出一股隐忍着的活力，并不光彩夺目，却默默给人一种安慰感。

茶叶浸透了，只剩两三片浮在水面上，其他都沉下去，沉下去。茶水的颜色从浅绿变成暗黄，热腾腾的水蒸气也已经散尽。我想，大概茶汁浸了出来，茶水已变得冰冷而又苦涩。没人再去喝这三杯茶，客人已经走了，剩下指导员默立着，在思考着什么，似乎竟没有察觉我的到来。他和离开的客人之间，大抵讨论的话题不是太有趣，也许是岁月，也许是人生。

我没敢打扰指导员，便退了出去，往休息室走去。李腾曾向我说过，指导员是一个很有故事的人，这个故事里，有过反反复复分分合合的爱情，有过轰轰烈烈甘苦与共的友情，有过青云直上的梦，也有许多挫折。但是李腾不曾细说，我也只是隐约知道一点：指导员曾深爱过一个女孩儿，如今嫁为人妇，是家里安排的相亲，对方相貌平平，并无气质，绝非富翁，也不浪漫，说不上多差，但也不过是混在人群里，毫不出众的那一类人；指导员在读军校时有两个生死兄弟，一个文心雕龙，巧舌如簧，已经进了机关，一个胸有城府，深谙世故，穿着军装却似乎在外面还做着些小生意，竟两边都混得如鱼得水。我想，命运是个说不清的东西。

冬风冰冷而凛冽，还不时发出磨刀一般的声音，吹在我脸上，真有些刀割的感觉。我并不是第一次体味这样的寒冷，但一时间，竟觉得彻骨，直至有些心慌。无论日历上怎么写的，我想，现在已经是冬天了吧。

休息室里，电视开着，李腾坐在木沙发上，大檐帽脱了下来，拿在手里。他的视线并没有聚焦在屏幕上，而汇聚在手里大檐帽的国徽上。他的嘴角有淡淡的微笑，眼神里，却掩饰不住伤悲。

再过几天他就要退伍了。

李腾是十六岁那年当的兵，在他当兵的那一天，父母都来送他，在去车站的那一路上，母亲给了他许多叮嘱，他不耐烦地嫌母亲唠叨，母亲突然就闭嘴了。李腾一愣，但没再理会，良久，父亲开口说，等你当兵以后，再想听母亲这么唠叨，就很难了。

听到这句话，李腾忽然就涌出泪，打破了死僵的眼神。

到部队以后，李腾就放下了所有叛逆，经常和家里往来书信。他往家里寄的那些信我都知道，报喜不报忧，部队的人老有这样的习惯。

现在的李腾二十出头，还年轻，退伍之后，他能领到一笔钱，回到家乡用这笔钱做点小生意，或者把钱存起来再找份工作，都是不错的选择。虽然他现在充满了不舍，我也同样舍不得他，但我相信，他会有个幸福的未来，在那个未来里，不再有这抹橄榄绿色，但会有更多鲜艳的色彩，不再有这纯粹的战友情，但会有更多动人的亲情、爱情、友情。

一想到这里，我便替他感到欣慰了起来，似乎这冷空气中进驻了一丝温暖。我往李腾身边走去，想给他些宽慰……

忽然，外面传来了什么嘈杂声，我转过身，想去察看，李腾也回过神，站起来，往外走。在外面刚走到门口时，突然传来了一声尖锐的响声！这响声划破了寒风，比寒冷更为深刻地贯入我们耳里。这声音我再熟悉不过，可几年来我还是初次在今天这样的情况下听到它。

是枪声！

今天没有打靶，枪响了，也就是出事了。我和李腾飞快地往声音传来的方向跑去。那个方向，是监墙哨。以前虽未眼见，但也能猜到是什么样的事情，可能是犯人越狱。哨位上有规定，遇犯人越狱，先报告值班室，向犯人口头警告，然后鸣枪警告，哨位上的八一步枪里装填的是空爆弹，无致命性杀伤力，实弹在安全弹药箱内。韦灵杰刚才应该是……可再来不及多想。

三名犯人。眼前的这一幕里，韦灵杰用步枪上的刺刀拨落了一名犯人手上的匕首，另一名犯人持刀上前，刺伤了韦灵杰的左臂，韦灵杰低吼一声，手因疼痛再拿不住手上的步枪，那名犯人趁势上前，举起了刀……

李腾一个箭步上前，抓腕冲膝，把持刀犯人击倒在地。另一个犯人捡起了匕首，向李腾刺去。一瞬间，鲜红的牡丹在李腾胸间绽放……

不。

我发疯了一般向前扑去，咬住了那个犯人的小腿，那个犯人松开了匕首，双手合拢砸向了我的头部。我没理会，不松口。另一名徒手的犯人用脚猛踢我的肚子，我没理会，不松口。我脑子里一片空白，什么都不能思考。我眼里看到的景象被蒙上了红色，我不知道那是因为双眼充血还是整个的视野都注入了仇恨。我耳朵里只能听到犯人的叫骂，他们说，疯狗，滚开。

我只是死死地咬着，不松口，我感到一阵晕眩，恍惚间，浑身的力气都被抽走了，咚，传来这样的声音，我不知道是看到的还是听到的，或是什么玄妙的心灵上的感应，总之一幅画面映现在我脑海里：李腾倒下了，他的双手紧握着胸前的匕首，想拔出来，却无力。咚，我知道自己也瘫倒在了地上，我已经浑身疲乏，但剩下最后的力量，我全部用在了牙齿上，死死咬着，不松口。我听到韦灵杰一声悲切的喊叫，那叫声和风的呼啸混杂在一起，在整个的天地回荡着，比冬天更寒冷，更悲切。

我看到指导员带着人把这里围了起来，心情忽然就轻松了。他来了，犯人就跑不掉了。

我松开了口，最后一丝力量也随之消散，我想转过头去看看李腾，但连扭头的力气都没有了。我想，要是他在闭眼前看到指导员来了的话，那么他一定和现在的我一样，在微笑，因为他知道犯人跑不掉了。可惜我已经没有办法再做一次确认。我希望他离开的时候是没有遗憾的。

遗憾，可能还是会有些吧，本来再过几天他就退伍了。

我不知道我是在哪儿出生的，当我有记忆的时候，就已经在这里了。在我还小的时候，李腾刚刚转了士官，那时他欢天喜地地对我说，要在部队好好干下去。我最喜欢的就是趴在他的膝盖上，听他讲故事，关于他自己的，关于其他人的。这次的故事是关于我们自己的，哈，竟然还是英勇壮烈的结局。对于一个军人来说，也许这就是最光荣的归宿，而我，就算算不上一名军人，也是一只军犬吧？

有什么东西，夹着细雨一起，落在了我的身上。是雪吧？今年的雪，竟然这么早就来了。可我没感觉寒冷，只感觉它覆盖在身上，好轻，好柔。后来，连这轻微的触感也渐渐消失了，我感觉整个世界都被剥离了出去，只剩下虚无，连黑暗都不复存在的彻底的虚无。

我听到的最后的声音，就是韦灵杰的那声哀号，我看到的最后的画面，就是指导员带人把这里包围起来的场景。但是当一切都消褪，过去的种种一切又像电影一般在我脑海里放映起来。那一幕幕亲切的图景里，充满了最鲜活也最鲜艳的橄榄绿。